日记，记载着往事，

也承载着情感！

日记序跋

豐一吟題

古农 主编

人民日报出版社

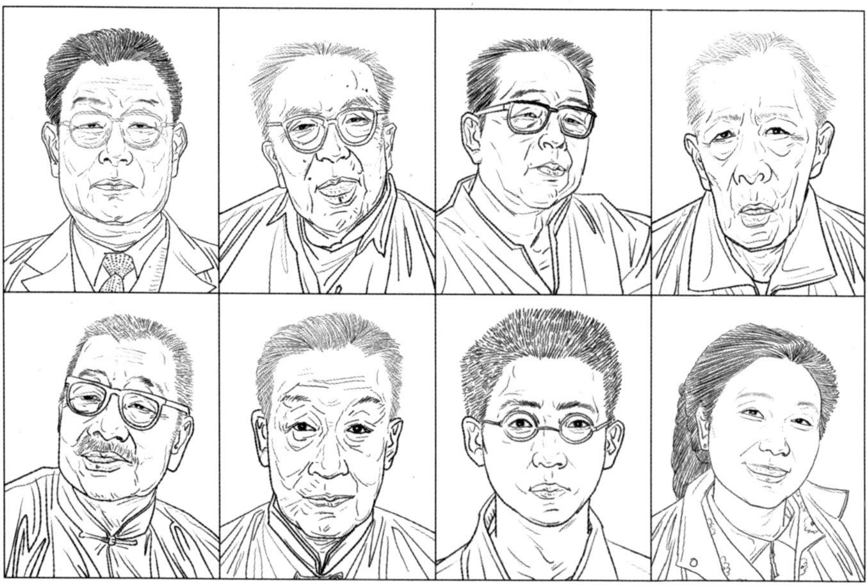

序一

天下事，真有不可思议者。这些日子，正在读《翁同龢日记》，某日下午，接古农先生函，说他编了一套日记丛书，拟由人民日报出版社出版，嘱我写篇序文。

古农先生者，鲁人于晓明也。早在多少年前，我就喜欢上了此君。不为别的，只为他的那种执著的精神。

这样说了，心里知道是不妥的。为何？执著得看做何事。有的执著，是不执著也得执著的，比如学者的读书，藏书家的购书，是执著也可说是本业或是本志。有的执著却是先须有见识，再须有定力，还须胼手胝足以赴之，才会有些微的成绩——有时连这些微的成绩也还在似有若无之间。这回不用比如了，说的就是古农先生，就是他多少年来，对日记文学的呼吁，对日记纪事的提倡，对日记学术的研讨，具体地说，就是多少年来，编创《日记报》和《日记杂志》。只是我前面的叙述，要稍作修改，些微的成绩，似有若无之间云云，是我前些年的感叹，或者说是担忧，现在可说是劳绩昭然了。

拟出版的几册，计《日记漫谈》《日记闲话》《日记品读》《日记序跋》四种。四种均为文章汇集，所汇文章，基本上都在《日记报》和《日记杂志》上发表过。我细细地看了这几种书的目录，并看了其中的一些文章，不能不惊叹，这些年来，古农先生在这方面，用心之细，用力之勤。同时也明白了，作者的心志之所在——在当今的中国学术界，建立一门名为“日记学”的学问！

建立一套学问体系，固然是一种成功的标志，但我却认为，对国人来说，普及日记理念，提倡记日记，记真实的日记，进而研读日记，有甚于建立“日记学”的意义在焉。这里，我愿不惮其烦，说说我自己记日记的经历，或许能更为清晰地说明我要说的意思。

为了真实无误，免得有人说我是为了写此文才编造出这样的故事，或是加重事件的意义，且让我引录一段自己先前发表过的文章：

> 1970年3月6日夜里，约摸十一点钟的样子，我们土坯房的同学都睡下了，系革命领导小组成员三人……那位教师冷冰冰地宣布：经系革命领导小组研究决定，从即日起，给韩安远（我在校时的名字）办学习班……又对我说：韩安远，听说你平常写日记，现在把你的日记全部交出来，还有什么笔记本，也一起交出来。说着指指我的床下……反抗是没有用的。我乖乖地拖出箱子，打开锁子，将日记一本一本取出摊在床上。共十三册，全是精致的厚厚的硬皮笔记本。那位教师像是不放心，又在箱子里翻了翻，见全是书本才住了手。最后由那位教师给我开了个收据，班干部抱起全部日记，三人一起走了。
>
> （北岳文艺出版社2009年版《文坛五同学》，又见《人民文学》2010年第2期）

从1962年上高中起，直到这次抄家前，我一直记日记，约摸有八年之久。这里说是十三册，只是抄走的数字，还有一册将要记满的日记，在“大串联”途中丢失了。也就是说，八年间，我记了十四册的日记。抄去的十几册日记，学习班结束后，听从一位朋友的劝告，全烧掉了。此后十几年间，怕再惹麻烦，没有记日记。直到上世纪80年代中期，真的看出不会再有什么险恶了，又开始记日记。一天不落，已有二十多年。

此文开始，说我正在看《翁同龢日记》，也不是瞎说，可从我那几天的日记中得到证实。古农的信，是11月2日写来的，在我11月1日的日记中有这样的话：“上午读《翁同龢日记》。”前一天即10月31日的日记中有这样话：“上午读文廷式《南轺日记》，记述去江苏任主考官，一路行踪行事，主考任上作为感受。前曾看过《翁同龢日记》中，翁氏赴陕西、山西主考事，两相参照，对清代乡试之规矩，有了大致了解。”《南轺日记》是一本史料笔记书中收录的一篇，数千字而已。

这就要说到我近年来看书习惯的改变。我还是有点读书癖的。前些年爱看传记，连带的爱看回忆录，这两年，不知为什么，喜欢上了看日记。道理不难明白，不过是求真而已。在我看来，不管有人有着怎样的遮掩，大体来说，作为史料，日记还是最真实最生动的。档案材料，真实过于日记，生动就差多了。这两年，看日记上了瘾，陆续购买了《越缦堂日记》《翁同龢日记》《缘督庐日记》等多部，加上原先就有的《郑孝胥日记》等多部，我的晚清日记，也就相当可观了。

综合上述两项，一是我记日记的经历，一是我对“日记——史料”的认识，大略可得出这样的结论：能不能记日记，敢不敢真实地记日记，是一个时代清明与否的标志。再就是，能不能坚持记日记，是一个人有没有毅力的体现，也是一个人敢不敢坦然面对社会，面对历史的体现。我不认为我是什么好人，但我认为我是一个基本（不是全部）真实的人，在日记里，我记下了我做的好事，也记下了我做的坏事。

提倡记日记，真实地记日记。这，我想也正是古农先生十几年来所追求的，希望实现的吧。

看看这套丛书，至少会让你明白记日记的意义，还有一些可行的方法。

勇敢地记日记吧，这是你对社会的信心，也是你对你自己的信心的表示。

韩石山

2010年11月25日于潺湲室

序二

先来做回文抄公。1925年3月，周作人写了一篇《日记与尺牍》，开宗明义：

> 日记与尺牍是文学中特别有趣味的东西，因为比别的文章更鲜明的表出作者的个性。诗文小说戏曲都是做给第三者看的，所以艺术虽然更加精练，也就多有一点做作的痕迹。信札只是写给第二个人，日记则给自己看的（写了日记预备将来石印出书的算作例外），自然是更真实更天然的了。

一年四个月以后，鲁迅也写了一篇《马上日记》，公开声明：

> 我本来每天写日记，是写给自己看的；大约天地间写着这样的日记的人们很不少。假使写的人成了名人，死了之后便也会印出；看的人也格外有趣味，因为他写的时候不像做《内感篇》外冒篇似的须摆空架子，所以反而可以看出真的面目来。我想，这是日记的正宗嫡派。

周氏兄弟不约而同对日记发表了自己的看法，尽管表述各不相同，但观点还是较为一致的，即日记与其他文学样式相比，“更真实更天然”，更可以看出作者“真的面目”来。相隔八十五六年后重读这两段话，我仍深以为然。

在我看来，日记之所以是一种特殊的文字体裁，在于它原本是完全私密的，不加掩饰的，也不打算公开的，因而有可能更为具体地记录当时的历史语境和文化氛围，更为真实地袒露个人的思想和情感，以及揭示两者之间复杂的互动，许许多多不为后人所知的作者的交游、活动、观点和著述，大大小小鲜活生动的历史细节和世事线索，通过日记才有可能得以一一呈现。日记是时代风云和人情冷暖的投影之所在，能够承载这种投影的文类并不多，日记恰恰是其中最具代表性的一种。

但是，正是由于日记具有相当的私密性和敏感性，在很长一段时间里，名人时贤的日记很少公开，很少引起关注。就中国现代文学史领域而言，1927 年 9 月郁达夫《日记九种》的出版，曾轰动一时；1937 年 6 月，上海《青年界》月刊又出版了“日记特辑”；但完整的作家日记面世，则自鲁迅始。1951 年 3 月上海出版公司据手稿影印了《鲁迅日记》。冯雪峰在《〈鲁迅日记〉影印出版说明》中强调这部日记是“研究鲁迅的最宝贵和最真实的史料之一”，将其影印出版“完全为的保存文献和供研究上的需要”。1963 年 11 月，上海文艺出版社出版的《中国现代文艺资料丛刊》第三辑又发表了《〈朱自清日记〉选录》，王瑶在《题记》中也强调这些日记“关于他（指朱自清）全生命活动中最丰富的三分之一多的真实记录，如果都印出来，是非常可宝贵的”，可“作为了解和研究他平生治学为人的参考”。由此可见，学界对作家学者的日记一直十分重视，一直肯定它们的研究价值。

我所见第一部系统研究作家日记的专著是包子衍的《〈鲁迅日记〉札

记》（1980 年 5 月湖南人民出版社初版），作者以几乎大半生的精力研究《鲁迅日记》，厚积薄发，出版了这部虽仅十五万字却有分量的《鲁迅日记》研究成果，书中把鲁迅的新文学创作与日记记载互证的研究路径，尤具启发。作者在此书《后记》中特地引用了冯雪峰的话，冯雪峰主张研究鲁迅日记“重点是在‘考’与‘注’”，颇有见地。其实，不但鲁迅日记，解读所有作家和学者的日记，考证注释工作都是至关重要，必不可少的。

1980 年代以降，随着黄侃、胡适、周作人、郁达夫、徐志摩、朱自清、顾颉刚、吴宓、苏雪林、杨树达、宋云彬、萧军、夏承焘、夏济安、郭小川、顾准、王元化……等近现代作家和学者的未刊日记在海峡两岸陆续披露，尽管日记长短不一，又涉及不同的历史时期，内容或也有所删节（公开出版的日记有无必要删节，一直存在争议，我是主张不作任何删节以存历史原貌的），都无不引起海内外学界的极大兴趣，相关的研究成果接连不断。余英时著《未尽的才情——从〈顾颉刚日记〉看顾颉刚的内心世界》（2007年3月台北联经出版公司初版）对顾颉刚日记的精彩解读，江勇振著《舍我其谁：胡适》第一部（2011年4月北京新星出版社初版）对胡适早期日记的独到分析，都在“考”和“注”上下足了功夫，令人耳目一新。

在这样的文学和学术背景下，古农君与自牧君等合作，于十年前创办了《日记报》(后改名《日记杂志》)，倡导日记写作和日记研究，推动民间与学界日记研究者的交流，别具一格，坚持出版，意义非同一般。现在古农君又精心编选了“日记丛书”四种，收录海内各家围绕日记和日记文学的各种著述，有评论，有漫谈，有自叙，还有序跋，妙论迭出，足资启迪。这不仅是对《日记报》创刊十周年的一个总结性的纪念，也为建构当代中国的“日记学”作出了新的努力。作为《日记杂志》一名并不勤奋的作者，在“书脉日记文丛”即将出版之际，我就写下以上这些话以为祝贺吧。

陈子善

2011年5月4日于海上梅川书舍

序三

正如古农君所感喟的，“日记，记载着往事，也承载着情感”。而以《日记漫谈》《日记序跋》《日记闲话》《日记品读》四册选集所构成的“书脉日记文丛”，则记载着《日记报》《日记杂志》的成长历程。

十多年来，我们用一腔钟爱日记的热情和干劲，用菲薄的收入和赞助，再加上可贵的恒心和坚持，终于使《日记报》这株幼苗茁壮成长为《日记杂志》这棵树，同时还赢得了一系列赞誉和褒奖，从而被南京大学徐雁教授认定济南已成为中国当代日记研究的重镇；被天津南开大学来新夏教授引为知己和“启发者”——结识《日记报》后又忘情地开始了记日记；还有长沙诗人彭国梁也在已出版的《书虫日记》的序文中公开声明是《日记杂志》引导他开始记日记，并且一发而不可收，连续出版了两部《书虫日记》。不可否认，在我们周围，的确集结着一大批全国各地的“日记人”，大家以日记为纽带，集思广益，协力同心，围绕日记学这一新学科展开了相关研究探讨，成功举办了四届全国日记及日记文学论坛大会，适时启动了《中国日记大辞典》的编纂工程，加快推动了创建中国日记博物馆的步伐……我们完全有理由这样认为：目前全国的日记写作、日记教学、日记出版、日记研究已成为历史上的最好时期。放眼前瞻，我们信心大增，随着古农君主持创建的中华日记网的开通运行，用不了多久，一批真正能够代表当代日记研究水平的成果将会陆续问世。

收入“书脉日记文丛”中的文章，几乎都在《日记报》《日记杂志》上刊登或转载过，检点《日记报》和《日记杂志》所设置的栏目，可以因栏目成书的还有《日记情怀》《日记书札》《日记人物》《日记论坛》《日记原版》《日记书林》等。除此之外，还有以《日记杂志》“半月日记系列”专号形式刊印的《半月日谱》《半月日注》《半月日影》《半月日志》《半月日识》等原创日记，都有再刊或再版的必要，殷切希望有胆识、有魄力的出版家慧眼识真货，及早组织再版与发行。

著有《清人日记研究》一书的学者孔祥吉先生在其《自序》中曾写道：“要认识一个历史人物，最简洁的办法，莫过于细读其日记。因为日记是记载作者见闻以及感悟的文字。日记仿佛是一扇心灵的窗户，一旦这扇窗户被打开，一切便都呈在眼前了。许多历史人物的内心活动，并不见诸奏章尺牍，或文书档案，而只有在日记中才能看到他们内心深处的东西。”以“普及日记写作，促进日记研究”为己任的《日记杂志》同仁，我们有信心也有必要帮助大家推开日记这扇心灵的窗户，让大家观赏到日记百花园中的珍株异木和奇葩秀草——这也正是我们选编刊印这套“书脉日记文丛”的初衷和目的。

自　牧

2011 年 11 月 21 日于历下东山居之百味斋

目录

季羡林

《清华园日记》引言

我从来没有认真地想写什么《自传》。可是也曾想到过：如果写的话，就把一生分为八段。《留德十年》是其中一段，《牛棚杂忆》是其中另一段。这都已写成书出版了。如果再写的话，就是清华求学的四年，因为我自己的成长是与清华分不开的。但也只是想了想，并没有真正动笔，一直到了今天。

到了今天，想把已经出过二十四卷的《季羡林文集》继续编纂下去，准备先编四五本。我已经把《学海泛槎》（学术回忆录）交给了江西教育出版社的责任编辑吴明华先生。但此书只有十几万字，如编为一卷，显得太单薄。我于是想到了清华求学的四年。我原来是想动手写的，再写上十几万字，二者凑齐了，可得三十余万字，成为一卷，像个样子了。

我找出了“文革”抄家时抄走的后来又还回来的日记，把前四本拿了出来，仔细看了看，面生可疑，好像不是出于自己之手。大概七十多年前日记写出来后从未再看过。我虽然携它走遍了半个地球，却是携而不读。今天读起来，才知道，我记日记自 1928 年起，当时我 17 岁，正值日寇占领了济南，我失学家居。到了次年，我考上了山东省立济南高中，日记就中止了。1930 年，我高中毕业，到北平来，考入清华大学。入学后前两年，也没有记日记。为什么写日记？我说不出。为什么又停写？我说不出。为什么又提笔开始写？我也说不出。好在这些都是无关紧要的与国家大事无关的事情，就让它成为一笔糊涂账吧。

可是现在却成了问题。我要写回忆清华读书四年的经历，日记却缺了前两年的，成了一只无头的蜻蜓。虽然这两年的事情我还能回忆起来，而且自信还能相当准确，我还没有患上老年痴呆症，可是时间的细节却无从回忆了。这是颇令人感到遗憾的事。

我仔细读了读这两年的日记，觉得比我最近若干年写的日记要好得多。后者仿佛记流水账似的，刻板可厌，间有写自己的感情和感觉的地方，但不是太多。前者却写得丰满，比较生动，心中毫无顾忌，真正是畅所欲言。我有点喜欢上了这一些将近七十年前自己还是一个二十二三岁的毛头小伙子时写的东西。我当时已在全国第一流的文学杂志和报纸上发表了一些散文和书评之类的文章，颇获得几个文坛上名人的青睐。但是，那些东西是写给别人看的，难免在有意无意间有点忸怩作态，有点做作。日记却是写给自己看的，并没有像李越缦写日记时的那些想法。我写日记，有感即发，文不加点，速度极快，从文字上来看，有时难免有披头散发之感，却有一种真情流贯其中，与那种峨冠博带式的文章迥异其趣。我爱上了这些粗糙但却自然无雕饰的东西。

这一爱不打紧，它动摇了我原来的想法。我原来是想用现在的笔，把清华四年求学的经历，连同感情和牢骚，有头有尾地，前后一贯地，精雕细琢地，像《留德十年》和《牛棚杂忆》那样，写成一本十几万字的小册子，算是我的《自传》的又一段。现在我改变了主意，我不想再写了。我想就把我的日记原文奉献给读者，让读者看一看我写文章的另一面。这样会更能加深读者对我的了解，对读者，甚至对我自己都是有好处的。我把我这个想法告诉了李玉洁和吴明华，他们也都表示同意，这更增强了我的信心。

但是，这里又来了问题。在过去，奉献日记有两种做法，一种是把日记全文抄出，像别的书稿那样，交出版社排印出版。把原文中的错字、别字都加以改正，漏掉的则加以补充。换句话说，就是稍稍涂点脂抹点粉，穿着整齐，然后出台亮相。另一种做法是把原文照相影印，错别字无法改，漏掉的字无法填，这就等于赤条条地走上舞台，对作者是有些不利的。我经过反复考虑，决定采用后者，目的是向读者献上一份真诚。至于错别字，我写了一辈子文章，到了今天已经寿登耄耋，一不小心，还会出错，七十年前，写上几个错别字，有什么可怪呢？古人说："君子之过也，如日月之蚀，人皆见之。"我想做一下"君子"。

可我又想到另外一个问题。当年还没有现在这样的简化字，写的都是繁体，今天的青年读起来恐怕有些困难。但是，我一向认为，今天的青年，如果想提高自己的文化修养，特别是如果想做一点学问的话，则必须能认识繁体字。某人说的"识繁写简"一句话是极有道理的。因为，无论把简化字推广到什么程度，决不能把中国浩如烟海的古籍都简体化了，那是无法想象的事。读点繁体字的书是事出必要理有固然的。我的日记在这方面对青年们或许有点帮助的。

以上就是我影印日记的根由。

1930 年～ 1932 年的简略回顾

1930 年夏天，我从山东省立济南高中毕业。当时这是山东全省唯一的一所高中，各县有志上进的初中毕业生，都必须到这里来上高中。俗话说“千军万马独木桥”，济南省立高中就是这样一座独木桥。

一毕业，就算是走过了独木桥。但是，还要往前走的，特别是那些具备经济条件的学生，而这种人占的比例是非常大的。即使是家庭经济条件不够好的，父母也必千方百计拼凑摒挡，送孩子上学。旧社会说“没有场外的举人”，上大学就等于考举人，父母怎能让孩子留在场外呢？我的家庭就属于这个范畴。旧社会还有一句话，叫“进京赶考”，即指的是考进士。当时举人进士都已不再存在了，但赶考还是要进京的。那时北京已改为北平，不再是“京”了。可是济南高中文理两科毕业生大约有一百多人，除了经济实在不行的外，有八九十个人都赶到北平报考大学，根本没有听说有人到南京上海等地去的。留在山东报考大学的也很少听说。但是当时的时代潮流，是无法抗御的。

当时的北平有十几所大学，还有若干所专科学校。学校既多，难免良莠不齐。有的大学，我只微闻其名，却没有看到过，因为，它只有几间办公室，没有教授，也没有学生，有人只要缴足了四年的学费，就发给毕业证书。等而上之，大学又有三六九等。有的有校舍，有教授，有学生。但教授和学生水平都不高，马马虎虎，凑上四年，拿一张文凭，一走了事。在乡下人眼中，他们的地位就等于举人或进士了。列在大学榜首的当然是北大和清华。燕大也不错，但那是一所贵族学校，收费高，享受丰，一般老百姓学生是不敢轻叩其门的。

当时到北平来赶考的举子，不限于山东，几乎全国各省都有，连僻远的云南和贵州也不例外。总起来大概有六七千或者八九千人。那些大学都分头招生，有意把考试日期分开，不让举子们顾此失彼。有的大学，比如朝阳大学，一个暑假就招生四五次。这主要是出于经济考虑。报名费每人大洋三元，这在当时是个不菲的数目，等于一个人半个月的生活费。每年暑假，朝阳大学总是一马当先，先天下之招而招。第一次录取极严，只有极少数人能及格。以后在众多大学考试的空隙中再招考几次。最后则在所有的大学都考完后，后天下之招而招，几乎是一网打尽了。前者是为了报名费，后者则是为了学费了。

北大和清华当然是只考一次的。我敢说，全国到北平的学子没有不报考这两个大学的。即使自知庸陋，也无不想侥幸一试。这是“一登龙门，身价十倍”的事，谁愿意放过呢？但是，两校录取的人数究竟是有限的。在大约五六千或更多的报名学子中，清华录取了约两百人，北大不及其半，百分比之低，真堪惊人，比现在要困难多了。我曾多次谈到过，我幼无大志，当年小学毕业后，对大名鼎鼎的一中我连报名的勇气都没有，只是凑合着进了“破正谊”。现在大概是高中三年的六连冠，我的勇气大起来了，我到了北平，只报考了北大和清华。偏偏两个学校都取了我。经过了一番考虑，为了想留洋镀金，我把宝压到了清华上。于是我进了清华园。

同北大不一样，清华报考时不必填写哪一个系，录取后任你选择。觉得不妥，还可以再选。我选的是西洋文学系。到了毕业时，我的毕业证书上却写的是外国语言文学系，不知道是什么时候改的。西洋文学系有一个详尽的四年课程表，从古典文学一直到现当代文学，应有尽有。我记得，课程是“古典文学”、“中世纪文学”、“文艺复兴时期文学”、“英国浪漫诗人”、“现当代长篇小说”、“英国散文”“文学批评史”、“世界通史”“欧洲文学史”、“中西诗之比较”、“西方哲学史”等等，都是每个学生必修的。还有“莎士比亚”，也是每个学生都必修的。讲课基本上都用英文。“第一年英文”、“第一年国文”、“逻辑”，好像是所有的文科学生都必须选的。“文学概论”、“文艺心理学”，好像是选修课，我都选修过。当时旁听之风甚盛，授课教师大多不以为忤，听之任之。选修课和旁听课带给我很大的好处，比如朱光潜先生的“文艺心理学”和陈寅恪先生的“佛经翻译文学”，就影响了我的一生。但也有碰钉子的时候。当时冰心女士蜚声文坛，名震神州，清华请她来教一门什么课。学生中追星族也大有人在，我也是其中之一。我们都到三院去旁听，屋子里面座无虚席，走廊上也站满了人。冰心先生当时不过三十二三岁，头上梳着一个信基督教的妇女王玛丽张玛丽之流常梳的纂，盘在后脑勺上，满面冰霜，不露一丝笑意，一登上讲台，便发出狮子吼：“凡不选本课的学生，统统出去！”我们相视一笑，伸伸舌头，立即弃甲曳兵而逃。后来到了50年代，我同她熟了，笑问她此事，她笑着说：“早已忘记了。”我还旁听过朱自清、俞平伯等先生的课，只是浅尝辄止，没有听完一个学期过。

西洋文学系还有一个奇怪的规定。上面列的必修课是每一个学生都必须读的，但偏又别出心裁，把全系分为三个专业方向：英文、德文、法文。每一个学生必有一个专业方向，叫 Specialized 的什么什么。我选的是德文，就叫做 Specialized in German，要求是从“第一年德文”经过第二年、第三年一直读到“第四年德文”。英法皆然。我说它奇怪，因为每一个学生英文都能达到四会或五会的水平，而德文和法文则是从字母学起，与英文水平相距悬殊。这一桩怪事，当时谁也不去追问，追问也没有用，只好你怎样规定我就怎样执行，如此而已。

清华还有一个怪现象，也许是一个好现象，为其他大学所无，这就是：每一个学生都必须选修一年体育，不及格不能毕业。每一个体育项目，比如百米、二百米、一千米、跳高、跳远、游泳等等，都有具体标准，达不到标准，就算不及格。幸而标准都不高，达到并不困难，所以还没有听说因体育不及格而不能毕业的。

我的老师们

我只谈西洋文学系的老师们。

我的原则仍然是只讲实话，不说谎言。我想遵守古希腊人的格言：“吾爱吾师，吾更爱真理。”我不想遵守中国古代一些人的“为尊者讳”的办法以自欺欺人。读者将在下面的日记中看到同样的情况。我的日记是写给自己看的。虽然时间相距将近七十年，但我对老师的看法完全没有改变。

同今天一样，当时北大与清华双峰并峙，领袖群伦。从院系的师资水平来看，两校各有短长。但是专就外文系来看，当年的清华似乎名声在北大之上。原因也极简单，清华的外国教授多。学外文而由外国人教，难道这不是一大优点吗？

但是，事实并不是这样，容我慢慢道来。

我先介绍中国教授。

王文显，系主任，不大会说中国话，只说英文，讲授“莎士比亚”一课，有写好的讲义，上课时照本宣科，我们就记笔记。除了几个用英文写的剧本外，没有什么学术著作。

吴宓，反对白话文，主编《学衡》。古貌古心，待人诚恳。在美国留学时，师事白璧德。讲授“英国浪漫诗人”、“中西诗之比较”等课。擅长旧诗，出版有《吴宓诗集》。我认为，他是西洋文学系中最有学问的教授。

叶公超，英文非常好，中国旧体诗词好像也读过一些。主编《学文》，是属于“新月派”的一个文学杂志。讲授“大一英文”、“英国散文”等课。没有写什么学术论文。

杨丙辰，北大德文系主任，清华兼职教授，讲授“德文”、“浮士德”等课程，翻译过一些德国古典文学作品，没有什么学术论文，对待学生极好。

刘文典，中文系主任，著有《淮南鸿烈集解》，讲授“大一国文”，一个学期只讲江淹的《别赋》和《恨赋》两篇文章。

金岳霖，哲学系教授，讲授“逻辑”一课。

张申府，哲学系教授，讲授“西方哲学史”一课。

朱光潜，北大教授，讲授“文艺心理学”一课。

孔繁，历史系教授，讲授“世界通史”一课。

下面介绍外国教授：

温德（Winter），美国人。讲授“文艺复兴文学”一课和“第三年法文”。没有写任何学术论文。是建国后还留在北大任教的唯一的清华西洋文学系教授。

翟孟生（Jameson），美国人，讲授“西洋文学史”一课，著有《欧洲文学史纲》一书，厚厚的一大本，既无新见解，错误又不少。

必莲（Bille），女，美国人，讲授“语言学”、“第二年英文”等课，不见任何研究成果。

华兰德（Holland），女，德国人，讲授“第一年法文”。患有迫害狂，上课就骂学生。学生成绩好了，她便怒不可遏，因为抓不到辫子骂人。

艾克（Ecke），德国人，讲授“第二年德文”、“第四年德文”。他在德国大学中学的大概是“艺术史”。研究中国明清家具，著有《中国宝塔》一书，他指导我写学士论文《The Early Poems of Holderlin》。

石坦安（Von den Steinen），德国人，讲授“第三年德文”，没有著作。

吴可读（Pollard Urquert），英国人，讲授“中世纪文学”一课，也没有任何著作。

葛其婉，女，教法文，大概是一个波兰人。

以上就是西洋文学系外籍教师的简略情况。他们有一些共同的特点：第一，不管是哪一国人，上课都讲英文；第二，他们都是男不娶，女不嫁；第三，除了翟孟生那一部书外，都没有任何著作，这在欧美大学中是无法想象的；在那里他们最高能得到助教，或者像德国的 Lektor（外语讲师）。中国则一律教授之，此理殊不可解。文学院其他各系并不是这样子的，那里确有术业有专攻的，甚至大师级的教授。可偏偏就是这个西洋文学系，由于外国教授多而驰誉学坛，天下学子趋之若鹜。

限于篇幅，只能介绍这么多。下面是将近七十年前写的 1932 年～ 1934 年两年的日记原文。

《清华园日记》
季羡林著
辽宁美术出版社 2002 年 8 月第 1 版
定价 58.00 元

雷抒雁

帝国的黄昏
——《访苏日记》前言

1991 年 10 月，苏联以她固有的美丽秋色，迎接了我们几位中国作家。

森林、沃野、长河、古堡、教堂、高楼……俄罗斯油画一般凝重的景色依旧。

但是，在这凝重的色调里，却渗透着一种苍凉和凄冷。使你想随口吟出的歌，不是美丽欢快的《莫斯科郊外的夜晚》，而是那首古老的《三驾马车》。一位疲倦无着的马车夫在茫茫的雪原上赶着他的马车，不知要去哪里，那匹老马又面临着被主人卖掉的命运。

“黄昏更兼秋雨”，在弗拉基米

尔，我确确实实体验了一回泥泞道路的艰难。

商品的极度短缺，人们的愤愤不平兼忧心忡忡，政令不通与各自为政……一个强盛的帝国，在它黄昏的日子里，竟会与一个弥留病榻之前的老人，呈现的衰弱与神志混乱如此相似。

我有幸在这一刻闯进了苏联，成了一段历史的见证人。

1991 年 10 月 7 日到 20 日，我用了两个星期的时间，目睹和经历了这一段历史，并真真实实地记下了我的见闻。

这年 10 月，对苏联人来说是一个重要的时间。

两个月之前，即 8 月 19 日，震动世界的所谓“八月政变”刚刚发生。就在我们经过苏联的议会大厦白宫时，导游还在不断指给我们看当时叶利钦站着的坦克，停在什么地方；还看见美国的电影摄制组在及时地拍摄复演八月事件的影片。表面的平静，大约是深度伤痛引起的喘息！ 8 月 24 日，共产党总书记戈尔巴乔夫为了保住总统位置，辞去了总书记的位子，共产党也已被勒令停止了活动。七十年惨淡经营构筑的布尔什维克大厦，事实上已经坍塌。

没有轰响，没有灰尘四飞，也没有血水横流。我说那是无声坍塌，如一部默片中的雪崩。

此后，就是在我们结束访问之后的两个月，亦即 1991 年 12 月 21 日，十一个加盟共和国相继宣布独立，一个主宰半个世界的超级大国，一个唯一可以和另一个超级大国分庭抗礼的社会主义帝国，宣布解体。

从 8・19 事件到 12 月解体，只经历了短短四个月。我们的访问，正在这段时间的中间。

一个大国的衰亡与一个人的危亡相似的地方，是都散发着一种令人窒息的气息。我的日记，正是切实地记录下这些气息。这份日记，不能算是病历档案，充其量只是一个旁观者的观察记录。

我详尽地记下了文化界的人物以及普通人，包括翻译、导游、出租车司机，各色人等对苏联当时社会现状的议论。我相信，其中有痛心的哀悼，也有雀跃的庆幸。

在把这部日记公诸于世之前，我有许多迟疑。三本日记被我拿起又放下，放下又拿起，整整八个年头过去了，才使我下决心将它发表出来。这其中的部分原因是因为苏联解体后，俄罗斯的变化，使我希望冷却一下自己的观察，让历史再作一些验证。

1936 年，当罗曼·罗兰和纪德访苏之后，他们的见闻也做了时间沉淀。前者甚至是在三十多年之后才予以出版。当然，说这些，我无意要将自己的日记与大师的见闻相提并论，我只想说，在态度上我也是认真和慎重的。

我曾经想过，我可以在日记的基础上，将它扩展成一部见闻著作。但我最终还是保持了日记的原貌。因为，改为一部著作，似乎太正规了一些，而且你得更有条理和逻辑地去剖析一个大国衰亡的历史，这既非我的力所能及，也非我的意愿。

日记，当然有急促、记事、甚至记账的弊端，缺乏细致从容的描写和冷静深刻的分析；但是，它保持了原态，鲜活、真实，未事雕琢。

这部日记，都是抄自我的“访苏日记”本子上的，只是个别地方作了些修正和删节。

我还较详细地记录了我参观普希金、托尔斯泰、帕斯捷尔纳克、舍甫琴柯这些文学大师们的博物馆。因为他们，使我对俄罗斯这个伟大民族的崇敬更为深切。当然，俄罗斯文化历史上的精英，远不止这些，但是，由于条件的限制，我仅看到了这些；即使这一点点，也使我对俄罗斯民族的未来充满了信心。

我在帕斯捷尔纳克故居的留言簿上写下这样一段话：“这些伟大的文学大师才是俄罗斯真正的灵魂。这种崇高的灵魂可以超越苦难和挫折，永远地照耀在俄罗斯土地上！”

使我永远忘不了的，是在苏兹达里一座修道院里所见到的那种撼人心魄的钟声。那是一种伟大的声音的呼唤，是一种凝聚力量的号召，也是对人灵魂净化和升华的洗礼！

朴实的敲钟人尤里，是普通的俄罗斯人，但他的身上洋溢着俄罗斯民族真正的活力。

我相信，八年时间过去了，我的许多记录也许在今天看来不尽准确，但这也不要紧。八年时间，世界在急剧变化，我们自己也在变化。但是，无论怎么变，对于事实这棵大树来说，移动的只是影子。

这也许正是我要将这部日记公诸于世的原因。

施蛰存

《外国文人日记抄》序

自从文学革命运动以来，我国新文学的第一个成绩是新诗，其次是戏剧，又次是小说，在这十六七年的时期中，这三者都有了很好的发展。而美文之被重视，则是最近一两年间的事。这个现象，据我的愚见看起来，是自然的，并且是好的。

这里所谓美文，即我们普遍所谓散文、随笔、小品之属的文学作品。在文学的范域内，美文常常与诗同处于凌驾一切的地位。这并不是由于一种传统的观念，以为诗是戏剧的前身，而美文是小说的前身，所以尊重它们，这实在是因为第一，在创作的技巧上，诗与美文比戏剧与小说更需要精致。第二，在本质上，诗与美文又比戏剧及小说更是个人的，所以从文学的艺术价值这方面看起来，美文与诗是应得有它们的崇高的地位了。

日记是美文中的一支，并且是最足以代表美文的特色的。其他的文学作品都是预备写给别人看的，而惟有日记是写给自己看的；其他的文学作品大都是写别人的事情，而日记则是完全记自己的言行思想。其他的文学作品是宜于早日印出来的，日记则最好是永远没有印行的机会，否则，宜于在作者死后尽可能延缓的时期中印行出来。从这几点看起来，日记岂不是一种最最个人的文学作品吗？

因为是最最个人的，所以它的写作技巧也与其他文学作品不同。我们在写论文的时候，所要注意的是阐释，而日记是不需要阐释的；我们在作小说的时候所要注意的是描写，而日记是不需要描写的；我们在写其他一切散文的时候所要注意的是文体明白畅达，辞藻风华典雅，而这些又不是作日记时所必要的。

可是虽然不要阐释，不要描写，但是我们在中外名家的日记中，往往看到寥寥数语，实在已尽了阐释与描写的能事，对于文体及辞藻也一样，虽然作者无意于求工，然而在那些简约质朴的断片中，往往能感觉到卓越的隽味。所以，从这几点上看起来，可知日记的写作技巧是与戏剧及小说之类完全不同而更需要一些精致的。

写日记的动机也与写戏剧及小说之类的文艺作品的动机不同。倘若必须要断言一种写日记的动机，那么最适当的还得归之于“习惯”。是的，写日记完全是一种习惯，除了“习惯”这个理由之外，我们对于写日记还有怎样好解释呢？

凭着这种习惯，人们每天写着他的日记。在晚上，临睡之前，随意写几句，把一日来的行事思想大略作一个记录。因为并不是预备给别人看的，所以文字不必修饰，辞句不必连贯，而思想也毋庸虚伪了。所以日记这种东西，当作者正在继续写记的时候，是只对于作者个人有价值，必须要作者死后，为人发现，被视为作者的文学遗产而印行之，它才成立了文艺的价值。

因此，我们可知，日记是不能由作者当作文艺作品似地随时发表的。可以发表的日记，大多不是真实的日记。但是，因为人往往有一种好名之心，所以不发表的日记也未必一定是最好的记录。如我们读曾国藩《求阙斋日记》及李慈铭《越缦堂日记》之类，总感觉到他们在写日记的时候，早已意识到将来的读者了。所以，在这些日记中，我们非但在技巧上找不出日记的特点，并且在所表现的思想里，也很可怀疑这是作者的虚饰。这种日记，无论它在别方面的价值如何之大，但在文学上的价值是很低微的。

本书选择了欧洲日本七个近代文人的日记，就是注意于上述的标准而选定的。在这七个人的日记中，读者显然可以看得出，托尔斯泰是完全将他的日记册当作备忘簿用的，他每天将他预备要写的论文材料及小说结构都顺次分段地记录下来，以为应用时的参考；曼斯菲尔德则纯然以一个女作家态度来忠实地记录她的文学上的感想及她的肺病时期的心理；乔治·桑的这份日记则完全是热情而忠诚的恋爱苦味的自白了，所以这七个作者对于日记的目的虽然不同，但是他们都是为自己而记的。

因为日记纯粹是个人的作品，它不需要连贯和字句，所以日记之特点往往就在于它的许多断片的连续处。自来选录日记者往往忽略了这一点，他们在选录一个断片之后，常常因为下文所记录的事情不在选录对象之内，或不免枯燥无味而删节了，因此就不能表达原作的特点。我们往往需要在这种不相关的两个断片的连续中，看出作者在写记时的思想转移的痕迹。所以，本编所选译的七个人的日记，完全照原本选译，一点也未有删削，以存其真。

日记的体裁，约有两种：一是排日记事的，一是随笔式的。排日记事的当然是日记的正体。所以本编中除选录《高更日记》一种以代表随笔式的日记之外，其余都选录了排日记事的日记（乔治·桑日记一种其实也是例外，不过因为它既系有年月时日，姑属于此）。

外国近代文人之有日记遗世者，非常之多，可惜译者一则见闻有限，二则藏书未富，所以只在这里选录了七种。其他如法国儒勒·列那尔的日记三大卷的原文迄今尚未买到，不能选译一部分编入本书，殊为遗憾，因为这乃是近年来出版的最好的一部日记文学也。译者很希望他日能有将它全译问世的机会。

《外国文人日记抄》
施蛰存译
百花文艺出版社 1988 年 3 月第 1 版
定价：8.50 元

智慧与良心的实录

——《顾准日记》序

李慎之

这不是一本“好看”的书，因为它本来不是让别人看的。在当时的条件下，如果真的被人看到，那对作者来说，只能是“罪上加罪”。但是，它却是一个时代的实录，一个受难的灵魂的实录。

当然，在那高唱“六亿神州尽舜尧”的日子里，决不会只有一个顾准，然而却只有他留下了这样一份断断续续的日记，而且正如有人所说，“只因为他的思想变成了铅字”，他给整个一代中国的知识分子挽回了荣誉。

本来没有什么人的日记能有什么主题，但是时代却逼迫顾准的日记有十分突出的主题。

首先是要解决填饱肚子的问题，请看：

刨红薯，民工过路，歆慕不已，都到地头捡残屑，驱之不去。一个新发明，红薯藤磨粉。（1959年11月13日）

在冀鲁豫时不能下咽的，这回全部吃完。尤其晚饭三百斤菜，七十五斤米的菜饭，加一盆红薯叶，居然吃完。饥饿是可怕的。（1959年11月21日）

为食物的欲念所苦。想如何找杨陆何三人中的好对象得以早上喝一次菜汤。想如何搞一点红薯与胡萝卜吃。（1959年12月15日）

劳动队的肿病一下子在一个月内从四十四人增加到七十多人。（1959年12月17日）

（跟公社比起来）劳动队还是天堂。（1959年12月27日）

（蔡璋）说，南山粮多，现在农村流窜犯比城市流窜犯多。人们都往南山跑。青年妇女，分不清是姑娘还是媳妇，只要有吃的，自愿留在那里当媳妇。饥饿是可怕的，饥饿推动人们做出看来做不到的事情来。（1960年1月15日）

死人已知柳之弟、杨之女、刘之父。（1959年11月27日）

附近路倒尸二起。黄渤家中……十五人中死了五个。（1959年12月17日）

够了。“饥饿——浮肿——死亡”这是一条规律，今天四五十岁上下的人应该都还能记得的。

正因为这样，顾准花了不少笔墨来记自己如何想办法搞东西吃。一条胡萝卜，成了“宝中之宝”（读者要知道，这是斯大林对粮食的称呼）。有几次他吃饱了，就高兴得大写“痛快之至”。其实那个时候，不少人都已到了生物本能的极限，按照生物本能活着。然而顾准却还没有停止思考。

日记的又一个主题是改造。本来右派分子下放到农村，唯一的目标就是“改造资产阶级思想”，这是天经地义的事情。顾准的日记中经常可以看到“写笔记”的字样，就是写所谓思想改造笔记。但是那是写了给人看的，被顾准称为“苦刑”。真正的思想改造笔记就是侥幸留下来的这几本日记和后来收在《顾准文集》中的那些笔记、信件和论文。从这份日记中间，后人可以看到改造是怎么回事。

改造右派的方法是全国统一的，就是“右派斗右派”，正式的名词是“自我改造”，或曰“自我教育”。让你抛妻别子，到农村中白天劳动，晚上学习，根据毛主席著作，“狠斗私字一闪念”（不错，这话是十年以后才由林彪提出来的，然而实际上他不过是把早在劳改队实行的那一套推而广之而已）。不要怕斗不起来：在每一个人面前都虚悬着一个“摘帽子”、“回到人民内部”的目标；对本来是学员的人来说，还有一个“早日回到党的怀抱”的目标，因此改造不愁没有积极分子。正如毛主席早就指出的，只要有人群的地方，就一定有左、中、右三种人。在人斗人的过程中，谁斗人最狠，上纲最高，谁就是改造得最好，可以被评为“一类”。当然，你也可以埋头干活，缄口不言，然而那样问题更大，叫做“抗拒改造”，得到的反应首先就是“打你的态度”。总之，非要你开口不可，不开口是办不到的，而只要一开口，那一定又有岔子可抓。这样连续不已的斗争就叫做思想改造。从改造本身的逻辑讲，可以说是没有改好的一天的。但是毕竟又每过两年总有一部分人“摘帽子”，“回到人民内部”。这个秘密就是管理右派改造的当地领导的心意。在顾准所在那地方的术语，这就叫做“接上头”，从日记中，可以看出顾准是很下了一点功夫研究如何能“接上头”的。请看1959年12月8日的日记：

沈（场长）说我“接上头”了。这其实是笑魇迎人的政策的结果。我近来每次看到沈必打招呼，他不睬不睬我也招呼，这就合乎他的心意了。

但是顾准也未免天真了些。他不但是北京来的知识分子，还是一个曾经当过“首长”的人，要想真的同农村管改造的基层干部“接上头”谈何容易！只靠笑魇迎人地打招呼顶多只能使改造者一时心理上满足一下而已，至于摘帽子，没有上边的点头，莫说属于敌我矛盾的右派分子的改造，就是四清运动时挨批挨斗的村干部要“下楼”，文化大革命中的走资派要“解放”，都是办不到的，这就叫做“党的一元化领导”。所以顾准虽然自以为“接上了头 ”，可是到回北京还是没有摘了帽子。不过，千千万万的右派，又有几人能免于这样的诱惑呢？当然顾准后来也明白了，摘帽子只是一种“政治需要”。

要应付天天晚上的改造会，实在不是容易的事。顾准不能不想出一些可以供批判又没有太大危险的“话把儿”，以免“冷场”反而招致“斗态度”。他给自己选定了两个“话把儿”：一条是“架子”，一条是“人道主义”，说实在的，这也是当年许多右派分子在同样的情况下所作的无可奈何的选择。这样，“大致可以过去，前后也能一贯”（见顾准 1959 年 11 月 10 日日记）。

照常理推想，顾准这样出身贫寒，做过地下工作，又曾在解放区长期工作的老党员、老干部，一旦成为人下之人，应该是没有多大的架子了。事实上，他早就明白自己的地位，下放之初就说过“我根本不鄙视”其他右派分子，“因为我也不过与他们处在相同的地位而已 ”。但是他现在是“北京来的干部”，历史上还当过几年“首长”，这个“架子”就像他鼻子上的眼镜一样是永远脱不下来的，哪怕他下定决心始终“笑魇迎人”也罢。但是这总比“抗拒改造”、“腹非时政”——反对三面红旗的罪行要好多了。

顾准给自己留给人家批判的另一个“话把儿”是“人道主义”。从日记中看不出顾准是怎么检讨自己的人道主义的，然而不难想象无非说自己心肠软，斗人不够狠，站不稳无产阶级立场而已。比如说，明明饿死不少人了，但是还是要肯定“粮食问题是思想问题不是实际问题”（见顾准1959年1月14日日记）。如果倒过来说，那就是“大是大非”的问题了。

这样的改造给予顾准的是时时袭来的“心头一阵阵绞痛”。请看：

我基本上学会了唾面自干、笑魇迎人的一套。（1959年11月10日）

精神折磨现象现在开始了。下午栽菜上粪时，思及生活像泥污，而精神上今天这个人、明天那个人来训一通，卑躬屈节，笑魇迎人已达极度。困苦、嫌恶之感，痛烈之至。（1959年11月23日）

在这种情况下，道德败坏，不能不成为普遍现象。（1960年1月15日）

何（祥福）学好了，还是学坏了，上帝明鉴，他学坏了啊！（1959年1月15日）

水库六个月，赵淑仁学好了还是学坏了？学坏了啊！她现在感激劳动队为她脱帽。但是从脱帽得到了什么经验教训？钻空子，拍马屁，说谎话。

下放干部是有许多人学好了，这是他套社会责任感的宗教仪式的效果，其背后也有客观的物质基础。他们是外来者，他们来此是朝圣式的消除肉欲。城市式的生活方式在等待他们。否则，饥饿也会促使他人相食，卖×，说谎，拍马屁，害人自肥的。

真是心头一阵阵的绞痛。

若说这是历史的必然，付出的代价也够重大的，后一个历史时期，为了消除这些恶毒的影响，不知要付出多少精神和物质的补偿。（1959年1月15日）

小组通过思想总结，六个右派中，彭楚南和李宝仁二人未通过。彭楚南是不暴露思想，李宝仁是顽固。李宝仁的顽固是不相信丰收。这个姑娘很愚蠢，然而是可钦敬的愚蠢。（1959年1月16日）

我是否变得卑鄙了？我偷东西，我偷东西吃，我不如青年人有献身精神等等？不，没有 。如法捷耶夫描写两个人在远东森林里打游击一样，我以后也要如实描写自己。（1959 年 1 月 16 日）

千千万万的中国人有过与顾准相似的经历。然而，许多人甚至不敢如实地感受，更少有人敢于秉笔直书，给历史留下一点记录。这是中国的耻辱，更是中国知识分子的耻辱。早在 1959 年在商城的日记里，顾准已经下定决心要下十年功夫，研究世界的和中国的历史，弄明白人类的命运是怎么回事。这个计划当然过于庞大而不能完成，然而我们还是有了现在的《顾准文集》，它使人们在问起 20 世纪下半期中国有没有独立的、创造性的思想家的时候，我们可以没有愧色地回答："我们有顾准。"

顾准的弟弟陈敏之在把顾准和他的通信结集出版的时候加了一个题目：《从理想主义到经验主义》。这当然是正确的，顾准通过痛苦的改造放弃了对他曾经是神圣的"终极目标"的追求。用他自己的话来说，他"面对的是把理想主义庸俗化了的教条主义"。他说："我面对它所需要的勇气说得再少，也不亚于我年轻时候走上革命道路所需要的勇气。"他又说："我还发现，甚至理想主义也可归到经验主义里面去。"但是正如许多同志所指出的，顾准实际上是一个上下求索，虽九死而无悔的理想主义者。因此说他放弃的是专制主义，追求的是自由主义，毋宁更切合他思想实际。他在 1960 年 1 月 17 日的日记中已经从反面证明了这一点："结论：苛政猛于虎。"

反观 20 世纪初从辛亥革命特别是五四运动以来中国志士仁人真正追求的主流思想，始终是自由主义，虽然它在一定时期为激进主义所掩盖。中国的近代史，其实是一部自由主义的理想屡遭挫折的历史。然而九曲黄河终归大海，顾准的觉悟已经预示了这一点。

顾准是孤独的，因为改造右派分子的政策就是要"孤立"他。即使到临死，他想与同在北京城里相距咫尺的九十老母见一面而不可能。在顾准的日记里唯一引为同道的是宋庆龄。他在 1959 年 12 月 9 日的日记中写道：“宋庆龄的和平、进步、正义是正宗的，目前的妖魔邪气何能持久？”

顾准可谓“时穷节乃见”的典型，但我更希望什么时候，中国能甩掉“时穷节乃见”这个被视为可贵可敬，其实却是可怕可怜的民族传统，让人人都能自由自在地表达自己的真实思想的时代早早到来。1960 年以后的调整时期，1978 年以后的农村改革，都已经证明，只要稍稍多给人一点说真话的自由，中国虽然人多，吃饱饭还不是办不到的。希望中国今后不要老是以“时穷”来考验她的子女的智慧和良心。

总之，这不是一本普通的日记，它不属于顾准这一个人，而是属于中国人民永远不能忘记的那一段痛史。

《顾准日记》
顾准著，陈敏之、丁东编
经济日报出版社 1997 年 9 月第 1 版
定价：25.00 元

思想使人受难 受难使人思想

——《顾准日记》编后记

丁东

已故思想家顾准的文集出版之后，引起了中国知识界的高度重视。对顾准的生平和思想的研究，将不是一个短暂的文化热点，而将成为社会人文研究领域里长期存在的一门显学。若干这样的一种认识，尽可能多地整理和出版顾准的遗著，就成为一项必不可少的基础性工作。本书就是这项工作中的一部分。

顾准生前有写日记的习惯。由于严酷的生存环境，一些日记已经失散了，或者销毁了。目前发现的顾准日记只有三本。一本是顾准 1959 年 10 月至 1960 年 1 月下放河南商城监督劳动时的日记，是顾准所在单位经济研究所在他去世后整理档案时发现的，原件现在由顾准的次子高梁保存；一本是顾准 1969 年 10 月至 1971 年 9 月下放河南息县学部五七干校的日记，还有一本是顾准 1972 年 10 月 13 日到 1974 年 10 月 15 日在北京读书和生活的简单记录。日记至此戛然中止，从此顾准卧床不起，直到 1974 年 12 月 3 日凌晨与世长辞。这两本日记，是陈敏之当时整理顾准遗物时发现的，现保存在陈敏之处。为了叙述的方便，编者分别将这三本日记命名为“商城日记”、“息县日记”和“北京日记”。

这三本日记，虽然只是顾准生命长河中三个片断的记录，但对于研究顾准思想的发展，却有着不可忽视的价值。它从多方面提供了顾准思想形成的政治背景、文化背景和生活背景。作为经济专家的顾准本来是不可多得的领导人才，在 50 年代初他已经显示了卓越的才干。当时某大区领导人就有“我们这里没有一个比得上顾准”的说法。然而，由于他的卓越能力，更由于他的独立见解，他无可避免地陷入了接二连三的灾难之中。他有志于学术研究，然而能够坐在书桌前阅读、思考、笔耕的生活，在他一生中只有短短的几段，加在一起也不足十年。他这三本日记，都是正常生活被迫中止的年代的踏实记录。最后一本，记录了他生命最后两年的读书生活，使我们能够从中了解《希腊城邦制度》和《从理想主义到经验主义》这两部杰作产生的文化背景。在《商城日记》和《息县日记》中，大量记录的是饥饿的威胁、疾病的折磨、失去亲人的悲痛；是被迫检查交待，是高强度的体力劳动，是没有读书、写作的时间和条件的苦恼。然而，就是在物质匮乏和精神折磨的双重压力之下，他经常关注的仍然是民族的命运、人类的前途。从他的日记中可以看到，从工业，到农业；从物价，到财政；从经济，到政治；从内政，到外交；从国内问题，到国际问题，他都有着执著的思考和独立的见解。他是多么热切地期盼中国尽快结束无休止的政治运动，集中精力进行经济建设，古老的中华民族雄立于世界，他是多么热切地希望能够在祖国的振兴中，贡献自己的智慧和力量。然而，严酷的环境，不但剥夺了顾准发挥治国之才的机会，而且屡次剥夺了他作为一个公民的基本权利。

有一种看法，假设顾准能够拥有从容的学院生活，将能取得更大的学术成就，留给后人更多的将是学术遗产，而不是人格遗产。从容的书斋生活，固然是顾准生前的渴望，甚至在大部分时间里是奢望；然而，我不得不反问，仅仅在当代中国的学院里或者书斋里，能够产生作为卓越的思想家的顾准吗？独立的人格、早年的追求、革命的体验、从政的经历、渊博的学识、坎坷的遭遇和炼狱的苦难，实际上共同构成了顾准思想产生、形成的背景和条件。这种书斋假设，本身就是一种书生之见。我们反对人为地制造苦难。但思想使人受难，受难使人思想，又是一个实在无法回避的事实。

自然，顾准也不是圣人。他在生活中，也有彷徨的时候；他的思想，也有历史的局限和时代的烙印。编者的想法之一，就是如实展示顾准的真实面貌。顾准的手稿，还存有他在病中给六弟陈敏之的最后一封信和《北京日记》中提到的译稿《基督教》，此书一并收入。

为了便于读者了解顾准更多的情况，本书收入了陈敏之先生的五篇文章：《顾准生平和学术思想》《我所知道的顾准与“三反”》《顾准的最后十年》《送别——在顾准身边的最后一个月》《一位不该遗忘的女性——怀念汪璧》。其中特别应当指出的是，《送别》一文写于1975年3月顾准刚刚去世不久，作为顾准最亲近的兄弟，陈敏之当时就充分地认同顾准的追求和探索。这篇完全不同于当时流行的价值观的文章，本身已经具有一种历史文献价值。本书收入的徐方（即张纯音的女儿咪咪）给病中的顾准的信，也是如此。

在编辑过程中，王元化先生建议，选入顾准的大女儿顾淑林1984年读了父亲遗稿之后写的一篇感想。顾淑林女士现居荷兰，题目《迟到的理解——读〈从理想主义到经验主义〉》是编者所拟。这就使本书的内容更加充实。顾准的女儿对父亲的理解，也是后代对思想先驱者的理解。我们民族的进步，固然需要先驱者的思想之光去探路，更多的人则是在对先驱者从不理解到理解的过程中，告别盲从，走向清醒；告别幼稚，走向成熟。

王元化先生读了邢小群对顾准生前好友吴敬琏的采访录后，建议对经济学界前辈、顾准的患难之交骆耕漠先生也进行一次采访。在暴力喧嚣、人性沦丧的年代，骆老和经济所其他朋友，能够对顾准相濡以沫，雪中送炭，实在是那个不堪回首的年代的动人篇章。

在本书编辑出版过程中，还得到过许多人的关心、支持和帮助。他们之中有：李慎之、吴敬琏、郑惠、郑海天、程乃欣、张楠、黄德志、魏光奇、徐庆全、周实、俞景华、刘延民、李建惠等，在此一并表示感谢。

《九十年代日记》后记

王元化

这部日记自1990年起，至1999年止，前后共十年。其中1991年未记，以回忆录代替。

我很羡慕别人在任何情况下都能够坚持记日记的本领，我没有这样的恒心，也缺乏这种毅力。过去我曾多次打算把日记记下去，可是每次都半途而废了。这里刊行的十年日记，虽然并不完整，但总算持续未辍，也许这和90年代有关，对我来说，90年代是颇为重要的十年。我在青年时期就开始写作了，但直到90年代，才可以说真正进入了思想境界。朋友们认为我这么说似乎有些夸大，可这并不是夸大其辞。90 年代是我的反思时代，直到这时我才对于自己长期积累的思想观念，作了比较彻底的全面检讨。在 40 年代初和 50 年代下半叶，我也有过几次反思，但时间没有持续多久，涉及的范围也没有这样宽广。到了 90 年代，我才摆脱了依傍，抛弃了长期形成的既定观念，用自己的头脑去认识世界，考虑问题。所以我把 90 年代视为自己思想开始成熟的时代，这大概是我在这十年能够把日记坚持记下去的原因。我当时想，倘要将所见所闻所感所思和自己思想的演变全都记录下来，恐怕再没有比记日记更简便的方法了。

友人如兰告诉我，赵元任先生曾说过，日记有两种，一种是为自己记的，另一种是给别人看的。他认为他的日记是第一类，胡适的日记则是第二类。为自己记的日记，目的在于存以备考，只要自己看得懂怎么写都行。最近商务准备出版《赵元任全集》，其中也包括他的日记。我不知道如兰和新那姊妹们，如何整理她们父亲的日记。听新那说，赵先生日记中，有时使用了五线谱以达意，有时是图像，有时是外文和方言，有时夹杂着他本人才明白的符号。我的日记虽然不像赵先生日记那么复杂，但也不大容易让人能够看得明白。其中有缩写，有符号，还有许多没有背景交代只有自己才懂得的记述。自己写给自己看，自然不会有什么问题。但是，当我答应编辑朋友的要求，准备把它们出版问世公之于众，就成为大问题了。一旦刊行，就需要使上面说过的第一类日记变为第二类日记。这是一个大变化。最初我低估了这项工作的艰巨性。着手进行之后，才感到它的分量越来越重，而并不像原来所想象的那样简单，这是需要去做大量的工作的。譬如，原来那些缩写和符号，就需要翻译成可读的文字；原来没有记述下来的事件背景，就需要增补必要的说明。更煞费斟酌的是某些个人隐私和目前尚不宜公开的事件，在经过慎重的考虑和权衡后，我作了这样的处理：有的只能割爱，加以删削，但为了尽量存真，有时则需设法运用意在言外的笔法，委婉地点明。从开始着手进行，到这些工作全部完成，前后用去我两年多的时间。

这十年日记原来是分别写在不同的日记本上，大抵每年一本，也有几年写在一个大日记本上的。我在整理时自然不能在这些原始日记上进行修订，而是先把它们抄写在稿纸上再作增删。这些手抄的日记共三十余万言。由于上面的改动较大，为了排印方便，再请蓝云和晓光用电脑打印出来，经过校改输入光盘。这样我的日记就有了三种不同的稿本：原始日记、抄改本、打印本。这里需要说明，整理时，我所作的修订，只限于将别人无法看懂的地方阐发清楚，而并没有用后来的思想去代替当时那些想法。这些新增的阐释或说明，我采用了案语的形式，至于涉及后来的想法或交代事件的变化，则归入补记。两者均经我一一标明，以与正文相区别。我想通过这种方式来尽量保持日记的原貌。可是认真来讲，还是不能做到和原始日记完全一致，特别在文字上、形式上，已有很大的差距了。但除此之外，我实在想不出更好的办法。为了弥补这一遗憾，我准备将这十年的原始日记，全部捐赠给上海档案馆，以备将来研究者互相参照。

这部日记取名为《90年代日记》，它和去年出版的《90年代反思录》是姊妹篇。前者阐述了我在十年中的一些新的认识和新的思想。至于这些认识和思想是在怎样的背景下一步步形成的，读者或许可以从后者去发现它们的发展演变之迹。

《90年代日记》
王元化著
浙江人民出版社 2001 年 7 月第 1 版
定价 29.80 元

生命史上最荒谬的一页
——《向阳日记》引言

张光年

立意编选这本《向阳日记》——十年动乱期间下放湖北咸宁向阳湖畔文化部五七干校的那段生活实录，是受到难友陈白尘同志遗著《牛棚日记》的启发。去年7月，我在《怀念老友陈白尘》一文中写道：“我曾经读过白尘的《云梦断忆》，感慨丛生。这次反复披阅《牛棚日记》，一时竟感到自己重新陷入牛棚而不能自拔。……为了昔日文化部干校这一段非凡的感受，白尘同志已经奉献出两本著作。我能够做些什么呢？我总该做点什么吧？”

这样，1995年7月起，从书橱

角落里找出搁置二十几年的一批旧日记小本，闲来随手翻阅，用红铅笔将可选用者勾出来，可省略者勾出去。去年 11 月间，用钢笔将 1970 年至 1972 年三年的选用稿正式抄写在稿纸上。今年五六月间，又将 1973 年至 1976 年可资选用者抄写出来。选录的都是当年日记的原文；删节处多半加上省略号；新注的短语加上括号；必要时在页末加小注。我在那十年浩劫后七年的主要经历和感受，都在这里了。需要说明的是：1975 年 10 月底，我将组织关系从干校留守处转到国家出版局，我的干校日记本可以到此结束。可是“四人帮”还在台上，不久又掀起“批邓、反击右倾翻案”的妖风。“文革”还在革，“向阳”还是梦，所以《向阳日记》就顺延到 1976 年底。

我在文化大革命中的日记，是从 1970 年初来到干校时写起的。那以前的日子，不可能写日记。翻阅当年的小日记本，我曾在扉页上郑重题名《向阳日志》，这是因为，一来我们的干校、我们的连队濒临向阳湖（古云梦泽的一部分），向阳湖是我们劳动改造的主要工地。二来心有杂念（向阳之念），妄想有朝一日，拨乌云而重见阳光！所以现在出书，书名就基本上采用了当年日记的原名。我说到干校以前不可能写日记，我想年纪大一点的读者是可以理解的。“文革”初期那几年，我们这些由老干部、老教师、老文化人（科学家、文学家、艺术家等等）组成的“黑帮”们，日日夜夜过的是什么日子？身受者不堪回忆，年轻人略有所闻。我此刻不愿提起，但愿给少不更事的“红卫兵”留点脸面，给“革命群众”留点脸面，也给我们自己留点脸面吧。

那年头，我处身于军宣队直接领导的中国作家协会革命组织和江青、康生主管的中央专案组的双重监管与隔离反省中。经过反复申请，于 1969 年 12 月初得以下放到咸宁干校参加劳动改造，真是不幸中之幸事。何况，初到向阳湖畔的短时间，我和陈白尘、张天翼、臧克家、冯牧、冰心（冰心稍后转移到沙洋干校）作为老弱病残受到优待，轮流看管菜地，能够呼吸到新鲜空气，还不时领受村里房东和过路老乡的同情（总说是“年纪这么大了，几可怜啰！”）。更何况，下放不久，就碰到干校“清查五·一六”运动，一批“文革”初期的积极分子被打成反革命，这就分散了对我们这些老黑帮的压力。虽则那日益紧张、日益扩大的战斗声势，那日夜不停的追查气氛，使得我们这些老家伙不知所措。

翻阅二十多年前受难期间那些日记小本，透过那些密密麻麻的字迹，那些不堪回首的人和事，经过温习、筛选、抄录而成书，对我这八十三岁老人来说，是又一次感情上的折磨和思想上的鞭打。在那样的政治气氛、恶劣天气、劳动条件，加之疾病缠身，动辄得咎的情况下，还能坚持写日记，这点毅力是可贵的。干校生活的艰辛，革命群众的呵斥，比之“文革”初期，那是文明得多、优待得多了。对我来说，最最不能忍受的，是中央专案组对我于1929年（十五岁时候，白色恐怖下）由地下共青团员转为中共正式党员期间一段“历史问题”的长期纠缠。既然江青对威特克夫人的著名谈话中公然点名“张光年是托派”，她所御用的专案组就得年复一年、月复一月地追查、逼供和取证；既然专案组苦口婆心的教育，软硬兼施的开导，长年累月的等待，都不能得到他们必须得到的东西，那就证明你是态度恶劣、顽固不化，是花岗岩脑袋，理应受到不客气的对待。这次选编《向阳日记》时候，一碰到受专案组折磨、同专案组顶牛的记述，仍然怒火中烧。同时，也从自己的遭遇，联想到许许多多老同志们曾经受到类似的甚至更残酷的折磨，为之悲忿不已！

个人受到一些委屈磨难不可怕，怕的是全家受株连，而这是许多老干部、老党员难以避免的厄运。大动乱初期，远在乌鲁木齐市的中学教师、跟周扬从未见面的年轻共产党员、我的小妹张惠芳，因周扬“黑线”牵连，不堪凌辱而自杀身亡。稍后，我的衰老怕事的父亲，因两次抄家受惊及其他变故忧惧病倒，脑血栓发作而逝世。我的大妹张蓬（延安抗大、鲁艺出身）、二妹兰光（她的剧本《最后一幕》被江青点名诬陷）两家皆被打入文艺黑线；我的老弟文华早因冤案错判在沙洋农场劳改，都不用多说了。单说原住东总布胡同的我的八口之家，剩下的六口，稍后分散到六个省市。八十老母在北京坚持，爱人黄叶绿下放到文化部天津团泊洼干校（静海干校），大儿子安戈分配到晋北代县农村插队（后转到廊坊工厂学徒），女儿安迪分配到黑龙江萝北兵团接受再教育，小儿子安东投奔到广东阳山他舅舅处，在北江钢厂附中上学（高中毕业后回到顺义县农村插队）。“文革”后期，各大学开始恢复招生，儿女们因为不能报考升学，不能加入共青团，继续受到歧视而苦恼。女儿张安迪在萝北参加了北京外语学院招生考试。老师头天称赞她考得不错，第二天安慰她：“你爸爸问题没解决，明年再考吧。”精神上受到沉重打击的女儿，写信到咸宁来问：“亲爱的爸爸：您的女儿长大了。您要有什么事，不要瞒着她。”做父亲的，这时该怎样答复自己心爱的女儿？若干年后，我从安迪的一个旧笔记本里，发现她当年认真抄下了她的爸爸从咸宁干校忍泪写给她的长信。信上写出了少年张光年那一段曾被诬陷的革命经历，这段经历本是这父女二人值得引以自慰的。

青少年时期，我在城镇中长大，一向缺少农业劳动锻炼。到了干校，下水田、学农活、走泥路，开头很不适应，后来获益不浅。连队同志照顾我年老体弱，以后分配我在驻地值夜班。手脚腰腿是轻松了，夜里还可以看书。可是，冬夜要对付风雨的侵袭，夏夜要对付蚊阵的围攻，又苦于白天难以安眠。长期睡眠不足，引来各种疾病。虽然如此，我还是从夜读中得到好处。反复温习马克思主义经典著作，有时发现过去实际上未曾读懂的地方，特别是发现同当前怪现象怪言论颇有针对性的地方，独自拍案叫绝！赞赏之余，不免同以往坚持的东西，当前学习的东西对照一下。深夜自省：哪些是真经，十分宝贵；哪些是臆断，值得怀疑。这些都是以往工作忙乱、心情慌乱时候难以领会的。

十年动乱，七年干校，付出的代价是沉重的，而受到的锻炼和教育是珍贵的，永志不忘的。近来我常常想，像我这样一个虽然年事较高，饱经忧患，却是学而少思，惯于认直理，凭一股热情直来直往的人，要不是经过十年浩劫那样翻天覆地死去活来的震荡，我对周围事物的认识或许还停留在50年代的水平。我们50年代许多好东西，至今想起来还令人神往，可是自己那时看问题过于简单化了。

譬如说，我们伟大的革命机体，本来是半封建社会的对立物，同时又存在旧社会遗留的某些封建性的毒素。这些毒素、毒瘤长期被忽视，一旦扩散开来，加上林、江之流封建法西斯野心家的兴妖作怪，可以酿成十年动乱那样的滔天大祸，这是长时间难以理解的。又譬如，一个坚定的革命者或革命青年，一旦染上封建性个人崇拜的麻醉剂，嗜毒成瘾，可以达到是非颠倒、敌我颠倒、人转化为非人的地步，这也是“文革”中才见识到、体验到、觉悟到的。重温1981年中共中央《关于建国以来若干历史问题的决议》中清理文化大革命沉痛教训的论述，读到“长期封建专制主义在思想政治方面的遗毒”不易肃清；“党内民主和国家政治社会生活的民主”未能制度化；以及“党内个人专断和个人崇拜现象滋长起来”这些警世名言，真使人有拨云雾而见阳光的顿悟感。

一切违反人民意愿、违反历史规律的事物是不能长久的。一切符合人民意愿、符合历史规律的事物是长存的。

时过境迁，站在历史的制高点上，看到我们中国人民伟大的生命力，看到同人民紧密结合的我们中国共产党的伟大生命力，也看到我国知识分子百折不挠的强大生命力，眼前涌现出无穷的信心和希望。

从个人遭遇来说，生命史上最荒谬的一页翻过去了，以后不再提起它。可是，那年月，向阳湖畔经常接触的一些好人是难以忘怀的。

最难忘一批作家难友，首先是陈白尘同志、张天翼同志、侯金镜同志、郭小川同志、冯牧同志、丁力同志，他们都已先后辞世。他们当时的身影，多少保留在我的简略日记中。

最难忘一批热情的校友。每每在最困难、最狼狈的时候，他们向我伸出热情的手。其中一批比较年轻的男女同志，自己也身受委屈，越到后来，理解与友谊越是深厚了。

最难忘向阳湖畔一批农民朋友及其少年子弟。他们看得起我们这些落难的读书人，从不把我们看成异类；反而腾屋子给我们，邀我们到家里烤火，教我们一些农业生产知识……可惜限于当时的处境，向他们请教的机会太少了。

我还不能忘记李季同志、严文井同志、许翰如同志、葛洛同志、林元同志以及其他几位同志，他们身受委屈而被结合为连排干部，在力所能及的范围里给我以照顾和方便。李季同志的早逝，特别使我痛惜！我当然不能忘记诗友臧克家同志，这本日记里多处留下他的身影。

我要把这本《向阳日记》作为礼物赠给身受株连而能自强不息的我的好儿女——安戈、安迪、安东。我从不曾跟他们细谈过我在那些年月的遭际。不是有意隐瞒，而是认为没有必要。我跟很多好朋友也从未细谈过，我将要把这本小书分赠各位友人，让他们知道我那时是何等低能、低水平、低觉悟，可也有坚强的向阳的毅力。

《向阳日记》
张光年著
上海远东出版社 1997 年 12 月第 1 版
定价 18.00 元

李辉

且看那电闪雷鸣时
——《吴祖光日记》后记

一

北京今夏天气很怪。忽而冰雹，一场接一场，豌豆大小直至鸡蛋大小，砸得人们目瞪口呆，只听取惊呼一片；忽而狂风乍起，午夜里来去匆匆，天明时，但见树倒瓦飞，遍地狼藉；雷电也远比往年频繁而迅疾，稍不留神，一道光闪即携着霹雳穿透云层呼啸而至。也好，这种变化不定和出人意料，恰恰冲淡了烈日暴晒的炙热，让这一个酷暑多了些变化，多了些内容，多了些夜间的清凉。

这几日我一直在看《吴祖光日记》的校样。偶尔听到雷声滚过，仰头闭目，忽然有一种读日记听雷声相得益彰的感觉。这些日记写于1954年1月1日到1957年6月底，恰是吴祖光亲历的当代中国一段极为重要的历史时期。短短三年多时间里，中国社会政治气候变化异常迅疾，知识分子个人命运起伏跌宕悲喜转换极为突然，一连串雷电交加般的事件令人目不暇接，喘不过气：高岗饶漱石“反党集团”案——潘汉年被捕——《红楼梦》研究批判胡适思想——“胡风反革命集团”案——肃反——整风——反右……是巧合却非偶然，吴祖光个人命运正是在这样的历史背景下发生着前后悬殊的变化。他的特殊地位和身份，他的交际广泛应酬繁多的特点，他的率真性格与落笔大胆的风格，使得这本只有三年半时间的日记，不再仅仅是文人雅趣、个人家庭日常生活的呈现——虽然这是必不可少的、十分精彩的内容，而是记录下了更为广泛社会背景和极为丰富复杂的政治变迁，从而使一本个人化的日记，具备了重要的历史价值。

二

不少历史过来人对50年代中苏关系蜜月之时的往事记忆犹新，感慨良多。当时，言必称“苏联”，不少地方一味抬高来华工作的苏联专家的地位，容不得提出半点不同意见。轻者受到批评，重者被批判之，被惩罚之。早在1947年，萧军在大连就为此而倒霉。他在为报纸所撰写的评论中，对苏军在东北的不妥行为多有不满，并予以隐晦的批评。这显然不合时宜，立即受到严厉批判，萧军也从此被打入另册。萧军的遭际，对50年代的知识分子来说，是一个教训，更是警示。

作为一名富有才华、成就卓著的艺术家，50年代初的吴祖光备受器重，干劲十足。1954年，他在北京电影制片厂工作，出任纪录片《梅兰芳舞台艺术》的导演。此时，各行各业正盛行聘请苏联专家出任顾问，《梅兰芳舞台艺术》也为此从莫斯科请来苏联专家，指导吴祖光的工作。艺术家的才华与个性，使吴祖光难以无原则地听命于对中国戏曲艺术根本缺乏了解的苏联专家，与之常常出现龃龉，甚至冲突。但既有前车之鉴，加之环境所迫，他不得不违心地做出让步。种种委屈、不满、困惑乃至气愤，只能在日记中以片言只语发泄出来：

1954年10月14日

晨去厂为专家讲分镜头剧本，与苏专家之合作，有斗争，有团结，极不简单也。

1954年10月20日

晨至厂召开摄制组会，苏专家参加，专家对中国古典艺术不理解，工作有困难。

1954年10月21日

午后至人民日报社听苏联《文学报》编辑某某夫讲苏联戏剧发展前途，则多泛泛之谈，无甚道理，盖苏联亦多公式概念之流也。

1955年2月25日

晨在家做准备工作，午后到局，形势严重，局的三个专家，我组两个专家，王、陈两局长等皆一同看片，开座谈会，意见愈提愈严重，谈到六时，决定今日停拍，重新试片。与外国人谈中国艺术，真乃“秀才遇见兵”，苦恼之至。

1955年3月3日

晨到厂继续拍照至午后七时结束，倦极。苏专家以病闻，李秉忠等去探病，据说昨日专家夫人在电话中骂街云。艺术而请苏联顾问参加工作真一难事。十时就寝。偕尚义在西安食堂晚餐。

1955年5月13日

晨到厂讲今日欲拍之镜头，专家满口教条啰唣不清，可恼之至。此老之固执琐碎令人极难忍耐，但无法只得容忍也。午后开拍极不顺利，八时返家情绪恶劣之极。

1955年9月6日

晨到厂拍戏，因摄影小组工作无条理，计划朝令夕更，致无时间讲分镜头剧本，以致专家临时意见百出，指东杀西乱成一片。岑范老病复发，针锋相对，几无法下台。经我极力维持，辛苦。整日拍得镜头二个耳。

1955年9月7日

晨到厂拍戏，专家又提莫名其妙之意见，王德成应声而出，语无伦次，岑范又与之冲突，经我制止，行使导演职权，方得进行拍摄，极不愉快。专家热情，而王则头脑简单，积极过火，水平太低，真乃秀才遇见兵矣。

半个世纪过去，今天再读它们，不由得同情和理解吴祖光，为他内心的苦闷和面临的尴尬而感慨。难得的是，在盲目崇拜苏联专家的潮流中，他仍在独立思考。虽片言只语，却真实呈现出一个艺术家的精神自尊，他在晚年所表现出来的正直、坦率、大胆的独立人格，也可从中看出其渊源关系。

三

潘汉年的忽然被捕，是50年代对吴祖光第一次最直接的沉重打击。

抗战期间在重庆，潘汉年与吴祖光、黄苗子、郁风、丁聪等“二流堂”一批文化界朋友交往甚密。从日记看，50年代在担任上海副市长期间，潘汉年每次来京，常会与这些老友相聚，甚至外地写给潘汉年的信，也寄至吴祖光处代为转交，关系可见非同一般。

1955年3月，潘汉年再到北京，朋友们喜相逢。但谁都不曾想到，潘很快将有牢狱之灾。这一期间，在吴祖光日记里有多处记录与潘有关，文字虽简略，却勾勒出风暴突如其来的轨迹，更留下了他的纷乱心绪：震惊、不解、迷惘……

1955年3月20日

晚夏公、潘公来，在四川馆晚餐。

1955年4月3日

四时余艾青来，同去北京饭店，偕夏、潘两公及孩子们到康乐晚饭。

1955年4月4日

潘昨晚失踪，甚奇。

从日记看，潘汉年的“失踪”应是在4月3日，而潘“失踪”前的最后一顿晚餐，是与吴祖光、艾青、夏衍及吴祖光的孩子们一起。两天里，“甚奇”的事接踵而至，4月5日的日记中又出现了关于高岗、饶漱石事件的记录：“……今日报纸发表党代表大会决议，宣布高岗饶漱石叛党事件，但不详细，甚多使人难解处。”

事情还没有结束。随后的几个月里，潘汉年的名字又一再出现：

1955年5月7日

五时半有中共中央组织部汽车来取上海寄来转潘公之航空信，甚为紧急。潘公前此之失踪，证以今日之事，颇觉跷蹊。与夏公通电话，已来京，住华北招待所。

1955年7月20日

连日报载潘汉年反革命事，内情不明但罪状已定，此人党龄在三十年以上，何以不知自爱如此，百思不得其解，谈警惕亦太难。

所敬重的革命名人、老朋友，一转眼却成了“反革命”，这是吴祖光无论如何也无法理解和接受的事。作为一个文艺家，他不可能知晓党内政治斗争的复杂与尖锐，他也就只好以“百思不得其解，谈警惕亦太难”来表达一种困惑。但就是这种敢于在日记中流露的困惑，半个多世纪后，证明了质疑的价值。

四

吴祖光自己遭受打击是在1957年6月。这本日记的最后几页，真实记录了他在反右开始后面临批判的经历。

客观地说，在此之前50年代展开的历次文化批判和政治运动中，作为文化界名人，吴祖光也曾以批判者的身份出现，或在座谈会和批判会上发言，或撰文发表，批判他人以表明立场。如在批判胡风期间，他的态度就是明确的。1954年12月8日这天，他参加了开始批判胡风的大会，日记中便这样写道：“晨九时半到青年宫三楼开文联主席团及作家协会主席团扩大会议，今日发言周扬极精彩，公正、诚挚、尖锐、有力。郭老、茅盾亦好。”

吴祖光的命运被彻底改变是在1957年。

1957年，开始整风时，吴祖光响应号召，积极参加鸣放。5月30日的日记写道：“连日整风，到处情况严重。党近年来已呈衰老现象，若不整风，崩溃堪虞。”5月31日写道：“午后二时半到文联为整风开会，翰老主席，我第二个发言，剀切陈词令人震动。谈至八时半，发言者六七人而已。”一时间，他成了戏剧界敢于直言、态度激烈的人物之一。但仅仅几天，各方的鸣放邀请就已令他难以招架：

6月3日

连日因党整风来约开会的太多，且内容雷同，不能全去也。

6月4日

午后《剧本》月刊开会整党，数电来约，我均未去。话已说完，锐气渐消。不若仍作缄口之金人为佳也。

转眼间，大鸣大放转为“反右”。起初，吴祖光并没有意识到这将是一场涉及面广泛的运动，相反，只以为是针对罗隆基、章乃器等民主党派的政界人士，他甚至还准备材料参战。日记中写道：

6月14日

连日各报反攻反社会主义右派之言论甚为激烈。罗隆基章乃器辈之投机分子遭此打击乃天理昭彰也。

6月21日

白天检出52年罗隆基破坏齐白石影片文件，送《人民日报》。

然而，仅仅两天过去，全国剧协针对吴祖光的批判就在剧协主席田汉的主持下展开了。关于吴祖光被打成“右派分子”一事与田汉个人的关系，近年来曾有不同说法和争议，这里，吴祖光的日记提供了当事人的亲历记录，可作为佐证：

6月23日

午后到剧协开会，田汉主席，是整我在《戏剧报》上发表的文章的。田声色俱厉，此为我平生第一次挨此等大会的批评。深觉出言过火，悔之不及。但自问是从善良愿望出发，决心今后不再提任何批评意见了。对戏改干部尤觉歉然也。田提到的文章三篇：①叶圣陶：领导这个名词，作家自己的哲学。②白尘：话剧需要领导。③我的发言。四时《人民日报》记者来接，去天桥。

决定好生写剧本，今后亦不打算再接近戏曲了。

夜十一时半《戏剧报》张郁来，十二时《文艺报》张葆莘来，均谈及我走后田汉对到会之人点名发言，一时谩骂，扣帽子，锣鼓齐鸣。我幸而走掉，否则真会气死，此种会不知对我有什么帮助。不知何人挟嫌诬陷（因并无一人谈理论也）开此斗争大会。当夜致电夏公、周扬同志，韦明则未找到。周表示愿指示新华社发消息要慎重，并殷殷劝以不要紧张。

6月24日

晨致函田汉老，新华社未发消息，一宵未眠至此心下稍安。

中午田来电话，约晚上谈话。

王肇烟、张郁来，谈颇久。姚芳藻、梅朵先后亦来。致函韦明及总理，亦立此存照之意也。有负良师益友，多有恙灾矣。

晚与田谈话，田命我检查思想，谈了一个半多小时。事态可更趋和缓。《文汇报》发布了消息，只得由它了。

6月25日

晨起，起来又睡，精神已渐松弛下来了。午后到编辑处开会，厂内布置整风学习也。谈了罗隆基破坏“齐白石电影”事，与汪洋谈杨三姐事及此次剧协整我事。晚汪明来。午后田来电话，同意将《后台》一文撤去。

6月28日

晨写剧本，午后到厂学习。今日专谈我的文章，大家踊跃发言，颇多收获，思考问题须从思想上挖掘也。归后得田老电话，告以下周一再开会，嘱写文章准备，并约再谈一次话。

6 月 29 日

今日整日写检查文章，至夜得五千字，仅完成第一部分耳。挖思想谈何容易，但此关如走不通则以后工作困难，下决心把检查做好。

6 月 30 日

晨六时起来，续写文章，思想改造真难，心绪始终不佳。政治水平太低，事到临头始知不学无术之苦，奈何奈何。后悔何补，只有迎头赶上。不能怪别人也。

一本历时三年半的日记，至此戛然而止。随后，各报刊对吴祖光的批判铺天盖地蔓延开去，周扬曾许诺的“慎重”也不复存在。吴祖光从此跌进逆境，再过半年多，1958 年春天，他就踏上了前往北大荒改造的荆棘之路，与他同行的有在日记中出现过的老朋友：黄苗子、丁聪、戴浩、高汾等。还有另外一些在他的日记中出现过的朋友：艾青、张仃、陈铭德、杜高等，也与他一样成了“右派”。目前，尚未发现吴祖光此后的日记。如果有，该会有哪些内容？他会如何记录？无法得知。

五

与吴祖光先生相识是在二十年前。1984 年，我在《北京晚报》“五色土”副刊当编辑时，负责“居京琐记”专栏，特约请在京的作家、学者撰稿，他们多为七十岁左右的老人，吴先生自然也在邀请之列，我们就这样建立了联系。当时，我刚刚开始传记写作，第一个人物是写萧乾先生。萧乾建议我接下来应该写吴祖光和新凤霞的传记。他在信中说：“你写吴祖光、新凤霞伉俪。（1）故事生动（2）资料丰富（3）他们即住在……（4）符合你的侠义标准。”他还特地写了一封信，让我持信去拜访吴祖光夫妇。

我第一次走进了位于北京东大桥的吴家。当时，已有人为他们写过一篇报告文学，我本人的主要精力又放在《胡风集团冤案始末》的写作上，为他们写一部传记的设想未能实现，至今颇感遗憾。不过，自那之后，吴家成了我不时前往的地方。90年代，在吴祖光的帮助下，我完成一篇叙述“二流堂”变迁的长文，并编选了一本相关图书：《依稀碧庐——风风雨雨“二流堂”》。

我喜欢听吴祖光畅谈往事，听他开怀大笑，听他鞭挞时弊。他特别留恋50年代自己买的那个四合院，不止一次向我提到它。此次整理日记，才从中看到，原来为了购买这个四合院，他花费了多少精力和时间！难怪他对自己被打成“右派分子”后无端失去它而难以释怀，至死也耿耿于怀。

吴祖光说话一般从容不迫，显得儒雅。但说到激动处，他便会嗓门升高，拍打桌子，骂上几句。虽骂人，却极少用脏字，“王八蛋”——是他骂人时用得最多的词而已。90年代，年过八旬的吴祖光，仗义执言，为在某超市被非法、无理搜身的一位弱女子打抱不平，撰文予以抨击，结果招惹经年不休的官司纠纷。那两年，每次见面，都会感受到他的侠义和刚烈。官司牵涉他许多精力，但他犹如困兽一般，虽遍体伤痕，精疲力竭，但仍要发出自己的声音。最终，他的这一举动，赢得舆论的普遍支持，赢得公众的敬重，从而也为他自己的一生画上了完美的句号。

吴祖光先生去世于2003年的春天，SARS即将肆虐京城之时。半年后，受吴公子吴欢先生委托，我开始整理这本日记。我把从事这一工作，作为对吴先生的最好怀念。

吴先生的日记笔迹相当潦草，难以辨认。且时代久远，有不少人名、地名、剧名等，难以确定。幸好得到一些前辈和友人的帮助，才有可能少一些纰漏和遗憾。对于他们我应该特别表示感谢——

我得到了在日记中出现频率颇高的“二流堂”友人黄苗子、郁风、丁聪等先生的指点与帮助。特别是黄苗子先生，虽年过九旬，仍认真地阅读日记，细细核对地名与人名，欣然接受我的访谈，回忆他与吴祖光的交往。他的回忆，为帮助读者更好地阅读日记、理解吴祖光，提供了重要的历史背景。

杜高先生也是在日记中多次出现的人物。他早在1955年就被打成吴祖光“小家族”的主要成员，1957年再以此罪名被打成“右派分子”而锒铛入狱。他不仅帮忙核对地名、人名，还感情充沛地撰写了一篇长文，为读者阅读日记提供了难得的情感氛围。

章诒和大姐是戏剧史专家，且熟知50年代日记所记录的历史。她和友人一起帮助校订人名、剧名，避免了一些错误的出现。

还要感谢吴祖光先生的儿女对我的信任和帮助，吴刚、吴欢、吴霜三位分别阅读日记整理件，提出不少重要参考意见。吴霜女士还特地撰写了一篇《读父亲的日记》，从儿女的角度回忆父亲，谈论日记，同样有助于读者阅读。吴彬女士是吴祖光先生的侄女，熟悉日记中所涉及的吴家事宜，她细心校阅日记，核实相关人名，以求尽可能准确。

两年多整理日记的过程，加深着我对吴祖光的理解。同时，从关心这本日记的整理和出版的一个个前辈和友人身上，我感受到人们对一个逝者的怀念与敬重，更有他们对历史细节的重视。

最后需要加以说明的是：由于日记笔迹过于纤细和潦草，仍有个别字难以辨认，只好以“□”代替；个别地方涉及家事，应家属要求，略作删减；个别人名应家属要求，不拟公开，故以“×××”代替。尽管经多人校订，恐人名、地名等仍有误，有待出版后再作修订。以上种种，诚望读者谅解之。

谨以上面的文字，作为这本《吴祖光日记》的后记。

《吴祖光日记》(1954～1957)
吴祖光著
大象出版社2005年11月第1版
定价24.00元

深深的怀念
——《红尘冷眼》前言

宋剑行

我的父亲宋云彬逝世已有十九个年头了。自他1979年逝世以来，我不知有多少次曾在梦中与他相聚，多么亲切，但也无比惆怅。他的音容笑貌常常浮现在我的眼前，我深深地怀念着我的饱经风霜的父亲。

父亲幼年上学不多，纯属自学成才。我的祖父早逝，留下一家出售作冥锭用的锡箔店。祖母想让父亲这个独生子能继承父业，把店管起来。然而父亲却无心经商。晚间他经常在床头点一支蜡烛读书，至深夜蜡烛点完才闭眼就寝。他很喜欢看新文艺作品，特别是"五四"时期的《新青年》，对他影响最深，使他接触了新文化、新思想。1921 年他 24 岁时，终于跳出了祖辈在家乡浙江海宁营造的生活圈子杭州到了广州，在黄埔军校政治部任编纂股股长，参加《黄埔日刊》的编辑工作，在那里他认识了周恩来同志。1927 年蒋介石发动“四一二”政变，父亲遂从广州到了武汉，任武汉《民国日报》编辑，并在武汉政治劳动部任秘书。不久，汪精卫发动“七一五”政变，蒋介石的南京政府与汪精卫的武汉政府合流，屠杀共产党人，父亲也被他们列入了六十人的通缉名单之内，于是他离开了武汉，在庐山牯岭停留了二十多天后就回到了上海，并在上海安顿下来，从此他失去了与党的联系。先在商务印书馆担任馆外编辑，做《资治通鉴》的选注工作，后又为开明书店做《开明活叶文选》的选题和注解工作。当时，父亲的老师朱起凤有一部近三百万字的大型辞书《辞通》要在开明书店出版，此书篇幅大，内容专，引证繁富，僻字较多，只有通晓古籍的人才能对原稿进行编辑校订。父亲是作者的得意门生，在学问上也能胜任，于是就被聘主持此项工作，父亲也就正式进了开明书店。他本着一丝不苟的精神，在周振甫和卢芷芬先生协助下，历时三年多完成了编辑校订工作，对原书的分卷和条目作了调整，还写了跋，有些内容也作了订正，故《辞通》的得以出版，父亲是作出了很大贡献的。同时，他通过这项工作，也加深了自己在古籍研究方面的修养。以后，他参加了开明书店《中学生》杂志的编辑工作，还参与编写了《开明国文讲义》和《开明历史讲义》。开明书店在章锡琛、夏丏尊、叶圣陶等人的主持下，积极扶持新文学作品，认真出版教育青少年的书籍，是一家开明进步的书店，很有自己的特色。父亲自 1931 年进店至 1937 年抗战爆发后离开，在稳定的编辑生涯中养成了具有开明书店特色的认真、严谨、热诚、朴实的工作作风。

抗战爆发后，父亲带着我和母亲从上海回到家乡。家乡沦陷，又在难民群里辗转逃难月余，最后到了姐夫工作所在地的湖南衡山，母亲与我在那里安顿下来，父亲则独自去了武汉，在武汉政治部第三厅（厅长为郭沫若）宣传科工作。以后从武汉撤退，他又到了广西桂林，与胡愈之、陈劭先等人创办了桂林文化供应社（胡愈之后来未在文化供应社任职），父亲任出版部主任。那时除文化供应社的工作外，他还在桂林师范学院讲课，并参加《中学生》和《野草》两个杂志的编辑，工作相当繁重。《野草》于1940年创刊，任编辑的还有夏衍、聂绀弩、孟超、秦似等人。父亲本来就十分推崇鲁迅的杂文，参加编辑《野草》后，便促使他写了不少杂文，后来将其中一部分编成《骨鲠集》出版。桂林当时有“文化城”之称，尤其是香港沦陷后，在香港的有些“文化人”辗转到了桂林，使桂林更加活跃起来，父亲参加了不少文化界的社会活动，这是他在抗战时期生活内容最为丰富的一段时间。

1944年秋，日军进攻桂林，我家又从桂林辗转到了贵阳，最后到达重庆，一路极为艰辛。不久，党派张友渔同志来找父亲，说要请他去延安讲授中国文学史。父亲欣然答应，并提出我与母亲也同去延安的要求，张同意了，要我们在重庆等候去延安的车子。因为带着家眷，不便轻易成行，父亲便开始作了一些准备。但等了两个月，也没有合适的去延安的车子可搭乘，父亲有些焦急。这时，父亲早年在黄埔军校的同事张今铎听说他在重庆还没有合适的工作，便连连打电报、发快函，约请他去昆明到英国心理作战部任顾问，是个闲职，但可解决战时一家的生活问题。父亲由于对该部的情况不了解，而且又已讲定要去延安，所以不敢贸然答应，于是便将张今铎的来电和来信托人转给周恩来副主席，请他决定是否要去。周副主席约父亲去重庆曾家岩50号谈话，陪同的有夏衍和邵荃麟，周副主席说他了解张今铎的为人，延安既然一时去不成，就去昆明吧，还指示父亲去后应当留意什么。这样父亲和母亲便去了昆明，我则到浙江大学继续上学。因为这是父亲生活中的一段插曲，许多人不理解父亲为什么去昆明当了英国心理作战部的顾问，所以我将经过情况在此作了如上说明。

抗战胜利后，父亲从昆明回到重庆。那时国民党政府一面加紧部署内战，一面又发动和平攻势，局势十分复杂动荡。1946 年 1 月，民主同盟中央在重庆创刊《民主生活》，由父亲任主编。这是一个周刊，父亲既组稿又编辑校对，还写社论，他全力以赴，很是繁忙。到该年 4 月，国民党发动内战的形势已十分明显，《民主生活》也被迫停刊。于是父亲又回到桂林文化供应社任总编辑。不久，昆明发生了国民党特务暗杀李公朴、闻一多血案，全国一片白色恐怖，父亲遂到了湖北大冶（那时姐夫和我都在大冶工作，母亲也在那里养病），在家编写《中国近百年史》。1947 年，他去了香港，担任香港文化供应社的总编辑，并参加民主同盟在香港的种种活动，还在香港达德学院教课，继续编写《中国近百年史》，又为上海书店编写南洋华侨学校的语文教科书。

1949 年初，中央统战部约请父亲等一批在香港和上海的民主人士去北京参加工作。3 月，他与陈叔通、郑振铎、叶圣陶等数十人由香港启程搭乘英国商船到山东，然后到北京，任华北政治教科书编审委员会委员兼编辑。9 月，被推为政治协商会议代表，出席第一届全国政治协商会议。成立出版总署编审局后，他任第一处处长。后又任人民教育出版社副总编辑。1951 年 10 月，父亲被调往杭州，任浙江省政府委员、省文联主席、省文史馆馆长、省体育运动委员会主任、中国民主同盟浙江省副主任等职。1954 年被选为第一届全国人大代表。在杭州期间，父亲挂职不少，环境变化较大，要处理的关系也较复杂，像他这样比较单纯的“文化人”可以说是难以胜任的。所以他虽然努力工作，但心情并不很舒畅，对有些事情他有不同的看法，但要改变状况却很困难，因此他不免有些意见。1957 年整风开始，他便被作为首批对象进行批判，戴上右派分子的帽子（1960 年 10 月戴帽,1979 年 2 月按“错划”得到改正）。

反右后，他决心发挥自己的所长，潜心搞整理古籍的工作，于是写出自己的工作计划，上报有关部门。那时，中华书局正在筹划组织《二十四史》的点校工作，周总理得悉父亲有整理古籍的打算后，便通知有关部门将父亲调到北京中华书局参加点校《二十四史》。父亲负责点校的是《史记》和《后汉书》，同时，还在北京大学古典文献专业教课。1959 年，他被特邀为全国政协委员，三届连任，直到逝世。父亲搞《二十四史》点校工作真是全身心地投入，孜孜不倦，连星期天与晚上也不休息，对这项工作他怀有极大的兴趣，同时也想在有生之年多做些实实在在的工作。可是 1966 年又开始了文化大革命，父亲又遭受到了很大冲击。那时我们做儿女的都不在他们身边，无法照顾。有一天晚上，“造反派”带红卫兵去抄家，并对父母百般凌辱，父亲曾对母亲说：“与其这样活着，不如我们一起死了算了。”这时母亲却坚决地说：“不能死，这样不明不白地死了，如何向儿女与亲友们交待！”母亲虽然是文化程度不高的旧式家庭妇女，但关键时刻却很清醒，真是父亲的贤内助。1969 年初，父亲被送往文化部设在湖北咸宁的“五七”干校。那时父亲已年逾古稀，身心也已极度疲惫，在干校被安排看鸡鸭、掏大粪，其艰难处境是可以想见的。1970 年，他在干校病倒了，患的是黄胆肝炎，由姊姊的儿子去领回北京。病虽然是治好了，但人也完全丧失了工作能力，连写信也很困难了，整日闭口无言。当中华书局再次送来一部分《二十四史》点校的复审工作时，他已完全无能为力了。1976 年 1 月 8 日周总理逝世，父亲从广播中听到公告后伤心落泪。1976 年 11 月 3 日母亲病逝，他也默默流泪。这是我们见到的他两次伤心落泪。1978 年全国政协开会时，他虽由我儿子照顾去参加了，但他已发不了言，连走路也很困难，这是他最后一次形式上的参加国家政治活动。1979 年 4 月 17 日，他病逝在医院，永远地离开了我们，那年他 82 岁。父亲一生孜孜不倦，勤奋好学，勤奋工作，给我们留下了深刻的印象。他全凭刻苦钻研，自学成才，终于成为颇有名望的文史学家、作家与资深编辑。父亲记忆力强，思维敏捷，文笔流畅，写作时构思成熟，便握笔写来，一气呵成，很少涂改。有人形容他“文思潮涌，下笔有神”，能做到这一点，要靠深厚的功夫。

父亲平时做事从容不迫，谈话娓娓动听，又带几分幽默，常常口衔烟斗，有时还带一支手杖，神态潇洒，颇有些名士风度。他胸襟坦白，宽厚大度，待人以诚，但他针砭时弊，嫉恶如仇，在原则问题上是非分明，毫不含糊。他生性耿直，不会见风使舵，有时不免令人不悦，以恶言回报，他也坦然处之。父亲一生交游颇广，很有几位与父亲情谊特深，可以推心置腹的朋友。父亲与人交往，本着“君子之交淡如水”，只求坦诚相见，不论地位高低，不问名声大小，一视同仁，绝无市侩气。他喜欢与朋友对酌畅谈，无拘无束，古往今来，引人入胜。他对子女的教育大都在欢声笑语中进行，而不扳起脸孔来说教。在家里很有民主作风，他尊重大家的意见，而不以父辈身份唯我独尊，固执己见，因此，他得到我们由衷的敬爱。

父亲早年曾经加入中国共产党，在炽烈的革命环境中奋斗过一阵，虽然在第一次革命失败后的白色恐怖下失去了与党的联系，但他始终热爱党，热爱党的事业，坚持为发展党领导下的新民主主义文化事业而勤恳工作。他积极参加在国民党统治区的民主运动，贡献自己的一份力量。新中国的成立使他欢欣鼓舞，他也受到党的信任与很好的安排，因此他一心一意地用心学习，努力工作。他也常常畅所欲言，不怕招怨，不怕惹祸。后来虽然在反右运动中遭受冤屈，但他只对自己进行检查、总结，在我们家人面前从未有不满发泄。回到北京进入中华书局从事古籍整理后，他振作精神，全身心地投入而乐此不疲，直到文化大革命中断了他的工作，以后又因病而完全丧失了工作能力，因此可以说他是以毕生的精力投入了进步的文化事业。

终其一生，父亲是一位正直、温文尔雅的知识份子，是一位爱国、爱党、进步并作出过贡献的民主人士。从旧社会过来的知识分子中，类似父亲这样的为人与经历的何止千万，我们不应该忘记他们。

《红尘冷眼——一个文化名人笔下的中国三十年》

宋云彬著

山西人民出版社 2003 年 3 月第 1 版

定价 68.00 元

《吴宓日记》前言

吴学昭

父亲写于解放后的日记丢失较多，其中绝大多数是在“文化大革命”运动中失去的。父亲最不想失去的己丑日记（1949）和庚寅日记（1950），就是在“文革”中永远失去了。为了保存这两册记述了他后半生重大转折的日记，他于“文革”之初专门托付给住在校外的西南师范学院中文系同事陈新尼教授保管，不想1966年秋，陈教授“惧祸，一举而擅焚毁”，父亲为之嗟悔不迭。还有些人乘父亲“文革”中处境孤危，骗取他的财物或文稿，拿走他记有此类事实的日记以“灭迹”。父亲“文革”中某些日记的丢失，缘由于此。

父亲的其他日记（自 1951 至 1974），随着他 1966 年 9 月作为“资产阶级反动学术权威”被揪出教师队伍，到 1969 年清理阶级队伍、1970 年打击反革命分子的破坏活动中，被一再重点批斗打击，曾一次次被查抄没收。其间父亲也曾趁两派群众组织忙于武斗无暇他顾之际，利用“牛鬼蛇神”学习和打扫卫生的机会，从红卫兵胡乱堆放的抄家物品中，悄悄取回若干日记，并通过旧识转移到校外……但最终都没能逃过红卫兵、工宣队起获追回的厄运。

1979 年 7 月，父亲的冤案平反后，西南师院落实政策办公室将“文革”中抄没的父亲日记归还家属。这些日记在“文革”十年之中，经过多个群众组织及解放军工人毛泽东思想宣传队、西师革命委员会的几番转手，难免有所散失。又经各届专案组反复审查，红杠蓝道满纸，还有些日记在运动中被撕去批判示众，因而家属得到的父亲日记已是伤痕累累，多有残缺。本次出版的 1949 ~ 1974 年《吴宓日记续编》，便是根据西南师院归还的日记以及家属寻回的日记零页残片整理的。对于日记丢失的那几段时间，为帮助读者了解当时作者的处境经历情况，整理时根据劫后残存的作者书信、笔记、零星纸片以及“文革”中所写的交代材料，进行了综述补遗。

父亲自 1906 年在陕西三原敬业学塾学习时开始写日记（1910 年以前日记旋作旋废，无存），一直写到“文革”后期眼力不济难以握笔而止（除开若干时期，因工作极忙或在旅行、搬迁中未写外）。

在 1949 年以后的二十多年，父亲屡遭挫折经受磨难，虽然如此，他坚持写日记很少间断。“文革”中，在专政队监督下过集体管制生活，同被管制的“牛鬼”们怕受牵累，禁止他写日记，他便趁众人不在时急忙地写，躲在帐子里偷偷地写。

两派群众组织武斗期间，校园内炮火连天，枪弹从头顶呼啸而过，邻居纷纷出逃，文化村一舍只剩下父亲一人，他却能安然自若，闭门离世，自读旧书，撰写日记。

1969年5月9日，父亲在西师梁平分院挨斗，被两名高大的男生挟持疾行，腾空甩出，右腿扭折成三截（大腿向内，小腿向外，膝盖和胯骨两处脱臼），仍勒令半跪半坐三小时，听完革命师生批判。父亲疼痛不能忍，在半死的状态下，由人背负回牛棚，昏瞀数日，不饮不食，醒过来想到的第一件事，就是秉笔实录此次受难的过程。

即使在被打得遍体鳞伤、不能行步，而不得不靠两手一足在室内爬行时，若抓得纸笔，他仍不忘留下一两句由衷之言……

我曾以为父亲数十年如一日地坚持写日记，是出于他的性情习惯，如他自己所说，写日记“感觉是自己和自己作交代，和自己进行着亲切的密谈；重读旧时日记，则宓可得到无穷的快乐和安慰。”在整理完父亲现有的全部日记之后，我发现其实不然，至少1949年以后不止如此。

由于社会制度的重大变更，上层建筑的革命深入急骤，父亲虽然与时俱行，在衷心赞叹人民政府的丰功伟绩的同时，也深深地感到自身思想感情的不适应。大者如“一面倒”学习苏联、文字改革、院系调整、教育革命，小至衣冠穿戴、人际关系，一向极宝爱西洋和中国古来学术、文物、礼俗、德教的父亲，不能公开批驳反对，只有借日记畅所欲言，淋漓尽致。因为跟不上形势，人们称他“开口便错”。他尽量忍含止默，有时慑于情势和压力，也说一些违心的话，但决不忘记在日记中说明自己的真实思想，抒发他的悲愤之情。

1952年7月父亲的思想改造总结被京沪渝报纸刊出。友人告知当局已将该文译成英文对外广播宣传，以作招降胡适等之用。父亲的反应是“此事使宓极不快，宓今愧若人矣。”

1954年11月，作家协会重庆分会和重庆市文联，要父亲参加座谈批判俞平伯的《红楼梦》研究。父亲以有课未往，而在日记中写道：“此运动乃毛主席所指示发起，令全国风行，特选取《红楼梦》为题目，以俞平伯为典型，盖文学界、教育界中之又一整风运动，又一次思想改造、自我检讨而已。宓自恨生不逢辰，未能如黄师，碧柳，迪生诸友，早于1954以前逝世，免受精神之苦。”并作一诗怀念俞平伯：

雪苑声名水绘居，吟诗度曲意优舒。

无端考证红楼梦，举国矛锋尽向渠。

父亲一贯认为汉字形声美，“表意从形严系统，含情述事美辞章”，他坚决反对汉字改为拼音文字，曾于解放前与全国同心同道之士为此抗争了几十年。所以当1955年4月中国文字改革委员会公布汉字改革方案，父亲读后几痛不欲生。方案略谓中国文字，已由毛主席主张，决改为拼音文字，以与世界各国一致。但此非一蹴可几，故须暂用汉字以资过渡，然汉字繁难，故今决逐步增多采用之简体字，云云。兹选定约八百简体字，嗣后书报文件必须遵用。例如：（一）鬍鬚改为胡须；（二）體改体；（三）後改后；（四）叢改用丛；（五）鑿改凿；（六）遼、僚、瞭改辽、仃、盯；（七）出改出，等等。此方案系强制实行，不容讨论，父亲无法公开表示异议，只能通过日记加以批驳：

夫文字改革之谬妄，吾侪言之已数十年。最主要者，汉字乃象形，其与拼音，至少各有短长，如鸟飞兽走，又如图画之与音乐，目耳以达于心，此为至公平之论。至于汉字与文言之佳妙处，西儒如高本汉等已畅言之。中国人以数千年之历史习俗，吾侪以数十年之心濡目观手写，尤能深窥其价值与便利处。但即以简体字而论，前此之办法，尚无此次之卤莽灭裂，完全破坏汉字之系统者。如上之例，（三）以同音字代替，为略省笔画，徒兹混淆。（四）（六）或阴平或阳平，或平声与上声、去声，其音本不同，胡可代？（五）则以后将只存部首，尽废该部中之字矣。至于（七）全不合造字之原意，且亦省笔不多。今之俗妄人所为，焉可尊为典则？……凡此本不待辩，知吴契宁、王有宗诸先生，正必痛哭于地下。

毛泽东主席1957年2月27日在最高国务会议上的讲话《关于正确处理人民内部矛盾问题》，父亲于同年4月在校内曾多次聆听传达，并被会上会下反复动员鸣放。而于6月19日正式发表的讲话全文，赫然增加了辨别香花和毒草的六条标准。父亲写道：该文“乃既经修改者，与前所传宣者颇有出入，中间列出六条，明示文论之界限。倘早明白宣布，诸多放言越轨之人，或可无罪，未免近于孟子之所谓‘罔民’矣”。

父亲的旧识友生，被划成“右派”的不少。听说陈梦家就是因为《慎重一点“改革”汉字》一文获罪，身在外地未参加任何鸣放而被打成“右派”的丁则良自沉于北大未名湖，而本院副教务长李源澄挨批后已得疯疾，历史系“右派”同事猝死田间……他不由得喟然悲叹：“呜乎，经此一击，全国之士，稍有才气与节概者，或疯或死，一网打尽矣。”“此次‘鸣放’与‘整风’结果惟加强党团统治及思想改造，使言者悔惧，中国读书人之大多数失望与离心，而宓等亦更忧危谨慎与消极敷衍而已。”

类似的实例，不胜枚举。及至“文革”那个疯狂的年代，几乎人人都可以对我父亲任意嘲弄侮辱，甚至开心取笑。父亲在既无人身自由，亦无思想自由的情况下，每天唯一属于他个人生活的只有写日记。他在日记中写下他的劳顿辛苦，倾诉他的忧愤困辱。写日记已成为他宣泄情感、缓解痛苦的一种自我治疗，一种记取经验、保持清醒的积极方式，使他不至于疯狂或自杀的良好手段。

总的来看，父亲记述的所见所闻、所思所感是真实的，观点则未必完全正确，有些愤激之言可能是错误的，但放到当时的历史条件下去认识，也是可以理解的。

父亲用自己的日记见证了历史，历史也通过日记确证了父亲及一代知识分子，在他们的心路历程留下浓重的痕迹，留供后人研究。也许，这正是《吴宓日记》的价值所在。

老实说，鉴于《吴宓与陈寅恪》十多年前出版时被删去某些内容，《陈寅恪的最后二十年》的刊行，也不是那么一帆风顺，因此我对父亲解放后的日记能否早些面世，不无担心和顾虑。感谢三联书店同志的识见和勇气，毅然接受了这卷帙浩繁、曾触时忌的日记，并不加改动地刊行推出，让读者自己阅读评判。我想，父亲解放后的日记从“文革”中的屡遭查抄批判、深文入罪，到今天的公开印行，这不能不从一个方面说明人们对极左路线反省的深入和时代的进步。

《吴宓日记》（10 册）
《吴宓日记续编》（10 册）
吴学昭整理注释
三联书店 2006 年 3 月第 1 版
每册定价 36.00 元

《听梯楼日记》序

董健

“听梯楼”是陈白尘在一个特殊年代——“文革”结束前后对自己寓所的戏称。那年代正处在“历史的门槛”上，向前迈出一步就是希望和光明，但这一步又总是那样迟迟难迈。

站在这样的“门槛”上，人的最大情结就是企盼。

“只听楼梯响，不见人下来”，这企盼使人焦灼、忧虑，使人对历史脚步之姗姗来迟发出怨愤甚至诅咒之声。当然，既是企盼，就并不放弃“盼头”，它也使人抱着对生活、对未来历史的信心，而不失其乐观的心怀。

《听梯楼日记》便是陈白老在这

样一个特殊年代对自己与祖国、党、人民紧相系联的“企盼”之情的记录。我是“听梯楼”当年的造访者之一，也是在那段难熬的日子里与陈老结识的。然后，从1978年起，我又与他在同一所大学一个系任教，直到他的去世。工作上他是我的领导，学问上他是我的老师，年岁上他是我的长辈，融会在这三者之中的是同志和朋友之情。现在，当我下笔为这部《听梯楼日记》作序的时候，我首先想起了三年前一次欲为陈老作品写序而未成的憾事。那是在陈老去世三年后的1997年，他的八卷本文集即将付梓，陈夫人金玲同志嘱我作序。尽管我那时正忙于《田汉全集》的编务，全集的前言又分工由我执笔，且限期交稿，我还是一口答应尽量挤出时间认认真真地为陈老的文集写一篇序。这不仅出于我对陈老的敬重与思念之情，也是因为文集出版几经周折，一拖再拖，使我看到陈老身后诸事之难，对世态炎凉颇多感慨。然而出版社似乎并不看重这份“情”，人家是“吃饭”第一，赚钱为上，一定要赶在12月底之前把书印出来，说是突破年度计划会影响奖金的发放。本说好是次年春节前后出书的，却要突然提前索序，而我又不愿仓促成篇，写一个应景式的东西，只得中途作罢。我为此事一直感到十分遗憾，心中不快者良久，觉得对不起九泉之下的白尘老。事隔几年，如今陈老的大女儿陈虹继《牛棚日记》之后，又把父亲起于1974年元旦迄于1979年3月26日的日记，部分地整理出来了，取名《听梯楼日记》，并约我为之写序。我非常愉快地接受此请，一是因为在我一口气读完这部日记之后被它感染、打动，觉得它对今天的读者来说仍然不无裨益、值得一读；二是因为我也可以借此序之作来稍稍宽解上次的遗憾和不快之心。

对于研究文学与历史的专家学者来说，《听梯楼日记》不仅可以当文学作品来读，而且可以当珍贵的史料来查阅。记得有一位专家说过，作为研究作家作品的史料，回忆录不如年谱，年谱不如日记。我想这话是颇有道理的。回忆录是作者多年之后对记忆的重新“检索”与整理，有的东西早被遗忘，有的东西则被作者以“此时此地”的观点加以“筛选”，失去了许多丰富复杂的“原生态”的东西。日记则不同，它往往保留着作者一事之迹、一时之感，有些稍纵即逝的思想情绪的“火星”会被文字固定在纸面上。因此我们可以说，日记是文化考古学的宝贵资源。像这本《听梯楼日记》，就为我们提供了不少有关陈白尘的创作和思想状况的第一手资料。80年代我在写《陈白尘创作历程论》这本书时，可惜还不能看到这部日记，因而使此书减色不少。例如，关于历史剧《大风歌》的创作动机、创作过程以及多次修改的一些生动细节，这部日记就记了不少，对研究者是很有参考价值的。不仅如此，日记还能使我们通过一些个人遭遇的片断，认识那一段历史的真面貌。那些公开发表的“大文章”往往有意无意地丢失了一些个别的事件的“碎片”，而当我们在日记中捡起这些“碎片”并加一番研究之后，我们会有新的发现，这新发现甚至会使我们令人信服地推翻那“大文章”的结论。我觉得陈白尘的这部日记似乎就有这方面的功能。了解“文革”结束前前后后那段历史的读者，只要稍稍翻一翻这部日记，你就一定会发现一些极有意思的片断，从而纠正那些官修“大文章”的说法。

陈白尘是我国现当代著名作家，也是最优秀的老一辈剧作家之一。他在“文革”结束前后那个特殊年代里偷偷地写日记，记下自己的苦恼、忧虑、迷惘、感愤与信心，因而在这日记的文字间也就散落着作家灵魂和性格的“碎片”与“折光”。这些可以当作研究作家思想和创作的史料的东西，在陈白尘写来，语言清新、流畅、洗练，笔端常带感情，且于总体的沉重、悲愤的氛围之中，时时插以幽默的片断，顿添了不少的生活情趣。从这个角度来说，读者把这日记当作文学作品来读，也是可以的。这“作品”中的主人公就是陈白尘——一个在诬陷与迫害中苦苦挣扎以求正义、理性之伸张的老作家，联系着他的命运，也写到了家人、亲朋以及许多其他的人——上自胡耀邦这样的“大人物”，下至市井细民，各类作家、干部也间或涉笔成趣地加以勾画。这里不妨举一悲愤中见幽默的细节。1976年“四人帮”被打倒，但陈白尘在一阵高兴之后却莫名其妙地被“幽禁”在北京民族饭店，叫他揭发张春桥。一位公安部副部长态度蛮横，大有昔日“四人帮”的逼供信之势。陈白尘当然不买这个账，但他被剥夺了自由，不能回家。他在日记中写道：“无聊之极，写《花卉管理》数页，拟令晶晶在家为我执行管理月季的任务。”陈白尘在被迫害的岁月里，“经营”着一个小花园，以其小，他美其名曰“掌园”。他种各种花，尤喜菊花、月季。晶晶是他的小女儿。日记之中这无聊之时的一句话，是很见性格的。又如，1978年10月，虽然他在“历史问题”上所受诬陷仍未昭雪，但形势是一天天好起来了。第一，他被南京大学聘为中文系教授兼系主任，上任之后，一切顺利；第二，“四人帮”余孽对专案组的控制已排除，他的“历史问题”正由中央和省的组织部门积极着手解决；第三，历史剧《大风歌》已完稿，正在加工修改。在这样的形势下，10月12日的日记写道：“下午改写第四幕第二场完……晚八时，室中昙花初绽；九时始，怒放。欣喜不已。”寥寥几笔，虽是纪实，却叫人看到了作者开朗的心情。

据我所知，不论是《牛棚日记》还是《听梯楼日记》，陈虹在整理时都有所删削。为了出版，不得不把一些“碍眼”的文字拿掉。为了“现实”，人们不得不去“遮蔽”一些什么。这是“悲剧”——人为什么不敢面对现实？又是“喜剧”——一旦“遮蔽”被揭开，出洋相的总是“遮蔽”者本人。但陈虹是不愿“遮蔽”什么的，只是事涉“文革”中的一些人和事，她不得不与出版部门的要求保持一致。这真叫人哭笑不得！我希望无“遮蔽”的时代快快到来，那时陈虹就会恢复陈老日记的全貌了。

《听梯楼日记》（1974 ~ 1979）
陈白尘著
大象出版社 2005 年 4 月第 1 版
定价 28.90 元

《牛棚日记》编后记

陈虹

要说的话太多，却又不知从何说起。那天当收到三联书店的来信，告知《牛棚日记》将由该书店出版时，我再也无法抑制自己的眼泪。这是兴奋的泪，这部曾经让父亲魂萦梦绕的书稿，终于得见天日，当足以告慰他的在天之灵了；然而这又是苦痛的泪，父亲终于没能看到，他带着遗憾，带着失望，走了，永远地走了。就在他去世的前一天，还在问我，曾将稿件寄往的那家编辑部怎么没有回信，他已望眼欲穿地等盼了好几个月了……

如今这手中的笔便重有千斤，我

又怎能代替父亲为这部迟延而出的《牛棚日记》撰写后记？我知道，他有多少话要对他的读者说啊！他要告诉人们，自1966年9月11日，也就是他被造反派押解回京的这天起，他开始写日记了，且从此没有中断。整整七个年头，他被半幽禁在中国作协的“牛棚”之中，每逢夜深人静之时，他便偷偷地坐起，用着只有他自己能够看懂的符号以及各种各样的“缩写”，记录下那个“伟大”的时代。我曾问过父亲：“你当初冒着这么大的危险记这些日记，到底是为了什么？”他似开玩笑地答道：“只为了一旦他日再有人来了解你们的‘狗老子’是什么人时，好拿去如实交代。”这是父亲的幽默，也是父亲的愤懑——从他的那些字里行间中，委实让人看到了一颗忠直的心、一颗诚笃的心和一颗在汩汩流血的心！

父亲还要告诉人们，1973年他因心脏病频发而终被“恩准”回宁治病，就在那段隐姓埋名的日子里，他如何又重新翻出了这摞日记，将其“翻译”成文且整理成篇，共得五大本。他为之写下“前记”：“对于史无前例的无产阶级文化大革命，在当时就缺乏理解，到今天也还理解不够，为此对于自己的思想活动，则仍存其真，未加改动——当然，想改也是无从改起的。”这确实是它的“实录”，他不能够忘记那段曾令人迷惘、令人痛心的历史，他只想再去细细地咀嚼一番。

再往后，则是我要告诉人们的了——1993年底，我怀着好奇心翻出了父亲的这摞尘封的日记。我惊讶父亲当年的胆量，也敬佩父亲做人的真诚，我更珍惜这足可称之为中国作协之“文革简史”的珍贵史料，我希望能让后人看一看“文革”期间中国的作家们所经历的悲惨遭遇。于是乎我征求了父亲的同意，摘录出自他赴京之日起直至1972年春初次回宁探亲止的这一部分内容，以期交某刊物发表。父亲读后，数天内吃不下饭，他说他似乎又回到了那个噩梦一般的年代。父亲亲笔为它题名曰《牛棚日记》，并说，今后如有可能一定要将其全文发表，不容删改一字。确实，为了不给更多的人增添麻烦，摘抄的内容仅为原文的十分之一。

凡是文中有关议论他人他事之处均删之；其保留者，一为父亲自己的思想活动（为体现“实录”，对其当时的思想，均不改一字），二为作协的有关斗争大事。我想，今后如果有人想要研究中国的“文革”历史，抑或要搞点什么文学创作，这部《牛棚日记》应该说是可以提供一些真实的资料的。

父亲将发表《牛棚日记》看成了他晚年生活中的一件大事，他不仅逢人便讲，而且亲笔为书稿写下了“前言”——给编辑部的一封信。他说：“我老矣，已是风烛残年……”其殷殷相盼之情实令人心悸。父亲这时的身体状况非常不好，虽说 1992 年安装了心脏起搏器，但其腹部日益增大的主动脉瘤已成了随时危及他生命的“定时炸弹”。西医不敢开刀，中医不敢下药，父亲虽泰然处之，也不能不时刻提防它的“万一”了。为此他焦灼不安，坐卧不宁，他是多么希望于有生之年能亲眼看到这部日记的发表啊！

父亲终于没能等到，1994 年 5 月 28 日的凌晨，他带着他一生的疲劳、一生的追求静静地走了。他没有来得及留下片言只语，也没有来得及交代他身后的事情……然而他的朋友们却没有忘记他，没有忘记他未了的心愿——大家在继续为他的《牛棚日记》奔走：凤子阿姨、范用叔叔……我不知该如何感谢他们，也不知该如何表达自己的心情。我唯一相信的是，父亲在天一定有灵，他会看见的，他会欣慰的——他有着无数的志同道合的朋友，大家更有着和他一样的爱、一样的憎、一样的企盼、一样的欢乐。

《牛棚日记》

陈白尘著

三联书店 1995 年 5 月第 1 版

定价：8.80 元

张友渔

《日记悲欢》序

秀良同志撰写和编辑的《日记悲欢》一书。叙述了50年代后期以来，特别是在十年动乱期间，有的人由于“日记问题”被错划、错判的悲惨遭遇，和在党的十一届三中全会的正确路线下喜获平反的欢乐生活，生动地反映了我们伟大时代社会生活的一个侧面。书中所举事例，我没有时间进行核实，如果完全符合事实，则秀良同志的工作，对健全社会主义法制应当说是有益的。

日记的存在，历史悠久。古代的文人、学士、政治家、思想家、旅行家，大都有写日记的习惯。他们记下了自己的所见、所闻、所思、所作，为后人留下了一部分文史资料。“五四”以来，许多无产阶级革命家和爱国志士，在戎马倥偬、风云变幻的战争环境中，建国以来，许多党和国家的领导人，在日理万机的繁忙工作中，坚持写日记，为我们研究党史、革命史、建设史提供了珍贵的资料。因此，国家应当从法律上保护每个公民写日记的自由，充分发挥日记的作用。

我国的宪法和刑法都没有规定“思想犯罪”，都没有规定惩罚所谓“思想犯”。日记，作为私人日常生活和思想的记录，即使其中有偏激、错误，甚至反动的思想，只要它没有向别人宣传的行动，没有对国家和社会造成危害，也不构成犯罪，不负刑事责任。当然，对有反动思想的人必须进行批评教育，促其转变立场，改造世界观，但这与追究刑事责任是两个不同的范畴。如同“公民的通信自由和通信秘密受法律的保护”一样，公民写日记的自由和日记秘密也应该受到法律的保护，不受侵犯。

当然，任何自由都不是绝对的，具体事物，必须作具体分析。在日记问题上也一样。如果人在日记中记有企图犯罪的计划或已经实现的犯罪活动，并向其同伙进行煽动宣传，那么，这样的日记就不能笼统地说是无罪了。我们所讲的保护公民写日记的自由，是指在法律允许范围内的自由。《宪法》第四十条和《刑法》第一百四十九条关于“公民的通信自由和通信秘密受法律的保护”的条款中，具体规定：“除因国家安全或者追查刑事犯罪的需要，由公安机关或者检察机关依照法律规定的程序对通信进行检查外，任何组织和个人不得以任何理由侵犯公民的通信自由和通信秘密。”这一原则的基本精神，一般也可以适用于日记。只有这样，才能真正维护法律的尊严，才能有效地消除人们心理上残留的怕抄家的余悸，从而放心地、真实地写日记，使它在人们的日常生活和文化生活中，发挥应有的作用。

《日记悲欢》
乐秀良著
湖南人民出版社 1986 年 10 月第 1 版
定价 0.72 元

陈左高

《历代日记丛谈》导言

一

历代日记是我国灿烂文化遗产之一个重要部分，蕴藏丰富，有如万壑源泉，取汲不尽。追本溯源，由来已久。或谓殷墟甲骨所载，已证先民重视记述日常事态，但究出巫史之手，鲜涉自我生活，只能视为日记形式之胚胎。

根据清代学者反复考证，日记起源约有三说：

一是起源于西汉说。清代张荫桓力主西汉时早已有出使日记，为日记之嚆矢。称“陆生（按：即陆贾）使越，苏武使匈奴，张骞寻河源，陈汤、甘延寿定郅支（即匈奴单于），博证约记，史佚之耳”。

二是推溯东汉说。清代学者俞曲园（樾）认为东汉马笃伯《封禅仪记》，即已逐日记载攀登泰山之事，导日记之先河，启日记之篇章。

三是肇始于唐代说。一般认为唐太宗时（627 ~ 644），政治家韦执谊有日记。韦任学士，获唐德宗之宠任，与王叔文极友善，曾任同中书门下平章事。张荫桓称其“使西突厥，会石国叛（按：石国，古国名，国王姓石，唐时为昭武诸国之一，一度归唐管辖。故地在今独联体乌兹别克一带）。道梗三年不得归，裂裾录所遇诸国风俗、物产，为《西征记》。此即奉使日记之滥觞”。

晚近以来，地下竹简不断出土，其中不乏先民日记。二十多年前，江苏扬州掘到一座西汉宣帝时平民王世奉墓葬，棺内保存了十余件木牍，系具有年月日之简单日记。作者因“有狱事”，在狱中随手记下亲友来探监之经过。这一王世奉《狱中日记》木牍出现，给我们提供了最早一位有具体姓名的日记作者，有年月日的日记作品，足以印证日记溯源，推前至二千年前的西汉，即公元前，允无疑义。

返观《新唐书·艺文志》著录，如路隋《平淮西记》、戴祚《西征记》、僧法盛《奉使高丽记》等，不乏是类似日记著作，由见日记一体，唐代已轮廓粗具，端倪略见。

直至唐宪宗元和四年（808），李翱作《来南录》，排日记载来岭南之行役，则被公认为传于今世之最古篇章，其体制且为宋以后所沿袭。清·薛福成说：“日记及纪程诸书，权舆于李习之《来南录》、欧阳修《于役志》，厥体本极简要。”《广东通志·艺文略五》，亦渭“此系习之应节度使杨于陵之辟，来岭南时所记”。

此外，唐代已出现史官日记。孙樵《读开元杂报》，载唐玄宗开元时数十条断烂朝报，实系当时史官日记之摘引。又散见于丛录之短篇日记，有蒋偕《蒋氏日历》，刘轲《牛羊日历》等皆是。

综上所述，唐代日记篇幅不多，时限不长，体制系月日，记生活，雏形初具，影响后代。从日记发展角度来看，萌芽于唐，而发展于宋；衰落于元，而盛于明清。

北宋初，日记渐兴。周辉曰：“元祐诸公皆有日记。凡榻前奏对语，及朝廷政事，所历官簿，一时人才贤否，书之惟详。向于吕大虬家，得曾文肃子宣日记数巨帙，虽私家交往，及婴儿疾病，治疗医药，纤悉靡遗。……后未见有此书。”(《清波杂志》) 诚然，北宋政治家辈出，除上述曾布外，赵概、司马光、王安石等均曾撰日记巨帙，惜乎，世异事迁，多所散佚，有待从类似《续资治通鉴长编》《永乐大典》及其他古籍中，加以搜辑钩沉，冀可得其什一或百一。但毕竟经过汰删，最具日记特色之生活部分，付之阙如。即使传世刊行之短篇，如曾布《绍圣甲戌日录》(1094年)、《元符庚辰日录》(1100年)，见陈振孙《直斋书录解题》，今已佚失，仅可从《永乐大典》中，辑出《曾公遗录》一种，和路振、欧阳修、黄庭坚、徐兢、吕祖谦等记，往往侧重一个阶段、一个方面生活，犹可循览。

南宋以后，日记繁兴，首推纪游一类。明代何宇曰：“宋陆务观、范石湖皆作记妙手。一有《入蜀记》，一有《吴船录》。载三峡风物，不异丹青图画，读之跃然。”(《益部谈资》卷上)。其书影响明清二代日记作者，至深且广。或撷取其名称，或摹仿其体制。如清王钺《粤游日记》之仿《入蜀记》体，明代书画家李日华之效吴船体，作《玺召录》(1626年)。明代《餐微子集》作者岳和声，因袭骖鸾之名，撰《后骖鸾录》(1603年)。许多明清作者，每多自称奉此一记三录为圭臬，可见源远流长了。

次如史事一类。如1125年许亢宗《奉使行程录》、1161年周必大《亲征录》、1169年楼钥《北行日录》、1174年周辉《北辕录》等，所载故实，出自逐日见闻，辄可补正史所未详或失记。他如赵抃之写科举制度、欧阳修之叙贬谪生活、韩淲之记文苑人物交往，足证日记所叙内容之渐广了。

元代日记留存不多，除徐明善、刘敏中、刘郁外，为世传诵者则有书画家郭畀《云山日记》，最具生活气息，行文自然隽美。从总体看，元代日记无法与宋代相比拟。

迄乎明代初建，帝王多标榜文治，学者纷起著述，“识小识大，掌故备焉”(《明史·艺文志》)。风会所趋，明代二百七十年间，文人武将日记流传于世，层见叠出。其中不乏十年以上之长著，展现某些年代之政治、经济、文化、军事等方面动态。如论书画，推李日华、袁中道；谈读书，推高攀龙、陆世仪；记园林，推潘允端等。尤其是明末清初祁彪佳、冯梦龙、谈迁等所叙晚明时期错综复杂之政治斗争，有关人物生活举止，更富史料价值。

清代三百年间，学者文人纷写日记，蔚然成风，往往穷一生之精力，撰日记之巨帙。清代前期，顺康雍时，叙抗清活动者，有季承禹、叶绍袁、瞿昌文、张煌言、归庄等。叙教育活动，则如窦克勤。记民风习俗，则如屈大均。笔涉诗文活动，则如王士祯。汇治学动态，则如陆陇其。反映文物考古之事，则如陈奕禧。揭露时弊，则如戴名世。载及编纂典籍者，则如查慎行。叙往台湾采硫，则如郁永河。乾嘉以还，一大批学者都写日记，如韩梦周、孟超然、王昶、姚鼐、钱大昕、吴骞、李锐、洪亮吉、林则徐等皆是。

及至清代中后期，历经鸦片战争、中法战争、中日甲午战争、八国联军之役。戊戌政变、辛亥革命。日记作者身处各个历史阶段，各自有着自己的处境和经历，记其见闻，抒其感受。再加学者文人，从事各自学术活动，不免都要及时记载，因此，有事可写，涌现了如曾国藩、赵烈文、陆嵩，李慈铭、郭嵩焘、翁同龢、谭献、何兆瀛、吴汝纶、袁昶、王闿运、叶昌炽、张謇、周家楣、唐景崧、何荫楠、皮锡瑞，孙宝瑄等长篇日记作家。所作时间往往长达数十年，字数多至数百万，一时日记园地，于焉称盛。

尤其是鸦片战争以后，门户被迫开放，出使海外者不绝，星轺日记大量涌现，出现了康有为、梁启超、王韬、刘学询、薛福成、盛宣怀、李凤苞、李圭等代表作家，涉及了中亚、中欧、中美的文化交往。所有作品，贵在作者怀着民族自尊心而走向世界，爱国情怀，时时流露于笔墨间。这些清代后期的日记，浩如烟海，几乎超过先代日记的总和。

二

日记内容涵盖面广，包罗万象，由于作者身经时代、处境之判然各异，往往每部日记，仍有其侧重点，为后人提供各类研究之第一手资料。一如自然科学之特殊资料——日记形式之一，为系年月日时系气候系阴晴，及时秉笔，准确性强，替气象史研究者提供可靠论据。竺可桢先生曾在罗马尼亚作《中国近五千年气候变迁初步研究的报告》（载《竺可桢文集》），论述十二三世纪亚洲、欧洲气候之变化，主要依据即引用了郭畀《客杭日记》中气候记录。又如1861年王萃元《星周纪事》，曾载及上海城郊一度出现连续十多天“雪拥及肩”之特殊现象，为研究上海亚热带气候，提出了新课题。此外，李锐日记稿论科学古籍，陆嵩、焦循日记稿谈中医内外科医疗，郁永河日记笔触台湾地热实况，均与科学有关。

二是政治史之原始资料——清人日记关涉时政者甚多。同一历史事件，往往在不同地位不同政见者笔下，选取材料角度，会大相径庭。以戊戌政变为例，叶昌炽重视抄寻有关邸报、内部文件，当事人口述。皮锡瑞与梁任公及六君子皆有交契，和反对派也是朋友，因此，新旧两党言行，均笔之于书。孙宝瑄向往维新，着重写变法失败后，倾向维新者在上海地区多次集会活动。与此相反，后党廖寿恒在日记稿中，自供写过康有为结党经过若干材料，凡此载录，堪能填补史事之空白点。

日记中还有揭露统治阶级内部黑幕，正是史籍传记回避事实之所在。如张集馨日记（1864 年），实录不少清代封疆大臣之隐秘和劣迹，诸如陕甘总督乐斌玩法行贿，抢夺妇女；镇压洪杨军之穆图善，玩弄手腕，骤升将军等事实，俱属清史所讳言，并故意失记。

三是经济方面之多种史料——或载录物价之升降，则如安吉日记、阙名《得少佳趣日记》；或笔触中日两国汉籍书价之变迁，则如姚觐元、盛宣怀日记；或事涉工商业者经营史，则如徐乃昌及张謇日记。

四是文艺析赏学术研究方面资料——举其荦荦大者，若郭嵩焘日记，著录内府书画数千件，各地书院几十所，交往名人逾五百，事涉晚清政治，经济、文化、外交等方面内容近千则。他若李慈铭之多方位研究，王闿运之楚辞及诗词研究，均见于日记。至于钱大昕、钮树玉、吴骞之谈目录学、校勘学之心得，何绍基之议论书法，吴大徵之金石鉴赏，张之谈书学，杨恩寿之记湘剧，袁励准之叙东北地区戏曲演出，陆以湉之述北京戏班，祁隽藻之述宫廷戏剧，各有偏重，堪资考索。

五是各国交往史料——清代星使乘槎异国，均写日记。取白居易“早风吹土满长衢，驿骑星轺尽疾驱”句意，总名之曰星轺日记。述中亚文化交往，推康有为、吴广霈之谈印度，薛福成之叙柬埔寨，王芝之记缅甸，何如璋、王韬、刘学询之载日本。述中欧文化交往，推蒋煦、李风苞之记使德见闻，陈春瀛、张德彝之在法国所遇所感，曾纪泽、缪祐孙、王之春之在俄国行事，戴鸿慈之在英考察，崔国因之谈西班牙。述中美文化交往，推李圭、梁启超所记，堪称文情并茂的国际资料。

值得注意的是，历代日记作者是写给自己看的，可以直抒胸臆，畅言无忌，臧否得失，毫不掩饰，确是一种较诗文更为直率地表达作者自己观点和感想的文学体裁，往往言出由衷、不加雕琢的至性至情之作品。好在一是真实，如张佩纶《涧于日记》，痛斥岳父李鸿章在甲午战败后之屈膝求和。好在二是具体，往往日记涉及时间地点、人物活动，经常是秉笔无遗，如沈宝禾日记稿，具体记述咸丰同治间，上海航商之全部名单，全部船行分布网，给人具体感受是：内河航运竞争激烈，八家大户称雄南市。好在三是坦率，如李慈铭绘写第二次鸦片战争时，咸丰皇帝逃往热河前后之贪生怕死，穷形尽相，贵在通过事实，有力揭露。其他文体，不能与之比拟。

三

笔者鉴于我国日记具有悠久历史，留下大量文化遗产，存在着独特的学术价值。爰不揣谫陋，就四十年来所寓目千种日记，选谈其半，稿钞本占六分之一，附以知见书偶录，约逾七百多种。始自唐代，迄于辛亥革命时。浅探各书之具体内容，草成《历代日记丛谈》，冀读者有一得之助。

遴选过程中，注意到：一、力求重点辑佚。如李慈铭日记，除《越缦堂日记》及《日记补》外，又辑得三种，已获其全，解决了历来疑案。又如海内外认为文廷式日记佚失两种，笔者补辑佚失，是正误传。二、力期凑齐日记，从各种古籍中汇辑王士日记七种，高士奇日记五种，查慎行、钱大昕、王文韶等日记各二种。三，注意搜集相关日记。父子日记则如曾国藩与曾纪泽，胡传与胡适等。兄弟日记则如周星誉与周星诒。师友日记则如钱大昕与顾廷纶，康有为与陈涛、姚鼐与吴汝纶。四，注意挖掘一些被人遗忘的作品，如包世臣《浊泉编》两种，樊增祥《苏门游记》等。

四十年来，承潘景郑、顾廷龙前辈不断见借各种手稿钞本，又得赵景深、袁道冲、陈仲明、王贵忱、汤志钧等先生慨借珍藏。其间又荷前上海合众图书馆、前上海市历史文献图书馆、上海图书馆、华东师范大学图书馆借阅所藏，提供方便，饮水思源，能不感纫。

特别是拙稿秉笔之初，周谷城、顾廷龙前辈时加鼓励，谷师并赐题封面，垂爱关注，洎今存思。此次又承上海画报出版社邓明社长鉴及“丛谈”内容每多攸关书画中事，予以鼎力支持，沈一草同志又赐予审稿，多所匡正，在此要表示深切感谢。

笔者深知古代日记稿钞本，大量散藏于全国各地藏家，有待深入搜访；且日记坠简残帙，更须踪寻求索，有待深挖补辑。近期多种近现代日记全编面世了，以耄耋之我，一时未遑补苴，限于水平，疏漏难免，尚祈方家不吝评正。

《历代日记丛谈》
陈左高著
上海画报出版社 2004 年 5 月第 1 版
定价 68.00 元

郑逸梅

《中国新文学大系·日记书信卷》导言

一

书信，除了一部分纯粹是应用文外，凡是诉说衷曲、传递心声、记叙形象、或议论文学的，都属书信文学，是本集收录的对象。日记，除了一些敷衍饰伪、空洞无物的日记外，凡是记叙作者自己的生活实践和发表观感的，都是日记文学，是本集收录的对象。写日记，一般是为了今后查看当时走过来的生活轨迹，或对当时当地的事物抒发不便公开发表的议论。书信和日记，是两种不同的文学体裁，却又同属于语言艺术的领域。它们都是以社会生活为基础，以作者本人为艺术创造的主体，运用语言艺术，反映客观世界和表达自身的思想感情的。

以鸦片战争时的书信为例。林则徐领导禁烟抗英运动，在被革职留粤直至流放伊犁时的书札中，回忆英国之所以悍然入侵，是利用投降派的奴颜婢膝。他自表遣戍前后，始终不以个人生死安危萦怀，时刻考虑应敌之方、转弱为强之道，向有关人士倾诉衷曲，期能采纳。书札反映了反帝卫国的心声，一种浩然正气的英雄形象跃然纸上。

日记是作者每天生活和思想的记录。由于大都是依照年月日干支气候的程式记载的，往往大至展示了作者生活年代的政治变迁、经济动态、社会生活、战事始末、文艺活动等各个方面，小至米盐零杂、家庭琐屑，范围之广，可以说是囊括万千。仍以鸦片战争内容为例。在李星沅的日记中，曾以爱国主义激情，历数那些卑怯无能的官吏如琦善之流，任用汉奸，酿成大量国土失守的可诛之罪。他也讴歌人民群众保乡卫国的壮举，并用生动事例，褒扬坚守吴淞炮台的将领陈化成，披露他长期披甲、枕戈待敌、爱护士卒、解衣推食、身负重创而犹力疾苦战，终至以身殉国的可敬业绩。这类发自至性至情的日记，都是近代的至文。

书信文学的起源甚早，相传有二三千年的历史。姚鼐在《古文辞类纂》书说类序目中称："周公之告召公，有《君奭》之篇。"到战国时，游说盛行，名札纷呈，纵横捭阖，文采斐然，如乐毅的《报燕王书》、苏代的《遗燕昭王书》、李斯的《谏逐客书》、鲁仲连的《遗燕将书》等，行文排比铺张，曲折起伏。两汉时，思想家文学家辈出，涌现了大量脍炙人口的名作，如司马迁的《报任安书》，忧国幽思，比之《离骚》。邹阳的《狱中上梁王书》，反复引喻，比事剀切。李陵的《答苏武书》，激情委曲，扣人心弦。及至魏晋，崇尚清谈，书信以抒情擅胜，如嵇康的《与山巨源绝交书》，信笔挥洒，孤高自负，疾恶如仇。六朝时盛行骈文，书信亦多工词采、审音调，如吴均的《与宋元思书》，用寥寥篇幅，勾勒出富春江的山光水色，志于隐逸。到了唐、宋，倡导古文运动，书信同样是由骈而散，以雄健凌厉、气势磅礴的手笔，畅快地表达自己对政治或文学的见解、生活的遭际。单从唐宋八大家来看，已出现书信文学的繁兴局面。韩愈的《与孟东野书》、欧阳修的《与尹师鲁书》、王安石的《答司马谏议书》、苏辙的《上枢密韩太尉书》等，都是我们熟诵的名篇。迄乎明代，书信沿袭唐、宋传统，出现了一批如宋濂、高启、王守仁、唐顺之、宗臣等名家名篇。他如明季夏完淳在抗清被捕时所写《狱中上母书》，表达誓死不屈之情。清代郑燮的《范县署中寄舍弟墨第四书》，虽谈琐屑家事，却读来挚情动人。随着晚明小品文的兴起，书信亦出之以隽永，公安派三袁书札，即为一例。

在清代初期和中期，书信继承先秦以来的传统，格局严谨，不少作家作品，表达了反清复明的思想，希望摆脱异族的压迫。如黄宗羲、顾炎武、戴名世、方苞等尤为突出，能以犀利的文笔，从各方面抨击时弊。特别是 1840 年后的近代，书信的作者鉴于列强侵凌，急望改革；改革不成，奋起投身革命；加上西方文化和科学技术的输入，在思想上、写法上，都有了显著的变化。本集所选林则徐等五十二家作品，对此都有所体现。

日记有篇章可稽的，至少有一千多年历史。清代张荫桓认为西汉已有出使日记，称“陆生（陆贾）使越，苏武使匈奴，张骞寻河源，陈汤、甘延寿定郅支，博征约记，史佚之耳”。俞樾则推溯于东汉，认为马笃伯的《封禅仪记》，就已逐日记叙登泰山之事，导日记之先河。至今被公认为最早的日记篇章，推唐宪宗元和四年（808）李翱的《来南录》，他逐日记载了来岭南的行役。及两宋，日记繁兴，政治家记朝政，出使者记行程，遣戍者记贬谪，典试者记科场，旅游者述游踪，随征者录战况，涌现了路振、王安石、曾布、欧阳修、黄庭坚、徐兢、赵抃、张礼、吕祖谦、楼钥、周辉、程卓、周必大等一批著名的作家和作品。特别是南宋陆游和范成大等日记，早以文学异葩驰名海内外，日本、美国、德国分别有译注本或研究论著出版。其原因，正如明代何宇在《益部谈资》中所说“载三峡风物，不异丹青图画，读之跃然”，说明这些日记具有鲜明的形象性。

相形之下，元代日记文学趋于衰落，文人较少有写日记的习惯，因此作品留存不多，除徐明善、刘敏中、刘郁、徐勉之外，称得上具有生活气息的文学佳构者，允推1308年郭畀的《云山日记》四卷，寄情于山水云物，揭露种种弊政，笔端清新，驰誉文苑。

到了明代初建，帝王多标榜文治，一时学者都起而著述，“识大识小，掌故备焉”（《明史·艺文志》）。风会所趋，文人武将擅翰墨写日记的，代不乏人。从洪武到嘉靖时期，有金幼孜、袁彬、张瑄、张瓒、杨一清、陆琛等撰写的出征记事日记。到万历时，则巨帙叠出，如王稚登、徐弘祖、袁中道、文震孟、龚立本、潘允端等日记，或叙朝章典故，或涉论学谈艺，或撰旅行勘探，或详园林风光。启、祯以降，明王朝日趋腐朽衰落，当时生于忧患，蒿目时艰，形诸日记的作家，有萧士玮、朱祖文、许德士、冯梦龙、陆世仪、祁彪佳等。

必须指出：到了清代，日记文学趋于鼎盛，出现了不少长篇巨帙，有的逾一二百万字，所记内容十分广泛。比较突出的，如谈迁、林则徐、周家楣、李星沅、曾国藩、赵烈文、李慈铭、郭嵩焘、翁同龢、袁昶、王闿运、张謇、曾纪泽、何荫柟、皮锡瑞、康有为等，不下数十家。清人入关之始，南明王朝犹局处各方，抗清志士从事复明活动，或反映反清思想的，有叶绍袁、瞿昌文、张煌言、归庄、黄淳耀、戴名世等日记。另一方面，顺、康、雍时期的学者文人，在治学、讲学、从事编纂、出典考试之际，也写下不少生活日记，如陆嘉淑、王士祯、陆陇其、陈奕禧、查慎行、李绂，丁士一、牛运震等。及至乾、嘉时期，书写日记蔚然成风，知名作家有韩梦周、焦循、孟超然、王昶、姚鼐、钱大昕、吴骞、吴锡麒、李锐等。从上述日记作品的内容和形式看，确是超轶前代，堪称繁盛。

到了清代中后期，日记已进入鼎盛阶段，特别是在1840年鸦片战争后，由于作者经历着风云变幻的时势考验，由于门户被迫开放后中外文化交流的频繁，并由于新旧学术思想的撞击，有事可写，有情可抒，留存的日记文学作品，浩如烟海，几乎超过历代作品的总和。本集所选自林则徐至鲁迅等四十九家，仅是内容形式兼美，具有代表性的部分。

近代日记的特点，与古代相比，主要是：

一、真实。鲁迅在《华盖集续编·马上日记》中说："我本来每天写日记，是写给自己看的；大约天地间写这样日记的人们很不少……不像做内感篇、外冒篇似的须摆空架子，所以反而可以看出真的面目来。"从真实的角度看，近代日记作家往往用较长篇幅，直抒心灵，臧否得失，畅言无忌，有异于晚明日记作家如叶绍袁、归庄等的转弯抹角、隐约其词的写作风格。诚然，如张佩纶的《涧于日记》，对其岳父李鸿章在甲午后屈膝求和，认为负疚实深，还不及深居闺中的女儿，确有一些卓见。再如文廷式在戊戌前十年写的《湘行日记》，述及欲拟白居易《秦中吟》新乐府体，列出大量题目，注明讥刺内容，分别揭露清王朝在政治、军事、经济、教育、外交上无可救药的沉疴积弊，矛头直指宫廷，并痛诋举朝文武一片漆黑。像这类反映真实感情的日记，只能在生前不公诸于众。从这一点上，也可以看到日记的特点之一，是实录作者自身的生活经历和感触的真情。日记之有生命力，也正在这一点上。

二、具体。近代日记作者一般都能涉及具体的时间、地点、人物动态，而且不放过一些细节，做到畅所欲言，和盘托出。如1899年冬，文廷式客沪时，正值中外日报发出传单，谣传光绪不再亲政，"已为穆宗（同治）立嗣"。消息传开，顿时上海出现了动荡的局面。人们说："法人已调兵东来。"沪绅纷纷致电，请光绪亲政，郑孝胥、梁鼎芬伏阙上书。不久又传说发电绅商皆交南洋查办。四天内，上海知识界、工商界出现了惶惶不可终日的混乱局面。直至得京电，慈禧将为明年光绪帝三十寿辰筹备庆典，事态才逐渐平息。这类细大不捐的记录，备见具体翔实。

三、坦率。由于日记是作者写给自己看的，往往扃藏秘箧，不予示人，所以敢于流露自己的真情，而无所顾虑。以戊戌时日记为例，叶鞠裳于8月13日惊悉杨锐等六君子就义于菜市，在日记中表达衷心景仰、无限哀思，一再说“惊惨几欲放声”、“为叔峤（杨锐）大恸”。皮锡瑞亦于8月19日，知六君子已就刑，在日记中，既惓念康有为、文廷式行踪的安危，复夜梦谭嗣同，枕上赋诗哀六君子，有“沧海横流酷，人间大可哀”句，矛头直指西太后的残暴，深致愤慨。凡此触犯禁忌、出自肺腑之语，只有在不公诸于世的日记中见之。再以辛亥革命为例，孙宝瑄充分揭露了徐锡麟刺死皖抚恩铭后清政府的种种倒行逆施：废引见之礼、不敢留用江南武备学堂毕业生、胆战心惊地设置各种防范和禁网。作者既讴歌革命党人殒身不恤的壮举，又揭露了清统治者的毒辣、虚怯。至于零星地揭发亲友隐私，亦时见于日记。如词人夏敬观，是皮锡瑞的得意门生，皮氏在戊戌八月，坦率地记着：“干臣（夏敬观）又造匿名书二函，以鄙词骂梅九公，嫁名于刘九及魏武子孙，可谓无聊。”于此可见，日记文学作品贵在推心置腹，坦率无隐，这是其他文体所不能比拟的。

二

本集辑录的书信，可分为两大类：一是评论时政，二是评论文学。先说评论时政。鉴于近代时期封建王朝的腐朽没落，帝国主义的残酷侵略，有识之士为之忧愤填膺，往往用书信形式，放论时政，一吐胸中块垒，期能达到影响受信人的目的。除林则徐在鸦片战争时所作的书札外，在中法战争之际，还有张之洞痛陈鸦片输入后山西省这个特大重灾区的官民吸毒情况，“人人枯瘠，家家晏起”，造成无法收拾的局面。他在中法战争时，起用冯子材，勉其“威略老成”，与之商榷战事，寄以克敌重任，扣人心弦，是一篇既文又史的佳构。

甲午战争时期，更不乏忧世悯时之作，如文廷式致于晦若书，抉清政府屡遭败衄，实由将相昏庸，战屈而和，实为投降。王闿运也明确向李鸿章表示，战之胜负，咎在将帅，谴责矛头所指，不言而喻。

面对清廷的沉疴痼疾，康、梁首起倡导维新。康在致徐桐信中，痛斥列强虎视，清廷畏懦，规劝徐改弦易辙，放弃保守思想。又在政变失败后，致张之洞书，讥刺他眷恋富贵，不惜奏请屈杀六君子，继之凭势滥杀无辜。

戊戌以后，有识者猛省改良主义不能挽救中国。孙中山奋起领导革命，屡以书信向海外呼吁，筹经费，策联络，通声气，表决心。虽几遭不测，总是满怀乐观，认为黄花岗之役，虽败犹胜，影响深入人心。体现了这位革命先驱坚持革命、战斗不息的精神。

书信还起着匕首投枪的作用。章太炎当袁世凯窃国后，在致袁书中明确峻拒利诱，把袁比作石敬塘，行文犀利，一针见血。秋瑾书札时时表达谋光复就得不惜捐躯的决心，就义前，犹表“雄心未渝”的壮志。其笔下无一不是血泪，是辛亥革命时的《正气歌》。

二是评论文学。一部分书信仍属传统文学的范围，如王闿运、王先谦、王鹏运、吴梅、王国维、陈去病等的书信都是如此。但另一部分已开始触及外国作品、翻译文学、新书新报等，涉及面扩大，渐近现代化。严复以古文译泰西著作，向吴汝纶请益。吴答书主张译作“宜别创体裁”，“与其伤洁，毋宁失真”，多从言之有文着想。

有的涉及与海外交流文学，如俞樾致日本汉学家书，自叙著《东瀛诗选》本末；致小雨上人书，对日本诗集一百七十家持异议。

梁启超由复古文学而趋向“新民体”，所选诸札，出以明白通晓的文言文，开文学变革的端倪。其他还有抒述新看法的，如张之洞称道樊增祥：随着时局日变，诗境亦起变化。高旭提倡选晚近“三十年”之诗，反对选清代早期“拜扬虏廷”那样背时的作品。

辛亥革命前后，书信反映近代文学的见解更多了，如柳亚子预见他日世界语必通行全球，自述信奉社会主义，赞许《新青年》文章，发表倡导语体文的见解。郁达夫致胡适书用白话文写，夹以英文。综上所述，可见时代潮流的不可逆转，新文学、新内容必然会应运而生，作为近代书信，当然亦不能例外。

近代日记宏富，难以数计。因为中国已由封建社会逐渐变成半封建半殖民地社会，封建统治的羁绊，列强的侵凌，有识之士瞻念前途，惄焉忧之。作者处于此特殊历史阶段，经历了两次鸦片战争、中法战争，中日战争，戊戌变法、八国联军，辛亥革命等历史事件，触目惊心，寄慨于日记。虽各自所处地位和生活环境千差万别，但都能毫不掩饰地及时直录风云变幻的形势，表露了自己真实的想法。再加学者文人长期从事学术活动，自要把每天的动态，及时笔录。同、光以后，写日记成风，曾朴的《孽海花》中曾写一次宴集上，名士各献所宝，李慈铭即以日记夺取冠军。《越缦堂日记》刊行后，轰动一时。郭嵩焘日记中说到有十多位朋友刊印日记的事，风行所趋，蔚然称盛。尤其是因门户开放，走向世界者不绝，因此有事可写，有事可记。

本集所选，可分下列三类：

一、反映时政。除林则徐、李星沅日记外，到二次鸦片战争时，日记作者面临国族危急存亡之秋，对清王朝的畏怯求和、咸丰帝的醉生梦死，尽情揭露。李慈铭极写咸丰帝逃往热河，行迹诡秘，以及圆明园被劫掠焚烧的悲惨情况。咸丰逃亡后，日益沉溺声色犬马，不愿返京。作者把他贪生怕死、贪图安逸的丑态，活现楮墨间。

与此同时，还反映了封建统治下农民被残酷盘剥、科举弊窦等实闻。特别是所叙清代四大奇案之一——杨乃武与小白菜，案发前后，牵涉京官及地方官百余人。通过细致的赓续描摹，再现清末官场的暗无天日。作者笔下所揭露的怪现状，一是交织着官官相护的关系网，如巡抚杨昌、按察使蒯贺孙的包庇属员；刑部尚书桑春荣讨好地方官，尚书皂保因县令刘锡彤是大学士宝鋆的乡榜同年，徇私情而掩盖案件真相。二是专横武断，知府陈鲁未验尸伤，竟武断使杨受酷刑。三是地方官横行不法，刘锡彤纵容包庇其子奸淫作恶。四是制造冤狱。学政胡瑞澜仰杨昌鼻息。可见此冤案的主谋及杀人犯外，草菅民命，实属十恶不赦的贪官污吏。董狐直笔，唯日记有之。

太平天国起义军骁勇善战，清军则纪律涣散，真实地反映在曾国藩咸丰十年的日记里。在太平军旌麾所指的胜利形势下，他毫不掩饰地抒发出屡遭败北的痛苦。从小池之挫到宁国、徽州失守，直至李秀成围玉山城，使他记录了失眠郁闷、行坐不安、体质日衰等情况，和盘托出。

1883年中法战争爆发，唐景崧出国赴越南，亲历战斗，遭遇了刘永福黑旗军。他以生动文笔，刻画了刘的外貌、简历、仪仗，并激情满怀地描绘了纸桥、怀德、丹凤大捷，都在“鏖战未已，枪弹已竭”情况下，如何转败为胜。行文细腻真切，还论列中法战争的失败原因，条分缕析，翔实剀切，为战争日记中的佳构。

随着中日战起，中国处于存亡之秋，翁同龢沉痛地在日记里记载抗敌失利，分析症结所在。乙未割地赔款，翁屡记内幕新闻，直斥李鸿章“欲以海疆拱手让人”，又褒赞湖南学人一百二十人、台湾门人丘逢甲等“合词请改和约”等爱国行动，所记褒贬分明。

甲午战败，国势犹如沉疴难治，亟图变法者纷起。皮锡瑞同情变法，其言行俱载日记。戊戌前后，在他的交游中，有坚持变法和反对变法两派，他声援变法；和梁启超商榷学术，倾听讲学；与唐才常、熊希龄，谭嗣同议救国之道，参加有关活动。鉴于列强觊觎我国主权，忧怀莫释，和谭痛诋西后耗费国帑，造成万劫不复的局面。

变法失败后，皮锡瑞满腔忧愤，风闻党人被刑或株连访拿，心如刀剜。及知六君子就义，惓念存者，哀痛逝者。于日记中，如实反映了当时的真实思想。

除皮氏日记外，曲达戊戌时事的要算是叶鞠裳。他历据邸钞、国史馆内部消息、当事者陈述谈论、友朋函札传递实况，屡记变法伊始到政变后见闻感想，特别是所述帝后两党之争，都有国际干预，他用沉痛的笔触，抒发了必须自强自爱的爱国情怀。

戊戌时期的日记，尚有从不同角度叙写的，是任职总理各国事务衙门的张荫桓。他叙清廷内部秘辛：借外债的意见分歧、交接人物的复杂、变法前翁同龢的跪对承旨、那桐等密告太后拟抄张寓的信息，凡此既自表出处安危，又如实写出西后镇压变法的阴谋。

1900年八国联军入侵中国，不少日记作者畅言对形势的看法。天津维新派之一华学澜身历“国事家事不堪回首”之际，在他的《辛丑日记》里记录了目睹侵略军虐待我民的种种暴行，耳闻各国共指同情义和团臣工一百四十人，逼迫清王朝严惩之。更感锥心泣血的是，大难当头，京官、士大夫仍醉生梦死，对入侵者卑躬屈膝。

对联军入侵暴行，叶鞠裳曾排日载录。目击联军在宣武门一场大屠杀，“百家之中，所全不过十室。”环行各处，满目荒凉。清廷慑于入侵者要挟，凡抗击侵略的官吏，一经敌帅批示，“即行正法”。作者目击心伤，嗟叹“国已不国”，由衷地抒发了他沉痛的愤感。

戊戌后孙中山、黄兴等鉴于改良主义不能实现“驱除鞑虏，建立民国”的目的，于是领导辛亥革命。在文学上，相应地出现了文学团体——南社。其中作者辈出，涌现了一批有战斗气息的日记。如宋教仁以《我的历史》为名的日记，重点叙述在日本的经历：与孙中山“纵谈形势及革命方法”，和陈天华、黄兴谈革命；与秋瑾商大举，甚至选择同志，一唯秋瑾评介为准。

宋教仁诗才横溢，早岁服膺杜甫、真山民，参加反清活动后，讲求霸才诗胆，别求新声。对当时如王汉谋刺铁良之《别内诗》等革命诗，亦多著录。凡抒桑梓之思，忧国之念，形诸诗者，皆冲破旧诗之格律，不作信而好古的呻吟，渐见趋向现代化。

日记还多抒感，当陈天华投海后，宋为他刊行了创作小说《狮子吼》

和译作《孙逸仙传》。读《革命评论》至陈天华、史坚如慷慨就义之处，不觉泪下。日记所叙，笔势凌厉，允属辛亥革命时日记文学代表作之一。

二、反映世界。门户开放以后，出访者的星轺日记大量涌现。不少作者怀着民族自尊心与自豪感，走向世界，考察国外的科学技术，期有补于挽回国家颓势。

光绪初，郭嵩焘访法，学习国外先进科技，与法国学者吉乐福等交流，一致认为从文献文物看，中国过去在天文、光学、化学上的成就，曾遥遥领先于泰西。

1889年崔国因出使美国、西班牙、秘鲁时，撰写了日记。他是维新派，但对列强抱警惕心理，力主开展洋务运动，“自强立国”，因此在日记里着重介绍了美国科技。文笔流畅，用先叙后议、夹叙夹议手法，论议鞭辟入里。如分析清政府割让香港、珲春二地的隐患，剖析世界上“强权即是公理”的事实。瞩目国际风云，观察敏锐。

1890年，薛福成写了《出使四国日记》，出于爱国心，痛外患频仍，力主学习世界先进科学成果，以求自强。他研究商务之利，垂意海口建设、水陆运输，以及申述发展能源与富国的关系。他清醒地看到中国学者智能不下西人，病根在于科举八股的束缚。凡此涉外思想，贵在不否定祖国传统，没有全盘西化的思想。

1901年起，康有为作出访十一国日记，闪烁着爱国激情。如在印度华人街讲演清初杨大昭为国争光事迹，冀能激发华侨报国热忱。又赴法所记，满怀民族自豪感，认为当时巴黎街道设施与上海相等。描绘巴黎铁塔，以中国古塔、亚洲及欧美名塔作比，如实地得出天下大观的结论。他数度在博物院，见所藏中国内府珍宝重器，触目神伤，慨叹联军掠夺，宝流异域，非亟起图强不可。

有的日记还客观地反映世界革命潮流，不可逆转。1871年，年仅二十四岁的张德彝目睹巴黎公社起义情景，记下了起义实况、战斗经历，重在细节描写。除涉及法兰西英雄儿女的战斗风貌外，尤详战败后英勇无畏的气概。日记无疑是英雄图谱、革命赞歌，是一部中国青年目击起义、文情并茂的文学作品。

出访日记初度接触社会主义的，推 1903 年梁启超访美日记——《新大陆游记》。记及华侨分布网、华侨团体及爱国留学生动态。他与纽约社会党人哈利逊相晤，哈氏劝以中国若行改革，必须从社会主义着手。所记系最早向中国介绍马克思著作之一。行文特色是写景文字绝少，凡属海外见闻，往往联系本国情势作比较。

三、评论文学。本集所选论传统文学、新文学者比例参半。前者如谭献日记，论及子史、诗文、小说、词曲，涉面甚广，凡王士、龚自珍以迄莫子偲等，不下数百家，而尤多评析填词选词上问题。作者邃于词学，以周邦彦为正鹄，走常州词派的词学路线，因对项鸿祚、蒋春霖、冯煦、郑文焯等词作，皆有好评，是近代词家日记之一。

近代日记以诗文相间、文采斐然驰称的，推樊增祥，所记隽逸清新如其诗。略如火车穿广武山麓，而达河一段，勾勒景物的变幻无穷，车行的电掣云移，百泉上下的奇景，具绘声绘影之妙。

1869 年起，王闿运日记中的诗文评，仍一遵传统。除论《楚辞》外，专注于清末诗作。1913 年任国史馆长后，接触面已不全是封闭型，肯听严复的新学讲演，肯看外国的科技译著。诚然，受时代激流的冲击，他对待传统文学的态度，也产生一定的变化。

近代日记带着近代色彩的，如王韬所记，既涉及上海地方文学，复记叙学贯中西的李壬叔、蒋剑人、管小异等译述动态。又如英敛之的日记，自表向往新政新书籍新思想，所记果不出新的范围。

近代女性最早走向世界的钱单士厘，在丈夫职业外交官钱恂的影响下，向海外学习、比较、借鉴，期为国用。1903 年撰写了《癸卯旅行记》，考察日本之强，乃由于教育立本，返顾清廷，把教育目的局限于“备政府指使”、“自谋生计”，为之愤叹。她学贯中西古今，叙事抒情，绘景状物，出于自然。游俄国色楞格河桥、贝尔加湖一则，写得生动活泼，而且剖析事理，证援古今，归于致用。行文富有时代气息，允为近代日记文学的上乘之作。

本卷所收不少日记是写于五四前的近现代交替之际，如鲁迅、叶圣陶、胡适、吴虞等的日记，不乏反帝反封建内容。叶曾参加大量革命活动，生动记下辛亥年常熟、上海、苏州等地起义实况，并附有关纪实的诗篇，讴歌了沪民及青年的壮举，盛赞了革命军的文牍函札、谕民告示，雄壮慷慨，大义凛然。

胡适学贯中西，他的日记也体现了这一点，如1909年记述精读马其昶文的心得，也多次谈到狄更斯的作品。

鲁迅从1912年直至逝世前夕，日记不辍，所写简略，目的在于备忘，但也可以窥见鲁迅从事革命文学活动的侧影。他在1919年记与刘半农、钱玄同、李大钊、孙伏园等交往，记有关《新青年》《新潮》等新书刊以及观看新剧等事，虽寥寥数语，却给人以启迪。

三

这本《书信日记集》，书信计五十二家，约三十万字。起林则徐，迄新文学先驱鲁迅、胡适。日记共选四十九家，八十九万字，从林则徐1840年的日记起，到五四前鲁迅止。鉴于近代书信日记为数浩繁，因此先确定各个阶段的重要作家，尽可能地广泛搜集各种刻本，并访求私家庋藏。从众多的作品中，遴选出较具时代气息、内容形式兼美、可以列入文学范畴的佳构，冀能在选材中赏鉴到各家的政治见解、文学评论，乃至当时本人及社会的真实面貌。有些较具文学价值的书信，至今尚未发表，如魏源致陈松心，章太炎致曹聚仁、致马宗霍等书信未刊稿。

编选本集，由于入选篇幅有限，爰作如下考虑：一、选取各历史阶段的名作。二、对日记巨帙，作集中节选。三、书信与日记斟酌平衡，按照实际情况，确定此详彼略或此略彼详，如林则徐在鸦片战争后书札纷陈，而此时日记却相形较简，则入选书札的比重大些。宋教仁日记详于书札，则重点多选日记。四、遴选书信或日记，以文情兼佳为准则，但对某些作品，文笔虽属一般，而内容却是论议文学且有突出见解者，亦在酌选之列。

特别是近代日记，宝库充盈，渠道丛多，除旧刻本、稿抄本外，在旧期刊、全集后的附录，丛书、年谱中夹入的日记，新刊的手稿等，均可随时发现。由于稿抄本或新旧杂志所披载的，确有一部分不容忽视的佳构，编者便增选李慈铭、文廷式、张荫桓、梁启超等日记，即一家选两种或多种，如：（一）刊行的李慈铭《越缦堂日记》正续编，被认为尚有缺佚，称为悬案，近期燕山出版社印行《荀学斋日记》，加上本集增选的《癸巳琐院旬日记稿》，李氏日记基本上齐全了。（二）文廷式日记，是日记文学的上品，台湾文海出版社刊印了《南旋日记》《湘行日记》《东游日记》等三种，序言认为还有《旅江日记》《南轺日记》已佚。美国国会图书馆亦持同样看法。编者却从五十年前旧《青鹤》杂志中全部找到，今选录一种，补入本集。（三）张荫桓除《三洲日记》外，在任职总理各国事务衙门时，撰有文情并茂的《戊戌日记稿》，连载于《广州师院学报》，也择要收入本集。（四）梁启超除以《新大陆游记》为名的访美日记外，在《饮冰室合集》中，尚有《双涛阁日记》，事关清末旅居日本从事文学的生活实录，很少有人注意，特加收录。（五）此外，还选录或全录了皮锡瑞日记（抄本）、俞樾、樊增祥日记（旧刻本）等。

为了便于读者检索，就平日知见所及，列入近代日记书目，略注版本出处，附于集后，供方家参考补正。

在编选过程中，获得上海图书馆、华东师大图书馆等提供方便，并承潘景郑、胡道静、王贵忱、汤志钧、翁宗庆诸先生多所指正，深表感纫。自知囿于知见，限于水平，舛漏在所难免，殷切期望读者不吝赐教。

1990 年 11 月

叶圣陶

《日记三抄》前言

《东归江行日记》是从旧日记中抄下来的，从1945年12月25日起到1946年2月9日止，前后四十七天，记的是从重庆到上海的长江航行。

1966年夏天，好多老朋友突然不见面了，还时常传来叫人不忍再提的消息。有的朋友偶尔在路上相遇，彼此心照不宣，别过头去只作没瞧见。在那凄凄惶惶的岁月里，还保持来往的只剩下王伯祥先生一个人。伯祥先生腿脚不如我，我去看他的回数多，搭公共汽车四站路，每月两三回。见了面也没有什么可谈的，只好说说陈年往事。有一回说起了出川东归的江上旅行。他说抗战八年，好容易胜利了，在上海的亲友都盼望你们早日东归，没料到你们决定乘木船，大家日夜为你们提心吊胆，只怕人舟俱没，从此不再相见。我说我们在船上倒不怕也不着急，反正慢慢地往下游淌总有到达的一天。于是又说起旅途中的琐事来。可是时隔二十多年，那些琐事我也记不真了。那天回家就把旧日记找出来，重温那次回忆起来颇有点儿浪漫意味的旅行。忽然想起何不把这一个半月的日记抄下来，让伯祥先生卧游一番呢，反正大家无事可干。于是找了个本子抄起来，从重庆上船一直抄到上海登岸，在本子的封面上题了《东归江行日记》六个字。伯祥先生看了之后说些什么，我记不清了。他作古已经五年，真可惜，他没能看到倒行逆施的“四人帮”垮台。

那次乘木船出川完全是不得已。飞机、轮船、汽车都没有我们的份，心头又急于东归，只好放大胆子冒一冒翻船和遭劫的危险。木船是开明书店雇的，大小两艘载了五十多人，有开明的同事，有搭载的亲友，有全家老小，有单身一个。年纪最大的是我的母亲，过了八十居然还能出川，看望昼夜惦念的女儿——我的妹妹。最小的章建昌出世才一个来月，他是士和清华的孩子，锡琛先生的孙子，伯祥先生的外孙。伯祥先生还有一对女儿女婿在船上，就是汉华和卢芷芬，他们也带着儿女。即此可见上海有多少亲友的心系在这两艘木船上了。也亏得那时下了决心乘木船，要是再延迟半年，就见不着夏丏尊先生了。我们到达上海后才两个半月，丏尊先生就怀着满腔忧愤去世了。

我有这么个日记抄本让姜德明同志知道了，他一定要借去看，看过后一定要在刊物上发表。我老是犹豫。日记本来是只备自己查考的（其实也未必查考），所以记个大略就够了，来龙去脉自己心里有数，用不着多写；提到熟人，更用不着注明性别、籍贯、年龄、身份和相互关系等等。这样脱头落襻的文字，给熟朋友伯祥先生看看是无妨的，因为我经过的事他大体知道，我交往的人他也大多熟悉；登在刊物上给广大读者看可就不大相宜了。还有一点，我主张公开发表的文字必须用普通话写，写日记不避文言，因为日记本来不打算给别人看，用文言却可以少写几个字。现在把这样半文不白的文字发表在刊物上，我总觉得有点儿不负责任。无奈《大地》已经刊登了预告，不容我再犹豫了。把文字通体改一遍，当然办不到；把提到的人和事都加上注，也办不到，只好敬请读者原谅了。

《日记三抄》
叶圣陶著
花城出版社 1982 年 1 月第 1 版
定价 0.75 元

朱家溍

《昆曲日记》序

允和表姐的遗著《昆曲日记》将要出版，表姐夫周有光先生命我写一篇序，把一部分稿本托人带给我读。这些稿本一部分是1956年9月14日到1958年8月17日的，另一部分是从1978年11月到1981年12月27日的。读这些日记，给我的感受好像是和表姐对坐长谈一般，音容笑貌跃然纸上。

允和表姐自幼爱好昆曲，曾登台演过《牡丹亭·游园惊梦》《玉簪记·茶叙》《西厢记·佳期》等等。中年以后，有时还演丑角，譬如《风筝误．惊丑》。但又不止于醉心演出，她精力的更大部分是为喜爱昆曲的人做许多别人不耐烦做的事。譬如，

1956年与俞平伯先生共同创办北京昆曲研习社，1979年为北京昆曲研习社恢复活动的奔走呼吁，从向文化部、文联提出申请到租借场地、服装，到准备曲社活动时的签到簿、茶叶等等，可谓事无巨细。许多北京昆曲研习社的曲友，大约都会记得，当年每逢演出时，允和表姐总要在家里烧一两样可以凉吃的点心，带到后台。为了昆曲的抢救保存不遗余力，这句话用在允和表姐身上是最合适的。

日记中所记载的人差不多我都认识，所记载的事情差不多我都知道，并且其中屡次出现我的名字。例如，1980年北京昆曲研习社恢复正常活动以后的第二次公演，她记载了全场剧目，最后一出《麒麟阁·激秦三挡》朱家溍演秦琼。并且记载着这一次的公演中，最小的演员是《游园》里演春香的樊翠云，是十五中学的初中生。最大的是演秦琼的朱家溍，今年六十七岁，是故宫博物院的研究员。还在我的名字后边加两个字的评语"亏他"，言其这是一出难度很大的武戏。我记得这一次演出的次日我就离开北京到武当山去作地面文物考察，一个月以后才回到北京。从那时起我知道允和表姐写日记，因为当我不在家的时候《北京晚报》刊载一篇吴小如先生介绍我们演《麒麟阁》的文章，她给我看，我看完以为是给我的，就揣起来。她说："你不要拿走，我还要跟我的日记一起归档。"我才知道，她的日记是含有"档案"性质。这张报纸属于附件，所以要"归档"。她对于北京昆曲研习社的演出实况照片、说明书、通知单，有关的来往信件，录音带、录像带，这些统统归档保存。在《昆曲日记》里肯定还有大量如同这张《北京晚报》一样的附件，同样都是珍贵难寻的历史记录。

《昆曲日记》一书，不仅记载了北京昆曲研习社的活动，还包括各地昆曲领域的大事，是一部珍贵的当代昆曲史料。

《昆曲日记》
张允和著，欧阳启名编
语文出版社2004年7月第1版
定价38.00元

郁达夫

《日记九种》后记

半年来的生活记录，全部揭开在大家的眼前了，知我罪我，请读者自由判断，我也不必在此地强词掩饰。不过中年以后，如何的遇到情感上的变迁，左驰右旋，如何的作了大家攻击的中心，牺牲了一切还不算，末了又如何的受人暗箭，致十数年来的老友，都不得不按剑相向，这些事情，或者这部日记，可以为我申剖一二。

文人卖到日记和书函，是走到末路的末路时的行为，我的所以到此地步，也是由于我自己的生性愚鲁，致一误于部下的暗箭，再误于故友的违离，读到歌德晚年叙 Faust 的卷首之诗，不自觉地黯然泪落了。

唉，总之做官的有他们的福分，发财的有他们的才能，而借虎威风，放射暗箭的，也有他们的小狐狸的聪明。到头来弄得不得不卖自己的个人私记，以糊口养生的，也由于他自己的愚笨无智。

我不怨天，不尤人，更不想发牢骚，不过想自己说说自己的倒霉行径，请大家不再要去蹈我的覆辙。

编完了半年来的日记，茫茫然，混混然，写这几笔字好作个后叙。

《日记九种》
郁达夫著
上海北新书局 1927 年第 1 版
四川人民出版社 1996 年重印
定价：12.00 元

《郁达夫日记》前言

丁言昭

落花流水春去也，天上人间，再过短短几年的时间，就将进入 21 世纪。三春过后诸芳尽，各自须寻各自门。在 20 世纪众多的文学家中，郁达夫的作品还会那么灿烂吗？还会拥有那么多的读者吗？回答是肯定的。

郁达夫（1896 ~ 1945 年），浙江富阳人，出身于一个破落的地主家庭。1911 年 9 月赴日留学，1921 年 7 月毕业于日本东京帝国大学经济部。1923 年回国后，在上海，与郭沫若、成仿吾等成立“创造社”，负责编辑《创造季刊》《创造周报》等刊物，同时进行创作。

郁达夫从日本回国后，先后在北京大学、武昌师范大学、广州中山大学、上海法科大学等校任教。1936年任福建省政府参议。1937年抗日战争爆发，郁达夫应郭沫若的邀请，到武昌军事委员会三厅任设计委员，从事抗日救国工作。同年冬到新加坡，先后任新加坡文化界战时工作团主席、战时工作干部训练班主任、华侨抗敌动员委员会执行委员兼文化界抗日联合会主席等职。主编《星洲日报》等报刊，积极从事抗日活动。1945年9月17日惨遭日本宪兵杀害。

作家的生命在于他的作品。遥想当年，郁达夫一部《沉沦》，震惊了“五四”文坛，激活了多少沉睡了的中国心。他的小说创作，在20世纪文学史上留下了不可磨灭的印记。但他的日记文学却少有人研究，其实，他的日记文学之丰，艺术成就之大，并不在他的小说创作之下。

郁达夫倡导了“日记文学”，写过好几篇论文阐述自己的观点。早在1927年6月14日作的《日记文学》中，认为“散文作品里头，最便当的一种体裁，是日记体，其次是书简体。”还特别强调，“日记文学，是文学里的一个核心，是正统文学以外的一个宝藏”。郁达夫得出这样的评论，并不是凭空而说的，他曾读过中外古今很多文人的日记，有德国的、英国的、俄国的，还有“许多宋遗民明遗民的随笔日录之类，真是数不胜数”。他觉得读日记比读那些“不朽之作”的小说有趣，因为那是作者最最真实的东西，不是编造的。

郁达夫读了那么多的日记后，感到日记的体裁是多样化的，“除有始有终的记事文之外，更可以作小品文，感想文，批评文之类，它的范围很广很自由的”。

由于郁达夫对日记文学的嗜好，使他在1933年7月20日又写了《有目的的日记》，1935年6月写了《再谈日记——〈达夫日记集〉代序》。他说，只有“备遗忘，录时事，志感想”，“坦白地写下来的关于当时社会的日记，才是日记的正宗。”

中国现代作家记日记的很多，但将它出版，公布于世，在现代文学史上，郁达夫大约是第一个人了。他最早发表在日本1921年《雅声》第3至5集的《盐原十日记》，写的是他于1921年8月10日至18日，在日本留学回国前夕，到日本栃木县的盐原温泉游历十天的记录。他最后发表在1937年6月《青年界》第12卷第1号上的《回程日记》（1937年4月30日至5月4日），时间跨度为16年，总量为三十多万字。

其实，郁达夫写的日记何止这些？1913年至1921年，他在日本留学时，就断断续续地记下许多日记，可惜这些日记本不知被丢到哪里去了。1938年至1945年，他到新加坡去，根据他的生活习惯，应该有许多日记，可是到目前为止，有人统计过，在这七年中，已发表的日记，全部时间逐日累计才一千则，不满三年。那还有四年多的日记呢？或是没记，或是记了，保存在亲朋好友处，最遗憾的是已散佚。但不管怎么样，展现在读者面前的郁达夫的几十万日记，已足以奠定他在中国现代日记文学史上的地位。

郁达夫的日记最大的特点就是一个“情”字，这个情包含的内容是很广泛的，对祖国、民族、朋友、异性、文学、书籍、风光等等的恋情、爱情、友情、亲情、真情……

郁达夫的日记，就像一篇篇散文，首先我们来看看他的日记题目，有的是以地名为题，如《客杭日记》《沧州日记》《闽游日记》等。有的是非常富有诗意的题目，如《秋霖日记》《冬余日记》《浓春日记》等。

郁达夫的性格过于纤敏，他的公众形象就是个文弱书生，与生俱来的情感外露，显得气质特别真率。他对祖国的前途、民族的命运的关心、担扰，其爱国之情，在日记中时有表露。

我们来看看1927年“四一二”大屠杀这天的日记：

东天未明，就听见窗外枪声四起。起床来洗面更衣，寒冷不可耐。急出户外，向驻在近旁的兵队问讯，知道总工会纠察队总部，在和军部内来缴械的军人开火。路上行人，受伤者数人，死者一二人。我披上大衣，冒险夺围，想冲出去，上南站去乘车，不意中途为戒严兵士所阻。

……

午后出去访友人，谈及此番蒋介石的高压政策，大家都只敢怒而不敢言。

郁达夫在1921年10月2日至6日写的《芜城日记》中，记述了他初到安庆任教，目睹当地罢市民众运动的成功感到由衷的欣喜，而对那些达官贵人、豪绅地主、军阀土匪的愤怒，就像一阵狂风吹过他的心间。他在1921年10月6日的日记中写道：首先就是把“做官的，带兵的，做各团体的代表的，妇人之专事淫奢的，和那些整日的在游戏场里过日子的人，把这些人杀尽了，我们中国人民就不至于苦到这步田地。大同世界，就可以出现了。”

在郁达夫的日记中，表现了他对文学、书籍的情结。

在他的日记里，常有记购书事，但好像随便得很，常是遇上就买，不计价钱。郁达夫通日、英、德语，购买的外文原版书比中文书多，而且主要是小说。买来就读，在旧书摊前、青灯下、旅途中，都能看到他读书的身影，并在日记里，写下了一些较大篇幅的读书笔记。从中我们可以捕捉到许多关于他的性格、思想以及文学观、社会观、政治观等文化信息。

由于郁达夫是位有名望的作家，因此文友多、约稿多、饭局也多，经常是友朋造访，报刊约稿接连不断，来往的信件就像雪片，出于对朋友的友情，哪怕再累再忙，他也按时完成朋友交付的事情。他在1935年9月1日的日记里记着：

窗外秋雨滴沥，大有摇落之感，自伤迟暮，倍增凄楚。统计本月内不得不写之稿，有《文学》一篇，《译文》一篇，《现代》一篇，《时事新报》一篇。共五家，要有十万字才应付得了，而《宇宙风》《论语》等的投稿还不算在内。平均每日若能写五千字，二十天内就不能有一刻闲了；但一日五千字，亦谈何容易呢？

午后来客不断，共来八人之多，傍晚相约过湖滨，在天香楼吃夜饭。

热爱生命的人，必定是热爱生活的人。郁达夫到过很多地方，每一处的山川江湖，都能引起他的情。他在《再谈日记》中说："游历的行旅者，遇到了新的山川景物，风土人情，要想把眼前的印象留下来，可以转告他人，并且日后也可以唤醒自己的追怀，记日记自然是一个最好的方法。"

郁达夫的日记体游记《杭州小历纪程》《西游日录》《南游日记》等，文采飞扬，祖国的山川在他的笔下显得如此妩媚多姿、妖娆可人，令读者如入其境，如历其境。那优美的文字，常使人把它当作游记散文来读，怪不得有的出版社将他的日记编入散文集。如《劳生日记》，1985 年 3 月，上海文艺出版社就将它编入《郁达夫散文选集》。

爱和死，似乎永远是文学的主题，当年《日记九种》的问世，为什么在读者中引起那么强烈的反应？因为那里边真实地流露了郁达夫爱情生活中隐秘的心理，就像《日记九种》的预告所揭示的：日记里"有美丽而细腻的散文诗，有灵活生动的小品文，有刻画心理变迁的小说"。

郁达夫在 1920 年与孙荃结婚，可是过了七年，即 1927 年 1 月 14 日，当他第一次见到王映霞时，竟像初恋的青年人。他在这天的日记中写道：在孙君"那里遇见了杭州的王映霞女士，我的心又被她搅乱了，此事当竭力的进行，求得和她做一个永久的朋友。中午我请客，请她们痛饮了一场，我也醉了，醉了，啊啊，可爱的映霞，我在这里想她，不知她可能也在那里忆我？……南风大，天气却温和，月明风暖，我真想煞了霞君"。

此时郁达夫的心态就如刚刚涉世的年轻人，以率真、朴素的笔调倾诉着对异性的热恋，爱情是多美啊！爱情像皎洁的月光；爱情像山涧的泉水；爱情像碧翠的青山；爱情像无云的蓝天。

在本书里有八节《增补日记》，时间是从 1927 年 8 月至 1930 年 6 月。这些增补日记曾在 1978 年浙江出版的《东海》杂志上选刊过一部分。后来 1979 年 1 月 10 日出版的香港《海洋文艺》第 6 卷第 1 期、1979 年 3 月 10 日出版的第 6 卷第 3 期、1979 年 6 月 10 日出版的第 6 卷第 6 期上，进行了转载。

当时，王映霞看到这些日记后，说："骤见之下，我深感庆幸，但等我看完日记之后再重新回想了一下，实在使我不免模糊起来。怎么这选录的日记，读起来自觉得不大连贯？有些句子的组成使人感到陌生？再想到郁达夫 1928 年前后的日记，是我和他结婚不久，我们住在上海，共同生活时记下来的。据我回忆当年的情况：这时郁达夫所写的日记和文章，是没有一本日记，没有一篇文章，不是经过我的手和眼睛的。"

虽然在 1978 年 10 月 25 日出版的《东海》1978 年第 10 期的《编者按》中写着："本刊征得郁达夫家属同意，约请于昕同志，从现存的郁达夫日记原稿中，选录了若干组，自本期起，特辟专栏，陆续刊载，以飨读者，并供现代文学史研究者参考。"但王映霞仍然心存疑窦。

为了打听这些郁达夫日记片断的确切来源，王映霞写信给黄源老先生，不久，他回信来了，大意是说："……日记片断是从富阳寄来的。"当时在浙江文艺出版社工作的大儿子郁飞来信中也证实了这点。他在信中说："大约在 1978 年前后，也不记得有两次还是三次，那都是天民从他手里不肯公之于众的两本日记里，按他自己意思摘下来发表的。要是那些日记，则都已收入我们社的日记集里。因此今天已到社里要了一本寄上，大约三天后可到沪……"

信中提到的郁天民是郁达夫和孙荃在富阳的儿子。

那么郁达夫自 1927 年至 1930 年的两本日记怎么会在富阳的呢？王映霞曾谈到过这件事。

至于我的衣箱，在战乱时代，怎么会留在郁的姐夫家中，也得由我来说明白。原来郁达夫除了三弟兄之外，还有一个姐姐，自小就到富阳县对江的环山叶家做童养媳。夫妻倒也恩爱，后来还生育了一个儿子，总算给叶家留下了后代。不久，郁达夫的姐姐因病亡故，这一位忠厚老实的姐夫也未续娶。父子二人相依为命地生活着，后来自己还盖了新房，在新房落成之日，正值卢沟桥战争不久，我家避居富阳之时。

这时郁达夫已经在福建工作。他临行时，曾对我说："倘若战事扩大，你还是带了孩子及老母亲，先去富阳暂避，然后再看形势行事。"于是，在"八一三"炮火打响后，我和富阳郁达夫的二哥养吾通了信，联系上之后，我便告诉他，我们一家老小将由杭州迁居富阳，请他为我们留心找个住房。

不久，我们全家，老母亲和三个儿子，一个奶妈，浩浩荡荡地在富阳住了下来。

这一位叶姐夫在他的新屋落成时，来信邀我们和养吾二哥去他家暂住。我马上把这一件事写信告诉了在福州的郁达夫，他复信同意。于是叶姐夫就亲自来富阳城里把我们和养吾一家，一同接去住在环山他新造的房子里。

环山是富阳县的一个小镇，过江可以到富阳县，走路则可以直通十里外的场口镇，出路就只有这么两条。

谁知我们住不上两个月，战火逼近。我们一家不能再在环山寄住下去，就向金华方向转移，交通工具也只能向友人商借。

1937年的初冬，我们离开环山时，觉得人数太多，行李不少，踌躇之下，只得将一只大的衣箱寄存在叶家。只要人活着，将来总有物归原主的一天。

这个箱子里装的是郁达夫的一些稿件、日记、衣服，以及日用品。后来郁王离异，郁达夫牺牲了。那箱子自然就留在了郁达夫的家乡，这是一件可庆幸的事。可惜的是郁达夫的有关亲属，“按他自己的意思摘下来发表的”，就显得不客观了。

例如，郁达夫在 1930 年 2 月 28 日的日记中说：“晚上命映霞去安庆搬取书籍，送她上船……”这个“命”字，就显得非常不符合事实。1930 年，王映霞单身去安庆安徽大学代郁达夫向校方领取半年工资的事，是王映霞主动提出的，而他也极愿意王代他去领。对此王映霞心中有难解的疑团。

王映霞在文章中坦率地提出了自己的看法和希望：“像《日记九种》这一类的日记，都可以在封建气氛浓厚的 20 年代发表出来，则郁达夫的 20 年代末的日记，正可以在我们这些人尚健在之时发表，为什么还要躲躲闪闪，避人耳目！为了对郁达夫负责，对历史负责，应当按照郁达夫日记的本来面目发表出来。我相信，读者和研究者，会有辨别能力，能够历史地看问题的。”

80 年代，有的学者在编《郁达夫日记集》时，就注意到了这个问题，提出：“凡达夫后来自己予以改削的日记，悉依初版本恢复本来面目。郁达夫逝世之后至今，某些报刊曾披载过若干则日记片断，因其并非作者手订发表，又无从据原稿校订，故予从略而未辑入本集。”这真是不失于明智之见！

如果若干年以后，有识之士能像上海古籍出版社一样，将鲁迅和许广平原信连同鲁迅手录的真迹一起影印成帙，出版以《两地书・真迹》为名的书，同样出一本《郁达夫日记・真迹》，其意义是很不寻常的。

自 80 年代初，各种版本的郁达夫日记出版后，也发生了一些意想不到的趣事。

郁达夫在 1936 年 2 月 19 日的日记中有这样一段话：

最奇怪的一封信，是一位河南开封的两河中学生所发者，他名胡佑身，和我素不认识，但这次却突然来了一封很诚恳的信，说买了一条航空奖券，中了三奖，想将奖金千元无条件地赠送给我。

过了半个多世纪后，这位自称胡佑身的学生已到古稀之年，看到这则日记，不觉脸红了。他现在名叫胡又深，他说："为什么我要脸红呢？因为我欺骗了郁达夫先生。事实上我当时并没有中什么航空奖，我当时之所以要写这封信，不过是想得到郁先生一封亲笔信。"这信发出后不久，郁达夫果然给他去信了，对他的好意表示感谢，但是说不能无缘无故地接受赠款，劝胡还是自己好好利用这笔钱去求学深造，还说了一些勉励的话。可惜这封信在文化大革命中被抄走，不知下落。

为了写这篇前言，读了几种版本的《郁达夫日记》，发现一个问题，那就是外文的误差很大。根据笔者的分析，发生错误的原因有多种：一种是误排，例如：德文中有的字母，像"ü"上边有两点，英文的就没有。还有一种可能是，一个单词有时有好几个字母组成，例如"English"，如果这个词汇正好排在一行的末尾，不够排通常就画上一小横，意为是一个单词。碰到不懂外文的工人，就会认为它是两个单词，这样以误传误，最后就错得一塌糊涂。

在郁达夫的日记里，我们能读到时代的风云、社会的风习、文坛的轶闻、山川的秀媚、博览的心得、文章的得失、情感的波澜……给人们会有众多的启迪。

《郁达夫日记》
丁言昭编
山西教育出版社 1998 年 1 月第 1 版
定价 14.60 元

史笔与诗情的结合

——《郭沫若日记》前言

陈漱渝

在《马上日记·豫序》中，鲁迅曾把日记粗略地划分为两类：一类是“写给自己看”的正宗日记，另一类是“志在立言，意存褒贬”的著述性日记。现存郭沫若日记上述两种类型的都有，但我们选收的是业已收人《郭沫若全集》的日记，大体上属于著述性日记的范畴，或者说多属于散文体的日记。这种著述性日记虽然在写作时往往就考虑到公开发表的要求，具有较强的文学性，但在排日记事、强调真实这一点上，跟原来并未打算披露的嫡派日记则并无不同。如果背离了客观真实而包含了虚构成分，那读者面对的就不再是日记，而是采用日记体裁创作的文学作品了。

本书选收的《到宜兴去》作于1924年底。当年9月3日至10月13日，江苏军阀齐燮元与浙江军阀卢永祥开战。四十天的军阀混战，给民众带来了巨大灾难。上海报纸刊登了这次江浙战争的情况，引起了社会各界的关注。松江陈君匋先生发起赴江苏宜兴调查这次兵灾造成的损失，约孤军社同人担任调查，又约郭沫若担任调查报告的编辑。12月1日从上海启程，经蜀山、兰右、悬脚岭、尚儒村等地，于7日返回，历时一周。因郭沫若不谙江南土语，故邀宜兴籍的创造社同仁周全平陪同，并担任翻译。这一时期，正值郭沫若的思想转变期。同年春夏之交，郭沫若用两个月的时间翻译了日本经济学家河上肇的《社会组织与社会革命》一书，比较深入地了解了马克思主义的思想体系。宜兴之行就是他试图运用马克思主义观点进行社会调查的一次革命实践。通过此行，郭沫若了解到军阀部队奸淫掳掠的情况，查访到焚毁杀戮的遗址，除触目惊心于战祸的残酷之外，还深切感受到江南农村的凋敝以及地主对农民榨取的苛烈。这次调查成了加速他由泛神论向阶级论转变的重要契机，促使他决心从此把头埋在水平线下，多体验劳苦大众的生活，多领略灾难深重的人生。事后郭沫若不满于孤军社约请鼓吹国家主义的“醒狮派”首领曾琦为这部调查报告集作序，故意不将本文写完，以拖延全书的编辑进程，所以现在收录的只有这次调查过程中三天的日记。读者如需了解此行的全过程。可参阅郭沫若《水平线下》一书所收的《尚儒村》一文，以及此行旅伴周全平所撰《箬船——故乡问灾记》，1925年上海大光书店出版发行。

《离沪之前》是郭沫若1928年1月15日至2月23日的日记。他自认为这是他一生中很重要的一段生活记录。1933年9月9日他在致叶灵凤信中说：“我在离沪之前有一个月的日记，颇有意义，想整理出版，即言曰《离沪之前》。”

1927年3月底，郭沫若撰写了著名的讨蒋檄文《请看今日之蒋介石》。同年5月，国民党中央执行委员会以“趋附共产，甘心背叛”的罪名开除他的党籍，并通电严缉归案。同年8月，郭沫若参加了著名的南昌起义，任革命委员会委员兼主席团成员、宣传委员会委员兼主席、总政治部主任；起义失败后，于同年10月下旬由潮汕经香港抵上海。为逃避国民党政权的迫害，郭沫若本拟赴苏联暂避，但因同年12月8日患斑疹伤寒，几乎丧命，失去了赴苏的机会，改赴日本。《离沪之前》记录的就是他病愈出院十天之后，至乘日本邮船“卢山丸”离国赴日这一时期的情况——包括文学活动、思想历程、创造社内部两种意识形态的斗争……其中不乏精彩的议论与恳切的自评。日记中与共产党人交往的记载具有特殊重要的史料价值。日记中有关跟安琳的爱情和跟安娜共同生活的记载，也是撰写郭沫若传记不可或缺的珍贵资料。

《浪花十日》作于1934年7月31日至8月10日，其间郭沫若与妻儿在日本千叶县一个面对太平洋的村落小住十天，行海水浴。“浪花”就是村落的名字。日记描绘了峰如屏立、树木蓊郁的山景，曲折如画廊的穴山隧道，荒凉神奇、状如石笋的雀岛，大退潮时捡鱼介的情趣盎然、人情浓郁的场面，在颂扬自然美、生活美的同时也流露出对强权者的憎恶和身处刑士宪兵双重监视下的被压迫感。日记还通过对海女的生动描绘介绍了日本充满原始情调的性风俗，并从生殖崇拜的角度对安置于方池之中的长型巨石进行了考察，因而使这部日记蒙上了一层神奇浪漫的色彩。郭沫若在致《宇宙风》杂志信中说：“浪花十日之类的文章可以做，但如不从事旅行便难得那样的文章。”（1939年3月16日《宇宙风》乙刊第2期）

《由日本回来了》，是郭沫若1937年7月25日至27日这三天的日记。时间虽短，但在他的生命史上却极不寻常。

郭沫若自1928年避居日本之后，不觉已在异邦度过九年多的漫长岁月。其间他对于故国始终梦魂萦绕，特别因民族灾难日趋严重而忧心忡忡。“七七”事变发生之后，祖国的青年热烈盼望这位海外的导师早日归来，流亡海外的郭沫若也感到已临国家需要子民效力之时，他决心跟广大抗日同胞一起，以铁血遏制帝国主义永无止境的侵略野心。但面临的具体困难，一是国民党政府尚未取消对他的通缉令；二是他当时实际处于日本军国主义的严密监视之下；三是跟他一起生活的有一位日本妻子和四儿一女。所以，郭沫若的归国，既要克服重重政治障碍，又要斩断“别妇抛雏”的情感藕丝。在友人金祖同、钱瘦铁的帮助下，郭沫若预购了回国的船票。1937 年 7 月 25 日凌晨，他含泪给妻子儿女分别写了留言，并一步三回首地向亲人和故居告别，然后按照预定路线，由市川到东京，再到横滨与友人会合，直奔神户，于当晚登上驶往上海的海轮“日本皇后号”。这三天的日记记叙了这一传奇经历，细腻刻画了郭沫若归国前的复杂心绪。关于郭沫若这次秘密返国的详情，可参阅金祖同以“殷尘”为笔名撰写的《郭沫若归国秘记》一书。

《战区行》选自《洪波曲——抗日战争回忆录》第十章。1938 年 9 月 15 日至 23 日，郭沫若参加武汉三镇慰劳团先后往北战场第五战区、南战场第九战区慰劳抗日将士——包括到宋埠慰劳指挥台儿庄战役的李宗仁将军和到徐家沱慰劳陈诚司令长官部。其间经过咸宁、通山、阳新、武宁，绕道修水、平江，并访问了一次长沙。《战区行》记叙的就是这段日子的经历。严格地说，在《战区行》中保存的只有 9 月 15 日至 20 日这六天的日记，其余文字则是日记的补充说明——其中还援引了冯乃超同年 9 月 17 日至 26 日的日记。同年 9 月 24 日晚，郭沫若为“九・一八”七周年纪念扩大宣传周发表广播讲话，讲词刊登于 9 月 25 日汉口《新华日报》，题为《后方民众的责任》。郭沫若认为，这篇讲词“把战区的见闻报告了一下。那倒多少可以补充一下我的日记的空洞”（见《战区行》）。如果说，《洪波曲》主要反映的是上海、南京失守之后，准备保卫大武汉而又终于放弃大武汉那一段历史潮汐，那么《战区行》无疑是这一历史潮汐中的一朵时代浪花。不过，郭沫若后来说，抗战期间，他在国民党统治下参加了政治部的工作，所写的东西，有好些是“言不由衷”的：“为了敷衍反动派，不愿意说的话有时说了，愿意说的话多没有说，或者说得非常隐晦。”（《〈羽书集〉改编小引》）阅读《战区行》时，似亦应考虑上述历史背景。

《苏联纪行》是郭沫若1945年6月9日至8月16日的日记，记叙了作者在前苏联境内度过的一段值得永远回味的日子。当年5月底，郭沫若应苏联科学院之邀参加该院220周年纪念大会。会议定于6月16日至28日在莫斯科和列宁格勒两地连续举行。由于得到了重庆民生公司文化基金委员会的资助，郭沫若作为中国人民的使者、中国文化界的使者，实现了访问苏联的夙愿。因为旅途遥远，交通不便，郭沫若6月9日从重庆出发，直到6月25日方抵达苏联，只赶上了这次大会的一个尾声。但他却趁这一良机在苏联滞留了五十天。其时德国法西斯已经覆灭，而日本帝国主义的丧钟也已敲响，于8月10日宣布无条件投降。在这一世界历史的重大转折时期，郭沫若亲自考察了战后苏联的工厂、农庄、学校、研究所、博物馆、图书馆及其他文化教育设施，从中受到了启示和教益。他写下了十二万余字的日记，详细记录了他的见闻和心得，其中尤以对博物馆的介绍（如莱蒙托夫、奥斯特洛夫斯基、列夫·托尔斯泰的博物馆）最为翔实，至今仍有不少可资我国文博事业借鉴之处。郭沫若在这部日记中还发挥了他对文学、历史的一些学术见解，如他在访苏期间发表了以《中国文学的两条路线》为题的讲演，论述了中国古代文学史上的正统文学与民间文学的相互影响和斗争；在跟苏联学者的辩论中，他重申了春秋末年中国的奴隶制已经崩溃的观点。日记中还保留了不少即兴诗作和题诗，有的已收入他的诗集，如《潮汐集》，有的则未收，可作为佚诗看待。日记中关于抵达莫斯科之前途经印度、伊朗的记载，出版俄译本时曾被删节，但这部分内容对我们了解这两个国家在第二次世界大战刚结束时的政治、经济、文化状况不无裨益。

郭沫若的《苏联纪行》(俄译本改题为《苏联五十天》)有些内容是当天所记，有的内容则有补记的痕迹。如7月17日日记中援引《明史·撒马尔罕传》的文字，显然不可能是当天根据记忆所写。郭沫若在本文的《前记》中曾谦虚地表示，他赴苏的时间毕竟太短，行前准备不够，尤其是言语不通，全靠朋友翻译，耳朵又聋，因此深怀遗珠之憾。不过以五十天的经历而完成这样一部宏大的著作，在常人恐怕是难以思议的事情。

综观本书选收的郭沫若日记，其根本特点是史笔与诗情的结合。邓小平同志《在郭沫若同志追悼会上的悼词》中说："郭沫若同志是我国杰出的作家、诗人和戏剧家，又是马克思主义的历史学家和古文字学家。"中国传统史学在数千年的发展过程中逐步形成的秉笔直书、褒贬分明、爱国忧民、史文并重等显著特点，对郭沫若产生了潜移默化的影响，并使他将这些特点自然而有机地渗入他的日记当中。

郭沫若日记的价值，首先在于它的"史诗"价值，亦即历史文献价值。郭沫若擅长于通过个人命运反映时代脉搏。他在《〈我的童年〉前言》中写道："我写的只是这样的社会生出了这样的一个人，或者也可以说有过这样的人生在这样的时代。"如果以时代为经纬，把本书选收的郭沫若日记连缀起来，就可以看到从第一次国内革命战争时期到解放战争前夕中国社会风云变幻的历史画面，也为研究郭沫若生平活动及其心路历程提供了第一手资料。比如，1928年2月9日日记记载："豪兄不来，一时也不能动身。恐怕十一号不一定能够走成。仿吾说，明早去会梓年，请他去告诉豪，因为他听啸平说，民治已经搬了家。"2月10日日记又载："豪和民治来，同吃中饭。……决延期乘十八号的'坎拿大皇后'。"这里的"豪兄"、"豪"，即别号"伍豪"的周恩来，当时任中共中央组织部长；"民治"，即在周恩来身边工作的李一氓。这几则日记有力地证明，郭沫若在大革命失败之后流亡日本并非他个人的自由行动，而是当年党中央为了保存革命文化人所作的特殊安排。同年2月23日日记记载："晚间伯奇来，说由民治送来的消息，我的寓所已由卫戍司令部探悉，明早要来拿人。"（以上日记均见《离沪之前》）可证郭沫若当时所处政治环境的险恶。他是在千钧一发之际逃离白色恐怖笼罩下的上海。郭沫若日记中的上述原始记载，对于澄清历史疑点，判断历史是非，具有雄辩的力量和其他作品无法取代的作用。

郭沫若说过，作家的文风依作家的气质而不同，他自认为是一个偏于主观的具有冲动性的人：冲动时好像一匹奔马，冲动窒息时好像一只死了的河豚。郭沫若性格气质上的主观性和冲动性，使他日记的字里行间也流淌着磅礴酣畅的情感激流。这一特点在《由日本回来了》中表现得尤为突出。且看他秘密归国前离家的感人场面："留白写好了……自己禁不住淌下了眼泪。揭开蚊帐，在安娜额上亲了一吻，作为诀别之礼。她自然不曾知道我的用意，眼，没有离开书卷。吻后蹑木屐下庭园，花木都静静地立在清晨的有凉意的空气中，尚在安睡。栀子开着洁白的花，漾着浓重的有甜味的香，儿们所掘的一个小池中，有两匹金鱼已在碧绿的子午莲叶间浮出了。我向金鱼诀了别，向栀子花诀了别，向盛开着各色的大莲花诀了别，向园中一切的景物诀了别。心中默祷着妻儿们的和一切的平安……走上了大道，一步一回首地，望着妻儿们所睡的家。灯光仍从开着的窗户露出，安娜定然是仍旧在看书。眼泪总是忍耐不住地涌。"这一段诗一般的文字，在袒露抛妻别子的伤感之情的同时，更突出了作者投笔请缨、舍身报国的豪迈气慨。

郭沫若的日记跟鲁迅、周作人等作家的日记的区别，除了文风和记述方式的不同之处，还在于缺乏连贯性。他承认自己素无恒心，忙的时候没工夫记，闲的时候没事情记，因而时断时续。业已发表的日记也有增删，删削的是他认为无关紧要和不能发表的事情。他声明这"不能发表”并非因为发表了有损他的名誉，而是基于当时的政治环境等客观因素。郭沫若还反对将他的作品偶像化，对于记载他生活片断和思想火花的日记同样如此，比如在《到宜兴去》中，郭沫若在把军阀部队称为“猪兵猪将”的同时，也将潮涌般的难民称为“猪之猪”，表现出偏激的情绪和对手无寸铁的民众的苛求。在《离沪之前》中，把鲁迅主编的《语丝》跟国民党改组派刊物《贡献》同视为反动刊物，把茅盾以“方璧”为笔名撰写的《鲁迅论》说成乱捧，表明“革命文学论争”期间郭沫若对鲁迅还缺乏正确的认识。这些情况，在阅读《郭沫若日记》时应引起我们的留意。

《郭沫若日记》
陈漱渝编
山西教育出版社 1997 年 11 月第 1 版
定价 11.90 元

《徐志摩未刊日记》整理后记

虞坤林

徐志摩先生遇难，距今已有七十一个年头，而他的作品，并没有因为他的逝世而被湮灭。从他逝世到现在，关于他的作品已出版了不少集子。他的书信及日记，亦受到后人的重视。在最近几十年中，随着徐志摩研究不断的深入，新的遗作不断被发现，尤其他早年日记的发现，更引起了广大读者的关注。笔者有幸在陈从周先生家，得先生之女陈胜吾女士的惠赐，复印未刊日记两册。并经多方人士的鼓励及支持，为之整理，承北京图书馆出版社的大力支持，给予印行出版。在徐志摩的众多作品中，又增加了一个小小的伙伴。

这次整理编辑徐志摩先生的日记，是目前所能见到的志摩日记中相对来说最为完整的一个版本（除个别零星杂记外，能发现的日记，基本收入是集）。为了尽量求得一个更能体现日记真实性的底本，除了第一部分未刊日记用原稿复印件，及《爱眉小札》用真迹手写本为底本外，其余日记，都以最初发表及最早结集的作品为底本，进行整理。

全书共分两部分。第一部分即“未刊日记”，凡二种:《府中日记》（1911 年）及《留美日记》（1919 年）约七万余字。尽管这两册日记有一些缺页，给后人留下了不可弥补的遗憾，但从所发现的日记中，我们依稀能见到先生早年的思想倾向及活动情况，是研究徐志摩青少年时期思想变化及其学习、社会活动的可贵史料，也是本书中最有特色的部分。从这些日记中，我们能看到一个真实的徐志摩，而不是被虚构、被人曲解的徐志摩。

徐志摩生于丙申年十二月十三日，阳历是 1897 年 1 月 15 日。谱名“章”，又取字“森”，小字“幼申”（一般用“又申”）。北大肄业后，在赴美之前自己取名“志摩”。1907 年，就学于硖石开智学堂，1911 年春前往杭州府中就学，《府中日记》就在此时所写。从这册日记中，我们可以看到徐志摩十四岁时的模样，充满了童趣。此时中国正处在大变革、大动荡的年代，作为中学生的徐志摩，也跟其他同年龄人一样，受到时代的影响，我们可以从他所作和摘抄的诗文中，看出他是个忧国爱民的热血青年，从《渡江作》到《大梁谒宗留守祠》，从《感怀和友人韵》到《立夏日称人新乐府》，从《曹大镐之绝命词》到岳飞的《满江红》，都体现出他的进步倾向。此外，成立班级足球队一事，还初步表现出他的组织能力（可称为社交能力强）。他不但喜欢体育，还善交游，而对学习又是如此认真。应该讲他从不是一个读死书的小夫子，这无疑影响了他此后的人生道路。

《留美日记》是1919年他在美国时所写。这时候的志摩，已从一个稚气未脱的少年，进入青年时代，而其思想更趋于成熟。尽管他留学在外，但对国内各种政治事件的发生，无不关心，如巴黎和会、五四运动等。更使人敬佩的是，在八十余年前，人们对环境问题尚无丝毫概念，都认为中国地大物博、资源丰富，是一个吃不完用不光的乐土，但徐志摩却已为国人不卫生的生活习惯担扰了。虽然日记仅写了短短的二百来字，但却是一篇向旧陋习开战的宣言。在该年8月12日的日记中还有这样一句话，“晋惠帝闻天下饥，诧日何不食肉糜；今日留学生中，惠帝不少。”寥寥数语，志摩心忧天下的襟怀已跃然纸上。正因为如此，他回国以后，与乞丐交友、与农夫交友、与贫民交友，在当时竟被看成咄咄怪事。

通观此两册日记，我们还可以从另一个角度去思考一个问题。即一个开明的而又是传统的徐氏家庭，是怎样来培养子弟的，从中我们又可以领悟些什么？在《府中日记》扉页上其父徐申如记着这样一段话，“……去岁倩燕孙君代为报名，俟考期定后赴考可也。同往者有沈、张二君，则此行亦不虞寂寞。”此时志摩与张仕章方十四岁左右，沈叔薇亦不过十五岁左右，而三君同行，无父母陪伴。论徐家财力，用一二个仆人也是小事一桩，而他们没有这样做，包括到杭州寻舍租房，亦由他们自己料理。在日记中我们还能从多处发现家庭对徐志摩在生活能力上的培养是有一套教育方法的，如在1911年农历二月十七日：“……接家中寄来旧皮鞋一双……”平心而论，一双皮鞋，也花不了多少钱，但作为家长在这样细小的事情上也不含糊，从小便养成孩子节俭的生活习惯。又如1919年8月1日的日记：“这一月内，着实经验了些没有钱用的难处。东拉西扯，借债满身，好不难过，真不自由。真不说虚话，用一分钱，也要掂掂斤量。”从用钱紧张而生发出由衷的感叹“我今日才晓得钱财之贵”等等，我们由此可知徐志摩从小生活在殷实的家庭环境中，并没有给他带来不良的影响。

这两册日记所处的时代，正是辛亥革命与五四运动两个大的转折时期，在日记中，徐志摩真实地为我们描绘了不少那个时期社会的面貌、尤其生动的是在美国留学生群体众生相，对一些著名学者学生时期的活动，很翔实地记录了下来，如吴宓、李济、蒋廷黻、董任坚、洪煨莲等等。此外，从某种意义上讲，这两册日记的出现还是恢复徐志摩本来面目的真实记录。

本书的第二部分，是将已经发表过的志摩日记重新校对后予以重刊。

《西湖记》是 1923 年徐志摩先生祖母病逝后所记的日记。这部分日记，最早是由晨光出版公司于民国三十六年（1947 年）出版，系陆小曼所编。这次以晨光本为底本。

《爱眉小札》是徐、陆恋爱时的真情表白，通过这部日记，从一个侧面告诉我们，在 20 年代的青年，尽管经历了五四运动的洗礼，可是要想挣脱沉重的封建枷锁是何等困难，要付出多大的牺牲才能得来自由。这次在整理此辑日记时，以上海古籍出版社影印的手稿本《爱眉小札》为底本，并参校 1934 年发表在《论语》半月刊和 1936 年良友图书出版社排印出版的《爱眉小札》，校补后整理而成，应该讲是目前所能见到的各个版本中最完整的一种。

《眉轩琐语》是徐、陆婚后，由北京南下，在南方一段时间里的日记。最早收入 1947 年晨光出版公司出版的《志摩日记》中。以后各版本的日记，均以是编为蓝本，此次照录。

《日记残叶》将一些不同时期的日记散页收入是编。《翡冷翠日记》摘自赵家璧所编的《秋》一书中，并作了翻译。

由于志摩先生在日记中往往掺杂家乡方言，故而看似不通顺的句子，其实在方言中是常见的。本次整理尊重日记的本来面貌。很多海宁方言，即使不是本地人也基本可以理解，许多话用方言来表述，更来得自然亲切，日记中的“到门”、“认账”、“路子”，“没来头”等语，时时可见。在整理过程中，我以自己粗浅的见解对个别易混淆的方言用词作了注释。

这次在整理日记的过程中，得到了不少热心人的帮助。陈胜吾女士慷慨赠送早年日记影印件二册。韩石山先生从山西打电话来，鼓励我认真校对，并提供了不少方便。尤其是陈子善先生尽管工作繁忙，再加其令尊身患重病，需加倍护理，但他并没有拒绝为此书作序，慷慨执笔，当我后来了解了情况，心中十分感动。顾永棣老师，得知我在整理志摩日记，百忙中亦拨冗作序，也使此书增色不少。浙江大学退休教授范学楷先生及退休教授程跃德先生，为我翻译了日记中的英文部分。我的老师陈伯良先生，自始至终对我悉心指导并负责对草体字加以辨认。在这里更应该提到的是北京图书馆出版社，自从得知我在整理此书，一直帮助我解决校对过程中的各种难题。尤其该书的责任编辑曾诚同志，自始至终对此书的校对、审读花费了大量的心血。正像他给我来函时所讲到的那样，为“尽量使该书少留下一点遗憾”而努力工作。当然亦不可忘记，与我朝夕相见的海宁图书馆古籍部的孙学强、周众喜两位老师，每当我在疑难不决之时，是他们帮助我寻找资料，共同探讨，往往使难题迎刃而解。上海图书馆近代文献部的同志，为我查阅资料也提供了许多方便。应该讲这部日记的顺利出版，凝结了大家的智慧和力量，我只起到了一个穿针引线的作用，在此谨向这些帮助和支持过这部书出版的前辈和老师们，表示衷心的感谢！

由于自己知识有限，在整理过程中难免留下这样或那样的不足与缺憾，务祈广大读者给予批评指正。

《徐志摩未刊日记》（外四种）
虞坤林整理
北京图书馆出版社 2003 年 1 月第 1 版
定价 18.00 元

《柔石日记》前言

姚锡佩

柔石，本姓赵，名平福，后改名平复，又名少雄，笔名有金桥、刘志清、赵璜、方前等。1902年9月28日（农历八月二十七日）生于浙江省宁海县市门头一个小商人家庭。1931年2月7日被国民党政府残酷地杀害，是中国现代文坛上著名的“左联”五烈士之一。柔石在人间只生活了短短的二十九年，然而，他的英名已深深地镌刻在上海龙华烈士陵园的墓碑上，时时唤起人们的记忆；他倾其心力描述的那一时代人之苦闷和觉醒的文字，更在六十余年的风霜雨雪中，炼为不朽的化石和精灵，永存浩渺的宇宙间，时时迸发出生命的火花。

一

柔石的思想和精神，不仅反映在他生前已发表的近五十五万字的创作和约六十三万字的译作中，而且也蕴含在他未及发表的近二十二万字的手稿中。

诚然，在柔石生前，已奠定了他在中国现代文学界的地位。他的创作业绩也早有定评。他最初署名柔石发表的长篇小说《旧时代之死》，即由鲁迅以“优秀之作”推荐给北新书局出版。鲁迅更赞赏他的中篇小说《二月》，以“工妙的技术”，刻画了“近代青年中的这样一种典型，周遭的人物，也都生动”。悠悠的岁月，业已证明《二月》的艺术生命力：它被改编为戏剧、电影等多种文艺形式，深受人们的喜爱；在国外，已被译为英、德、法、印、泰等多种文字，广为流传，成为具有世界影响的中国小说之一。

如果说，《二月》尚囿于作者小资产阶级的生活圈和情感，那么，继后的短篇小说《为奴隶的母亲》所反映的当时中国存在的“典妻”现象，则被视为中国“农村社会的研究资料”而受到国内外的瞩目。它不仅被收入蒋光慈编的《现代中国作家选集》中，而且分别收入1934年英国伦敦马丁·劳伦斯书店出版的《中国短篇小说集》和1936年美国埃德加·斯诺编撰的《活的中国》。当法国著名作家罗曼·罗兰在《国际文学》法文版读到小说的译文后，即写信告编辑部说：“这篇故事使我深深地感动。”它充分显示了中国新生的无产阶级文学的实绩，也标志着柔石创作风格之底蕴，更加丰富深厚，在固有的缠绵细腻、逶迤多姿的技巧下，更多地呈现出他那淳朴、深沉的精神气质。这一精神也反映在他同一时期创作的散文中。如以《人间杂记》为题创作的十四篇随笔，用漫画笔法勾勒了老中国人的生态和病情，他尤其深切地关注和忧虑那些备受摧残的穷苦儿童的悲惨命运。正是由于这些作品对社会黑暗面的深刻揭露及其产生的影响，因此当柔石把这一时期的短篇小说和散文以《希望》为题结集出版时，竟遭到国民党政府的禁止乃至焚毁。

然而，已是一个共产党员的柔石，面对反动势力的迫害，更是义无反顾地把自己的创作和中国人民的革命事业联系在一起。当他作为“左联”代表，出席全国苏维埃区域代表大会，与战斗在第一线的工农代表生活在一起时，他第一次感受到无产阶级革命战士的革命乐观主义和革命英雄主义精神。这种深刻的思想影响，鲜明地反映在他写的报告文学《一个伟大的印象》中。尽管这篇报告存在着当时党内李立三“左”倾路线的某些影响，但他热情描写的无产阶级革命斗争和英雄人物的思想境界，在中国报告文学的发轫时期，播下了富有启迪意义的种子。这篇具有文献价值的报告文学，次年即被译为日文，收入尾崎秀实、山上正义（林守仁）编译的《中国小说集·〈阿Q正传〉》一书中。

为什么柔石的创作思想、内容及其艺术风格，在短短几年内发生如此巨大的变化，并迅速成熟？为什么极少存在当时一般“左翼作家”所常见的公式化、概念化的倾向？显然，这又与他个人的思想本质、生活际遇有关。因此，他的遗物，特别是他那具有独特个性的日记，备受人们的关注，为研究烈士的生平、思想、创作及其发展的脉络，提供了坚实的基础。

二

柔石遗存的日记，在数量上并不多，只有近十万字，且因其原非逐日记载，又年久失存，故残缺不全。尽管它只是反映了 1922 ~ 1925 年、1928 ~ 1929 年这六年的某些生活片断，却以其特有的内容和形式，具有一定的历史价值和文学价值。

首先，柔石日记的独特性，乃出自他个人对生命的急迫感。1922 年 5 月 21 日，是他现存最早的、题为《逝影》的日记本中的第一天，他写道：自己“已经到开花期和结果期了。假如再不想想，以后的生命也无用继续。但是第一事，还是自我努力罢！”诚然，那时他已度过了二十个春秋，且在父母之命下，已结婚一年多了，这也就意味着到了中国男子准备独自成家立业的时候。然而，事业在哪里呢？柔石不想走小镇青年惯走的固守家业的老路，他渴望生命开出新的花朵，因此更加速他关心诸种人生的问题。而这一渴求，正是他在杭州浙江省立第一师范学校学习三年中获取的思想。他已不是刚入校时那个“拼命读书，弄得两眼非常近视”，只想做一个“学问家”的幼稚学子了；也不再满足于课余个人的琴棋书画生活。他开始由个人走向集体，在上一年5月22日，他发起组织“宁海旅杭同学会”，并由他主编出版月刊，反对宁海的封建势力。同年，他又参加了浙师同学潘漠华、冯雪峰等发起组织的“晨光文学社”，自觉地参加到新文学运动的行列中去。正是在这思想的流动和追求中，他很自然地形成了自己日记的格式：并非是流水账式地录下日常生活，而是旨在解剖自我和周围的人生。因此，解剖和探讨，成为柔石日记的第一特性。

其二，柔石日记产生于中国的20年代，这是一个封建军阀盘踞政坛，复辟势力甚嚣尘上，新旧思想浑沌和较量的时代，个性解放的要求和封建思想的禁锢，不时造成人生诸多的矛盾和冲突。从日记中可见柔石当时深受歌德的小说《少年维特之烦恼》的影响，使本性有着丰富的思想和情感，而在思想、经济、择业乃至婚姻爱情上处处受人掣肘的柔石，处于强烈的“精神界不安”的状态下。他无处倾诉，只能“将我的没趣，告诉我的纸”。这就形成了柔石日记“倾诉衷肠式”的“抒情性”。他时而沉浸在幻梦中百无聊赖，时而奋力呼喊：“去，不能倦了……”他在1922年5月29日写道：“哭，无论如何是没效的。要模仿肩膀上荷着锄往田中去的农民，或手里执着锤看着铁打下去的工匠才好。”同月24日、28日写的无题小诗，也可说是他留下的最早的抒情诗句。

其三，从现存的柔石日记来看，有的片断乃有意锻炼自己的观察力和描写力。如 1922 年 6 月 16 日续记五天前的泛舟之行；次年 4 月 11 日补记 6 日的游湘湖。在这些片断中，他不仅致力于写景，而且重在捕捉人生百态。如 1924 年 2 月 9 日记十五年前的五个小朋友的不同人生道路；同年 7 月 6 日记游西辕岭摘杨梅时途遇丐妇的人物描写和对话。这些生活素描为他日后的文学创作积累了丰富的素材。如 1923 年 1 月 5 日记返乡时火车上的见闻，寥寥几笔，颇为生动地速写了上下车旅客异样匆忙的神色，其中有老者、幼者，更突出地描绘一个抱着孩子，低着头，含着泪珠的中年妇人，写道："我也猜不出她的白髻心是何用意。究竟，一形一色，都显出人类的凄惨来！"每读到这里，都不由人想起他后来在《二月》中塑造的年轻寡妇的形象。日记中的不少内容，后来也确实经润色后作为小说发表。如收在他的第一本短篇小说集《疯人》中的《无聊的谈话》《爱的隔膜》，其原形即 1923 年 11 月 16 日、1924 年 1 月 14 日的日记内容，两相对照，即可见他早年创作的生活源泉和精心的积累。

三

自然，在柔石日记中，对自我和人生的解剖、抒情和描写，都立足于纪实的基础上，这样，也就相当具体、丰富地为后人留下了 20 世纪 20 年代中国社会的真面貌。如 1922 年 8 月 6 日、7 日对家乡大水灾的纪实；1923 年 3 月 27 日所记载的一个月来所经历的诸种生离死别的痛苦，其中尤使他难以承受的是浙师同学中毒的大惨剧，日记记录了事发后学校"死灰色的气象"和为死难的二十二位同学和二差夫所开的追悼会，留下了现代教育史上令人不忍目睹的一幕。在日记中，他也无遮拦地描绘了生活中的个人隐私，包括自己对性爱的渴求；十分真实地暴露了自己在夫妻感情上因精神文化差异而造成的爱的隔膜，和双方为消弭两者的差距而各自作出的努力，以及其间产生的种种生理上、心理上的苦恼。记叙富有生活情趣，人物语言率真，心绪直露，逼真地反映了他自己和周围人的心态，毫不雕琢地留下了那一时代社会家庭的生活情状。

日记也真实地反映了作者思想、文化等方面的修养及其成长过程。他早期对人生的解剖和情感的抒发，基本上是站在个性主义和人道主义的立场上。如 1922 年 5 月 22 日对于周围人及自己被视为“狂人”这一现象的解剖，仅执著于我行我素的意志准则；1923 年日记中曾多次对人类的“兽性”予以剖析，并表达了极大的愤恨之情，然而也只是停留在“社会杀人”这一结论上。他也曾寄希望于教育救国，但个人的志趣和现实的黑暗，又使他常常徘徊于死和生之间，在动摇和自强中，展现了一个小资产阶级知识分子内心的激烈斗争。在北京，他目睹了热血沸腾的国民支援“五卅”运动的社会斗争，因此更强烈地谴责自己依然徘徊于个人的得失中，没有“国家的观念”，没有一分“国民的责任”。尽管那时他的思想依然偏信于托尔斯泰的人道主义和尼采的个人主义，然而，因了这种不断严肃的自我解剖和自我努力，坚定了他创造新的人生的追求。在他投身于当时思想文化斗争的中心上海后，面对更严酷的社会斗争，他有幸得遇鲁迅这样的良师益友，思想愈来愈清晰、敏锐。如在 1928 年 12 月 23 日记下的他和鲁迅的谈话内容，当谈到“中国人素来没有信仰”这一问题时，一针见血地抓住了个人主义的要害，即在没有信仰，只是“要个人能活下去就是”，“中国革命之失败，就在这一点”。他由此观察他周围那些讲革命、搞文学的朋友们，醒悟到他们的弱点也在于他们仅仅是为了个人的生存而去革命，“于文学，只说卖钱。一边他们信他们自己是天才，一边又不肯去坚毅地做”，只是在作品中热衷于空喊革命口号，增加所谓的“现代味”。对朋友的思想批判，正是对自己的鞭策。他甘愿花费全部精力去创造，所以他的作品，非但没有公式化、概念化的通病，而且还能时时创新。他正是以自己的忠厚、务实精神和创作实绩，成为“左联”的“基本构成员”。1930 年 5 月，他又参加了中国共产党。在实际革命斗争中，他也能比较自觉地去抵制某些“左”

的决议，如冯雪峰曾回忆说：在“文总”开会决议开除郁达夫这件事上，只有四票反对，柔石即其一。

“想一想！决定！做去！”“为了救人，为了社会的光明，为了大多数的幸福，应当，应当，我应当这样做！吃苦！”“鲁迅先生说，人应该学一只象。第一，皮要厚，流点血，刺激一下子，也不要紧。第二，我们强韧地慢慢地走去。”柔石在日记中记下这些话，犹如座右铭，激励着他去取得文学创作上的丰硕成果。诚如鲁迅所言，他有一股“台州式的硬气”，凡决定投身的事业，他是不惜牺牲自己一切的。日记也留下了他迈向社会主义、共产主义革命道路的思想轨迹。

但正如他在 1929 年 1 月 19 日的日记中自我剖析说：“朋友已说我现在能这样恬淡静默做人，和以前的多感，烦恼，处处发现情愫的冲动，已相差很远了。但我的心，火焚的内心，谁知道！”是的，通观柔石日记，我们时时可看到一颗火焚的内心。这也就是他后来因王明在中共的六届四中全会上贯彻比李立三更加“左倾”的机会主义路线，他起而积极参与反对的原因吧。令人至为痛惜的是，他因叛徒的出卖而英年早逝。

当我们重读这些半个世纪前写下的日记，我们将更加强烈地感受到鲁迅的悲愤之言：“我失掉了很好的朋友，中国失掉了很好的青年。”

四

现存的柔石日记，最早的系作者亲订成的三册（原为四册，佚第三册），封面都有作者亲书的册题和日期。其他日记或写于散页，或记于一本，均未编订命名。今由编者按现存状况，依时间顺序标题，分为六个时期：

1. 第一册，题《逝影》，1922 年 5 月 21 日至同年 12 月 7 日。

2. 第二册，亦题《逝影》，1922 年 12 月 24 日至 1923 年 6 月 22 日。

以上两册日记比较完整，记载了作者在杭州浙江省立第一师范学校毕业前后，在“五四”以后的各种新思潮的影响下，对未来的渴求、迷惘和苦闷；也记录了他在假期返乡时的所见所闻，表达了他对劳动人民的深切同情，对军阀的强烈不满，以及对现实的极度失望。

3. 第四册，题《从心所欲》，1923 年 11 月 16 日至 1924 年 2 月 9 日。实际上只有七天的记载，而且有着明显的习作痕迹。除前文所说的《无聊的谈话》和《爱的隔膜》，这两篇已发表的小说脱胎于日记外，还有一篇未印行的小说《课妻》，其雏形即 1924 年 1 月 3 日的日记。

4. 慈溪时期，1924 年 3 月 2 日至 7 月 11 日。原无题。记任教于慈溪普迪小学时的生活。

5. 北京时期，1925 年 9 月 9 日、10 日及 15 日。原无题。现存的三天日记，表达了一个只能在北京大学旁听的穷大学生对如何“做人”的思索。在“五卅”运动中，他开始省悟到个人命运和国家兴亡的关系。

6. 上海时期，1928 年 12 月 23 日至 1929 年 12 月 22 日。原无题。日记时断时续，1929 年 2 月 9 日前记在一些零散的纸上；1929 年 9 月 13 日至 11 月 30 日，记于一本；另一本仅记了 1929 年 12 月 22 日这一天的日记。这部分日记，无论是思想内容或文字语言，都有飞跃的进步。

柔石日记曾分别选刊于 1987 年《新文学史料》二、三、四辑及 1980 年《鲁迅研究资料》第七辑。本书系第一次完整地发表现存的全部日记。

五

为了使读者更全面地、深入地了解柔石的生平和思想，特此附录了作者两篇自传体作品和现存的全部柔石的书信，包括家书十五封和致友人信十三封，以及其亲友回忆柔石的文字。

本书收录的日记、书信，均经过六十余年的收藏，纸张大抵黄脆，有几处且残破不堪，字迹难以辨认；文字上也有衍文、脱漏等情况。书信则有的未署日期，或无任何落款。为了便于读者阅读和研究，本书在吸取前人研究成果的基础上，对日记和书信重新考订和注释。体例如下：

1. 凡肯定是脱漏，下加〔 〕; 凡肯定是衍文，下加〈 〉，并将脱字、衍文注于〔 〕〈 〉中。凡残字，用□标出，凡因残破而无法确知残几字者，用省略号标出。

2. 凡属异体字和明显的错字，一律改为通行字或正字：不规范的标点符号也一应规范，不再注明。

3. 书信部分以考订后的时间次序排列，农历一律换算成公历，补写的落款文字，均以〔 〕标出。

本书整理编排或有不完善处，期望读者批评指正。

《柔石日记》
姚锡佩、赵帝江编
山西教育出版社 1998 年 1 月第 1 版
定价 11.50 元

吴福辉

《沙汀日记》前言

因为写《沙汀传》，我差不多在他生前读过他所有的生平材料包括日记。日记一般属于私人文件，虽然也有团体日记如抗战时期的作家慰问团在赴前线时每人轮班记录，这实际上是日志，工作用的。私人的日记有详有略：略的每日仅几字，天阴天晴已经占了一半，做气象历史研究蛮有价值；多的可以事无巨细，长篇大论，上面再写诗、绘画、谱曲子，均无不可。也有夫妇、情人同记一本日记的，以便互看，但很少能坚持长久，大概人类的青春热情多数转瞬即逝。不过当初都是秘不宣人的。记得鲁迅讽刺有的名人存了将来发表的念头，装模作样地写自己的起居注，那么，日记还可分为企图发表和不企图发表两类了。沙汀的日记尽管细致入微，有的简直连情节、场面、人物描写一应俱全，貌似前一类，实际不然。我看沙汀的日记带有小说家素材手册的性质，就是契诃夫提倡的生活手记。他记敌后日记是为写贺龙和他的战友们，记下乡日记是为了写农村小说，这是他的创作资料，是纯留给自己日后翻阅用的。

沙汀的日记不算多不算少。从30年代起，似有似无地一直也能排到晚年。他享寿不算短，所以，各个时期的风云变幻在他的记载中都留下了踪迹。比如抗日战争的冀中，建国初期的四川，60年代的全国，“文革”梦魇刚刚结束的北京等等。沙汀日记的历史记录内容有的特别珍贵，像一二〇师和冀中军区在离日寇仅三十里的河北李村联欢，晚会结束便紧急转移的情景，是未曾经历过的人想象不出的。演出中还有日本和朝鲜友人参加，演出将完，二十里外发现敌人的二十多辆汽车开来，但大家仍兴致勃勃观看不误。还有所记抗日队伍宿营遇到的各种房东，欢迎的和不欢迎的，是形形色色的农民；沙汀、何其芳的马夫战士，也是各色各样，对知识分子行军骑马多有意见，这也很真实。《死水微澜》《大波》的作者李劼人与沙汀交往密切，是40年代便相识的朋友，但当1962年李逝世的时候，沙汀被省里告诫不能写追悼的文章，这是鲜为人知的事实。原因是沙和李1957年联名曾在全国人代会上发言，遭毛泽东批评为“这怎么联得上嘛”，一言九鼎，五年后这批评的力量仍在。日记的隐秘性，使得这种材料的保存得以可能。

由于沙汀这支小说家的笔，我们可寄望他日记里保存下来的历史材料不呆板，充满细节，活龙活现。“文革”后沙汀第一次进京，他的日记就像是一长卷老作家复出图。其中记录近百名现代作家频繁聚会的身影，纷纷自订创作计划，壮心不已的样子，真正令人感动。而且这百位文坛老将的性格、谈吐、彼此的友谊，都刻画生动。再如建国之初人们兴奋、忙碌的实际景象，只要读读他 1956 年记下的十岁“锅巴”的故事，就会忍俊不禁。至于对 50 年代中期家乡的印象，我在他短短的文字中偏能记得这样两处细节：一是在县府找县长，被下级干部神气活现地盘问的场面：“哪里来的？”“有介绍信吗？”盘问了半天，最后来一个县长开会作报告去了！一是他看到四川青年学习普通话的热情，在中学操场上“走来走去，客客气气地在学发音”。全新的气象，以及新气象中大量的旧事物、旧习惯的存在，都记载得一清二楚，分毫不差。

这日记，自然留下绝好的作家本人思想、心理、行为的印迹。我们可以据此窥探到沙汀性格、灵魂的一些深层的东西。在敌后战斗的空隙，于老乡热的冷的土炕上，于明的暗的灯光下用心血凝结成的生活记录，其中的沙汀并非一个高大的英雄。他时时紧张，只要有一丝警报便会引起深度的失眠。他在前线是多么“馋”呵，吃食神经发达到极点，关于用几毛钱或借几毛钱买油条、红苕、桃仁、花生的文字，“吃了两盆面条”，“柿子吃太多了”，炖鸡未到火候而奉命转移但仍能将鸡吃掉的描写，到处可见。但是他又是个纵马飞奔的行军者，是抗日将领叱咤风云的忠实记录员，是个负责的“鲁艺”教师和领队，是个对后方的亲人充满想念的富有感情的文人。对于在前线去留的问题，他一方面说服学生，一方面又在说服自己。他是个善于解剖自我的人，有时解剖刀甚至下得够狠。他不时同战士比较，说：“战争的恐怖把自己简单化了，对于生命和死亡特别敏感，几乎随时都在考虑怎样保护自己，所以尽管心情显得复杂，其实也不过在安全问题上绕着圈子罢了。”他是个极度热爱四川故乡的作家，“怀乡病”在前线也照样发作。看到河北的山、河、花、树，他会对照地想起家乡的树、花、河、山来。他觉得与何其芳相比，他对大自然的感受还不是太浓烈，“我怀念的却是四川的社会情态，没有多少诗意”。他自认是四川乡镇地方志的形象叙述者。

如果要了解沙汀建国后的思想经历，他 60 年代以后的日记是分外重要的。60 年代以后的日记大约占他整个现存日记的五分之四，现在所选的，只是沙汀生前整理过后节录发表的一小部分。从一个作家的角度来分析，这部分至少有两点应引起我们的注意。第一，是他的文艺思想并不那么铁板一块，而是经常处于急剧动荡之中。而且越是迫近“文革”，他对 30 年代文艺的信心越被摧毁。“阶级斗争中心论”的强大逻辑，在当时已足够左右他对现实文学的评价。但是他毕竟是“五四”直接哺育下生成的一代作家，他无法同意将文学与政治完全等同起来。在《红岩》的修改、现代川剧的革新进程中，他又经常地起而反对“概念化”，为自己的发言“把不住口”而一次一次地懊悔（其时的环境已往往分不清反“概念化”、“公式化”和“反无产阶级政治”的区别）。在 1962 年 7 月 17 日的日记里，他写下了最大胆的一段话，说：“目前创作的缺点之一，正在于连一位党支书也没有用自己独特的语言说话！”这话即便写在了日记里，以沙汀的性格，也需要点决心的。第二，是与上一点相联系的，他想摆脱行政工作的欲望虽盛，但他用文艺行政工作里熟知的一套来规划个人的创作时，却越发不知道写什么才好。他长时期地在到底是利用旧的生活积累（写解放战争时期的故乡，即到 80 年代终于写出的《红石滩》；续写旧作《淘金记》等），还是表现生疏了的新农村这两者之间徘徊不定，于是，才有了不断下乡的日记。而从今天看来，这些下乡日记所据的观察农村的眼光，有一些是经不住时间考验的。

这就涉及到日记的客观性、主观性的问题了。本来，日记是最具个人性的散文，它的独立的少受社会集团利益摆布的个人笔调，是它的魅力所在。它较少概括，但是千万日记汇成的个人角度又可能是最好的对历史的概括。沙汀日记的历史价值，既有客观真实的一面，同时不能不看到，由作者眼光的过滤所造成的主观面貌是更突出的。而此主观的切入，自然带来正负两方面的作用。假如说，抗战日记的主观精神的昂扬，反倒能让文字更显明朗，反映出那时代的主流色彩的话，那么，大跃进年代的三台日记，其中包含的人民盼望农业翻身的积极情绪，同脱离科学的拼劳力抗旱、硬性搞“下放运动”、对几类分子的疑神疑鬼、强迫农民把百年老屋的墙泥撤清这些当年工作的缺失，便全然混淆在一起，情况就较为驳杂。鲁迅不是声称他从不“悔其少作”吗？这实际上是相当高的一个标准。稍有年纪的人，如果偶尔翻翻个人几十年前的笔记，就会脸红。应当充分表现每个人观点的日记，在过去的半个世纪里，要真正保持记录人的观点，实在是不易了。特别是在保持独立观点会引来没顶之灾的昔日！特别是你已经心甘情愿地放弃一己的认识，而把大一统的认识就当做全部“认识”的过去！我们今天应将这类变形的记录，也作为真实的历史来看待。同时，请注意沙汀的独特性便是在如此的环境里仍然具有生气地存在着。如他在冀中战火纷飞的时刻，照样大读其司汤达；在一进入安县后即发现上级推行良种粳稻的“瞎指挥”，给农民造成的损害。关于后者，几乎能找到他在八十多岁高龄创作《木鱼山》的最初动因。

沙汀其他日记与创作的关系，也是这样紧密的。抗战日记与《随军散记》（又名《S将军在前线》，改名《记贺龙》）的关联是明显的。当年在紧张行军中沙汀记下的笔记共两种：日记和杂记。与贺龙的谈话，一段段的速写、侧记，都写入专门的杂记，所以日记里的关于贺龙的记载有时还不如贺龙周围的将领来得多。不过那被一个传奇式的人物所吸引、所折服，以至于一次次地改变自己的行程，推迟与亲人团聚的日子是清楚的。战时日记还与沙汀另一部中篇小说《闯关》发生直接联系。《闯关》写的是一支返回延安的队伍的故事，因为队伍由知识分子和部队干部两方面组成，他们之间的矛盾以及知识分子应如何向工农学习的内容便成为贯穿的主题。散失后保存至今的沙汀战时日记，截止到“鲁艺”师生被通知可以回延安的时候，它的结尾正是《闯关》的开始，但在精神上彼此连贯一气。日记里有许多与战士相比较自愧不如的描写，尤其是急行军或战斗一打响，对兵士们的谈笑风生，视战事为平常的表现，多有记载。这是当时知识者在根据地遇到的普遍性问题。不过日记本身似比《闯关》多了一层意思，就是几次如实地记下“鲁艺”学生与部队的冲突。我们可以查到当时负有责任的沙汀，在学生同部队间如何进行调解，而且多从学生方面来做思想工作，但有些事实还是被故意隐去了——冲突的由来是部队的人看上了前线少有的女学生，而女学生公开拒绝，男学生则表示愤慨。沙汀其实有条件在新时期的条件下，来重新审视这个题目。他的《闯关》写到过工农干部的缺点，他还没有狭窄到像以后要把知识分子的思想“王国”彻底摧毁的地步。

之外，还可指出他 50 年代回乡便注意收集解放安县的材料，60 年代与艾芜到川东去也注意采访解放初期斗争的史实，这都和《红石滩》有渊源关系。三台的乡间生活和《青坡》《木鱼山》的创作更是不可分割，劳动模范王达安，是他描写过的几个农村干部和省下乡干部所取的最重要的人物原型。沙汀的作家日记的特质，在这里又一次得到印证。

我还特别地要提到沙汀日记的写作方式。他总是不拘笔记本的好坏、大小，只要拿来能写字就行。所以留存的日记本虽各式各样，就是没有一本烫金布面或高级道林纸的本子。仿佛要节省纸张，他的钢笔小楷之小，令人瞠目。沙汀少时喜欢练习毛笔字，他的书法稍有根底，大字小字都还写得，却尤喜写蝇头小字。他的目力到晚年出现毛病，逝世前的几年是完全失明的。我不知道和他年轻时的过于损伤眼睛是否有关。反正他的日记，应是将来文学博物馆极好的藏品。记得有几本的字，小到非用放大镜才能阅读。五十页左右的小日记本，居然可以誊录出三四十万字的抄稿来，真是蔚为壮观。

除了 1956 年回家乡的几则日记，这里所选，皆为沙汀生前公开发表的定稿。安县日记片断，是他当年交我写传参考，而由我抄录的。目前原件暂未寻到，经沙汀的亲属杨礼先生认定后编入。本书许多日记材料，据我所知，都曾由沙汀的秘书秦友甦帮他整理，其中包含了不少的辛劳，我不过是个摘“桃子”的，在此郑重致谢。全书按写作时间为序排列，按简注的原则进行注释。日记的人名注释一向十分繁难，我以尽量注出与沙汀交往的作家人名为度。至于本书的编辑，是应陈漱渝先生的约请。承他的信任以及耐心的催促，直使我觉得不编就会欠他一份“秀才人情”，于是才挤时间着手。鲁迅说文章是挤出来的，编书又何尝例外呢？本书的作者已经不能再看到它的出版了，这是无从弥补的遗憾。但愿这些日记正式以单行本形式面世，会使他满意，不至于扰了他在天之灵的安宁。

《沙汀日记》
吴福辉编
山西教育出版社 1998 年 1 月第 1 版
定价 15.00 元

《蒲风日记》前言

李文儒

在中国有影响的现代诗人中，蒲风（1911 ~ 1942）仅仅活了三十一年，但他却以十五本诗集的成绩，丰富了中国的诗坛，更丰富了他短暂的人生。

作为一位诗人，蒲风诗人气质中那份对生活的渴望、生活的激情、昂扬奋进的精神表现得格外突出。尤为可贵的是，至迟从中学时代开始，他就以日记的形式认真地记录下自己的生活与精神状态。他把他的这种记录当作生命中重要的组成部分。1930年考入上海中国公学大学部文史系读书后，特意选购精装日记本作更为详细的日记，大约每年一册。为了久远地留存生命的踪迹，为了避免生命的记录流落于动荡的年月，每记完一册，即寄回偏僻的山村老家——广东省梅县隆文乡坑美村——保存起来，足见他多么珍爱他的生命记录。可是天有不测风云，由于蒲风 1942 年过早地病逝于远离家乡的苏皖边区抗日根据地，时世艰险，人事变迁，一册册的珍贵日记流落散失不知所归，一直到全国解放以后，谁也不曾料到，一位有心人居然在一家废品收购店里，偶然发现了两本蒲风的日记，一为 1931 年所记，一为 1937 年所记。1931 年日记寄蒲风亲属，1937 年日记寄人民文学出版社，后均归入蒲风女儿之手。1985 年福建的海峡文艺出版社出版《蒲风选集》时，将两册日记收入。此为蒲风日记第一次正式面世。

蒲风的生命虽然短暂，但因其有逐年较为详细的日记便连贯为生命的长卷；又因时代的动荡只留存下长卷中的两章，终使蒲风的日记与他的生命一样复归于短促，这或许就是不可抗拒的命运吧。所幸蒲风日记记得认真，率性率情，诗人气质表露得淋漓尽致，使我们有了于断章中窥见诗人生命长卷之风貌、窥见诗人生命之本真的可能。

就日记而言，本质上是作者的自语、心语。诉说者与倾听者都是自我，不论是当时当事的事实记录缘情即兴，还是事过境迁的往事回顾旧梦重温。本不打算示人的日记自不必说，即便是写时就准备着有朝一日公诸社会，也脱不开有意无意间地自我表现、表现自我的范围。自我意识鲜明，主观情感色彩丰富的诗人于此尤甚。

蒲风日记的表现自我，侧重于对自我的检点、激励，对自我的思索、认识。蒲风日记每年一本，就 1931 年这本看，可以想见，在新年的第一天，在辞旧迎新之时，蒲风打开准备好的日记本，首先写下的是《新的日记》——类似一本书的前言——一年日记的“前言”：“‘新的日记’，这是一方面分别年岁，一方面含有更新的意思。”“要新的能‘更好’、‘更有意识’，却不能不追究旧的劣点方面。”在 1931 年结束之时，他把对一年生活的认识总结记了下来，有思想方面、学业、交友方面、看书方面、用钱方面等项。结末写道：“不写了吧，这一年的日记就写到这里为止！不用去说送旧迎新，其实新已无据，我还是根据旧的重新建来年的生活罢！”从日记中可以看到，蒲风至少每月都要反思反省一回，从总结旧我中创造新我。如1931年4月30日写道：“又到了结束本月工作的时候了。——让我自己来检查检查吧！上月看了百多万字的书，这一月也不一定不曾有少，所以在质量上，可以说是没有坏现象可言。可是，上月曾说过本月要注意一点英文方面的，这一月虽说看了五六十面文法，终究没有达到上次预定的目的，所以，事实上，也可以说是失败了。今后，自然仍是本着上次的说话，极力注重英文，少看中文小说，除了定期刊物以外。为着‘言而必行’，我必得时时记着：‘努力学习英文’一语！”不只是把自我当作表现与交谈的对象，更有意识的是使这种倾诉与倾听转化为自己对自己的监视与督促，不是外来外在的，而是来自心灵深处的自觉。在这个意义上，日记便成为人生不断进步，生命不断创新的巨大动力了。这样的日记，也就具有了催人奋进、成就自我的重大作用。

在蒲风，这作用自然是很明显的。当他的第五本诗集出版的时候，在兴奋不已的同时，冷静地筹划了下一步的工作：

《摇篮歌》，一九三七年的礼物，我欢迎你！

第六册呢？——我得加油完成《普式庚诗钞》，然后立即整理长诗。长诗没有整理，我不能随便他走。不然，我便没有了机会呵！

冲破了第六册，第七册是没有问题的，甚至第八册亦可以随手即有头绪。——天呵！但愿我能完成我的所言……

温流的集子不能不印。——我感到我不能丝毫贪懒，努力之上还得努力。因此，时常又感到日子过得过快了。

现在，我预备早一点起床，晚上也分点时间来做做事体。

（1937年3月22日日记）

蒲风在他的艺术创作生涯中，也常困扰于工作与逸乐、生存与艺术的种种矛盾之中。他常处于为饭钱、为邮票钱发愁的境地：“因为要邮费及汇费，我把最后的一元也找换了。现今，身上不外仅存三毛钱……真是上天无路入地无门般的了。”（1937年7月10日日记）常处于困境中的蒲风对生存与艺术一再思索的结果是：“一个文学家，忍耐与苦干都最是必需的。”（1937年3月18日日记）“文化工作跟逸乐，有时是冲突的。一个艺术家之所以伟大，其得功于战胜自己的生活是不少的。”（1937年2月10日日记）“祖国并不是不需要我，然而，拼命干下去都得不到一碗饭来吃，这又奈何！”“我必得咬着牙根做人！——我这样决议着在心里。今后，我更燃起心火来锻炼铁的意志吧！”（1937年9月15日日记）

显然，活跃于内心深处的自我思索，是蒲风在艰难困苦的生存环境中不舍不弃、不屈不挠、不断战胜自我、不断超越自我的深层原因。艺术的生命在于创造，尤其在于困境中逆境中的创造。蒲风日记中所记录的创造的艰辛与收获的快感，往往是最动人的地方。

蒲风日记给人强烈的感受是，蒲风是一位以诗歌艺术为第一生命的人，是把诗歌创作与人民命运、与祖国利益紧紧连接在一起的人。创作不畅与发表出版受挫的焦急远甚于没有饭吃的忧虑。在生活难以维持的情况下，他左算右计，东挪西借，一心一意谋划的是诗歌刊物和自己的及朋友们的诗集的出版。如1937年1月7日日记所记：“别人的稿件不住的递来，自己的长诗却在网篮里放了将近半年。……昨天收到了温流的一束诗稿，今天收到了白羽的一束诗稿，而抽屉里放着的一束也是递到了多天的岳浪的诗稿。还有，袁勃兄远从青岛寄来了一束东西……《诗歌杂志》的出现又不知将延至何日了，唉！……想到此地的哈巴狗报的攻击，又想到《摇篮歌》的不够的印费；想到此地的职业，又想着厦门方面的朋友所交涉的印刷‘新诗歌’的悲讯；……而今，《诗歌杂志》万一难产时怎么好哩？有钱的人可以出版，我们却受尽了磨折还不能出版呵——虽然，这也正是我们的精神，我们之所以要干的意义。”

蒲风日记真切地留下了他为诗烦恼，为诗忧愁，为诗繁忙，也为诗欢乐，为诗鼓舞的身影和心声。他在繁忙中的感受和办法是：“东奔西走中，不加于压迫，文章仍然不会出来的。就是说，一个作家，得有作家的在繁忙的生活中的写作时候。”（1937年8月23日日记）蒲风随时随地调整自己的创作心态：“当我一觉得写得尚不十分美好时，或者自己也不满意时，我便有点心灰意冷。然而，我却很快地就燃起了自信心，因为我深深知道，完成这部长诗，不能缺乏丝毫的自信心。尤其是读到美好场所时，我的心却好像遨游于天国的仙境。”（1937年4月17日日记）当看到自己的新作问世时，马上想到下一本如何写得更好：“我愿意我的努力确能保证新的一册长篇叙事诗之对《六月流火》的胜利，我甘愿为此而努力着。”（1937年1月25日日记）创作的灵感涌动了，他情不自禁：“快活呵，我创作的旺盛期来了！”（1937年3月7日日记）他渴望新作迭出：“我与之新集子，真似做母亲的之希冀诞生赤子呵！”（1937年11月2日日记）

蒲风1932年参加中国左翼作家联盟，作为诗歌小组的成员，参与发起组织中国诗歌会，创办会刊《新诗歌》，投入现实主义诗歌运动，致力于诗歌大众化的提倡，对中国新诗的发展做出了不小的贡献。从1934年出版第一本诗集，到1942年病逝，短短八年时间，就有十五本诗集、四本诗论的成就，在中国新文学史上产生了不小的影响。蒲风日记固然能够提供很珍贵的创作背景材料，但一般读者读了他的日记，想得更多的是对自己的生活更富教益的问题：蒲风以日记的方式对自我提出的严格要求和多方面的鞭策，无疑是他取得累累成果的重要保证。

蒲风日记虽说以个人心史见长，以抒情见长，但由于记载较为详细，亦时时折射着国家、社会、政治、文化、世态、人情、友情、爱情等种种影象。

国家大事如“九一八”事变，日本帝国主义大规模武装侵略中国东北，蒲风在9月29日日记中写道："从来看报都未尝流泪，虽则几万水灾中的难民，诚然值得悲痛。但是，今天，看到了十二点钟内，东三省险要全部断送与日人，我流泪了。"又因未能及时从本国报纸得到消息，而想到了别国人的藉报宣传民众，"我国则反而不能速达而甚至于迷蒙民众，这又叫人多么伤心！"接连几天的日记，都以此大事为中心，写个人的心境、学校的动态，写参加集会游行，写赴南京请愿，直到下个月的"双十节"："国庆，在此暴日的兵力压迫之下，军阀政客内讧于中，实在有的只是国哀。"读此日记，真如亲临其境，亲有所感。

1937年日记中记日本侵略军的飞机轰炸广州，整个广州连续数月都处在恐慌之中。"都市是死的颜色，而且甚至是死的气息了。标准颜色便是灰黑色的。而入晚，电灯熄灭了，月亮给都市披上了丧衣，街上只有救护车兵车的喘息。"（1937年9月24日日记）同时也看到了在死的颜色与气息下面活跃着以作者为代表的中国人民抗敌的意志、决心和行动。从另一方面看，以一个人、一个诗人的视角记录连续几个月敌机轰炸下的广州情形，亦具不可复得的史料价值。

1931年4月1日，正在中国公学求学的蒲风有如下记载："文坛老将鲁迅有被当局枪决讯，是否属实，尚未可知。但此事如果属实时，也令人为中国的文坛一哭！自然，他的最近行动如何非我们所要批评者，但像他四十多岁的文坛老将，也决之于枪，也许未免有点太不客气吧！——长夜漫漫何时旦？上帝呵！我怕！我怕这黑夜！一切一切都令人不满，一切一切都被罗网于黑幕里，唉！光明哟，你究竟什么时候方才降临？"5月25日日记记有："怪事，日前哲学教授告诉我们说，接了一封假女同学的假名的信，要他不再来中公上课。他当时莫名其妙，但为好奇心所致，我偏偏来，殊不知今天到了这里，究也没有什么动静。这种事情，好多人都不相信般的，但是，今天，还有更奇的消息呢！听：文学系教授李青崖接了一信，附有子弹一粒，请他不要到中公上课，否则……我真不敢承认现在是20世纪的文明时代，竟使有这样可卑鄙的人们存在。但是，今天，事实竟予以证明，这叫我多么悲愤呵！”当局的愿望恰恰相反。证之以30年代国民党政府的文化围剿，真令人至今感慨不已。

此外，如蒲风急于归乡的思乡之情，及一旦回到家乡，面对乡民麻木乡村衰败的感叹与顿生的凄楚生疏之状之感，但其间又不乏点“孔明灯”、舞狮的乡间乐趣，以及蒲风如何热心于乡民争端的解决，而那解决法又是那样的别有书生气诗人味；再如蒲风记他如何千方百计心急如焚地为亡友——诗人温流出版诗集，其状真如鲁迅所言，携着遗稿，像“捏着一团火”……读来着实颇多动人感人之处。即便是一些平常琐事，由于流布于字里行间的诗人的强烈主观感情色调，也能引起我们的共鸣和关注的兴趣。

《蒲风日记》
李文儒编
山西教育出版社1998年1月第1版
定价13.90元

林乐齐

《现代作家日记》前言

日记是一种内容广泛、形式活泼的文体，是散文的一种。在中国文学史上，早在唐代就出现了日记。以后，日记作品大量产生，成为中国古典文学的组成部分之一。中国现代日记文学是继承、吸收了古典日记文学的传统和营养而成长发展起来的。在中国新文学运动史上，现代日记文学的成果是十分丰硕的，许多作家都留下了珍贵的日记，成为中国现代文学百花园中一朵盛开的鲜花。

鲁迅、胡适和叶圣陶是中国现代日记文学的奠基人，他们的日记上自辛亥革命，下至30年代、甚至60

年代，为现代日记文学的发展，作出了开创性的贡献。《鲁迅日记》始于1912年，前后记了二十五个年头，是中国“排日记事”体日记的代表作。他在1926年写的《马上日记》等，是另一种类型日记——“志感型”日记的首创。现代学术大师胡适，以《藏晖室札记》和留学日记等日记作品闻名于世。他的日记发展了中国古典日记中“随手札记”式日记，形成了以记叙治学和读书为中心的“札记型”（或笔记型）日记。叶圣陶的《辛亥革命前后》，记的是辛亥革命前后五年的史事；他在抗日战争、解放战争和建国以后各个不同历史时期，也都写有大量日记。他的日记也是排日记事体，但与《鲁迅日记》的扼要简赅不同，他记事详尽具体，把叙述描写、议论、抒情熔于一炉，文学色彩更为浓烈。

鲁迅、胡适和叶圣陶的日记是新文学史上最早的日记，但它们在当时大多没有发表和出版。随着新文学运动的推进，多种报刊登载的日记作品与日俱增，单行本日记也随之出现。1922年5月出版的《蔷薇之路》，是目前发现的新文学史上的第一本日记专集，这是作者田汉与夫人易漱瑜在日本的蜜月日记。此后，单行本日记愈来愈多，紧接着田汉的，是瞿秋白的《赤都心史》和郭沫若的《到宜兴去》。这两部日记都是利用日记进行社会调查，描述重大事件，成为以社会调查为主要内容的“报告型”日记的滥觞。

大革命涌现出许多日记，其中最值得提出来的有三部。一是女作家谢冰莹以女兵身份写的《从军日记》，以自身亲历，记叙了北伐途中见闻。二是郁达夫的《日记九种》，它如实地记录了与王映霞的恋爱以及作家本人在大革命中生活和思想的嬗变，真实地描绘了大革命的历史进展。三是阿英（寒星）的《流离》，反映了大革命失败后社会的动荡和作者生活的漂泊流离。

20年代的重要日记作品，还有著名诗人徐志摩的《爱眉小札》《眉轩琐谈》和他的夫人陆小曼的《小曼日记》，所记的是1926年两人相爱结合前后的事实。比这对伉俪稍晚，章衣萍和吴曙天夫妇也都有过日记集《倚枕日记》和《曙天日记三种》，各自记叙了养病和家庭生活。大革命失败后被迫远走异域的郑振铎，写下了记载海程和旅法生涯的长篇日记《欧行日记》。1927年，侨居马来西亚的杨骚，写了抒发自己心境的《十日糊记》。小说家蒋光慈1929年曾在日本养病，他的日记集《异邦与故国》，流露出深沉的爱国主义情思。除上述作家日记外，20年代公开发表出版过的日记还有俞平伯的《山阴五日游记》、陈衡哲的《北戴河一周游记》、陆晶清的《海上日记》、郭沫若的《离沪之前》、吴似鸿的《一个流浪少女的日记》等等。

进入30年代，日记文学处于繁荣鼎盛的局面。1935年出版的《达夫日记集》，收入了郁达夫的大部分日记。郁达夫30年代的日记有个突出的特点，就是把日记和游记结合起来，用日记形式来写游记。他的《杭江小历纪程》等，既是日记文学的佳作，又是游记文学的名篇，在新文学中很有影响。女作家冰心在30年代中期，在塞外大地作了一番漫游，她用日记《平绥沿线旅行记》，摹写了苍凉浑厚的北国风光。这部日记和郁达夫的游记日记，是中国现代旅游日记的代表作。此外，30年代的重要日记作品，还有鲁彦和夫人谷兰合写的《婴儿日记》，诗人朱自清的欧游日记，小说家许钦文蒙受不白之冤，在狱中偷偷写下的《不浪舟日记》《小桃源日记》《工犯日记》等等。30年代的日记不仅数量多，质量高，而且还出现了一些日记汇选本，其中最著名的是阿英编的《日记文学丛选》。赵景深也编选了《现代日记选》和《青年日记选》；他还在他主编的《青年界》杂志上，出版了“日记专号”，选登了许多作家的优秀日记作品。

抗战期间的日记，从不同角度反映了这场为民族生存而搏斗的伟大历史现实。小说家周立波作为战地记者，跟随八路军转战南北，写了《战地日记》《万里征尘》等反映抗日斗争的随军日记。与此相类似的，还有沙汀的《敌后七十五天》。刚从英国回国的王礼锡和女作家白朗，在硝烟弥漫中赴前线慰劳抗日将士，他们各自写的日记《笔征》和《我们十四个》，就是文人用笔参加抗战的真实记录。丰子恺的《教师日记》记下了在大后方僻乡颠沛困顿的生活。而青年作家叶紫，抗战开始不久即贫病交加，他在生命垂危时刻写下的日记，催人泪下。叶圣陶全家入川，他的《成都近县视学日记》《蓉桂往返日记》等，摄取了大后方蓉、渝、黔、桂等地生活的实景。在重庆的剧作家阳翰笙，其日记更多地为文化人生活作了剪影。在延安，作家周文的《生产日记》记录了一批作家参加大生产劳动的感人场面。阿英在苏北解放区多年，写了厚厚两大册的《敌后日记》，详细载录了这一段既艰难困苦又充满革命激情的敌后生活历程。蛰居“孤岛”的文学家、藏书家郑振铎，用日记《求书日录》录下了在敌伪严密禁锢钳制之下，为抢救祖国文化典籍而开展的一场惊心动魄的斗争。

战后的日记，首先要提到叶圣陶，他在这一时期写的《东归江行日记》《在上海的三年》《北上日记》等，描写从抗战胜利出川回沪，一直到 1949 年初转道香港抵达北京的全过程，内容十分丰富。现代文学巨匠郭沫若和茅盾，于 1945 年到 1947 年间，先后访问了苏联，分别写了两部有名的日记《苏联纪行》和《苏联见闻录》。这不但是优美的纪游文学，而且还有力地回击了反动当局的反苏宣传。长期任驻外记者的萧乾，以多彩的笔触，创作了反映战后德国惨状的日记体报告文学《南德的暮秋》。女作家杨沫的《自白——我的日记》，也为建国前这一时期的历史，提供了若干活生生的篇章。

作为文学门类之一种，中国现代日记文学有着自身明显的特点。

其一，现代日记文学的内容异常丰富，形式多种多样。

现代日记的取材是极为广泛的，涉及到政治、军事、经济、文化、社会、国际、民情风俗等现代生活各个领域，上自世界大战、国内政局、革命斗争，下至个人的喜怒哀乐、家庭生活、读书写作、交游宴饮等等，都可记入日记，真可以说是包罗万象，无所不有。与此相适应，日记文学在艺术上也是风格多样，手法各异，形式上不拘一格，长短咸宜。比起别的文学式样，日记文学更为自由灵便、轻巧活泼、挥洒自如，既可记叙事件始末，描绘社会、自然环境，又可抒写胸臆，评议事物短长。而优秀的日记作品总是把叙述、描写、抒情、议论有机地糅和起来，运用得十分贴切得体，浑然自成。

现代日记作品数量众多，品种齐全。根据其内容和形式上的特点，大致上可以分为两大类别。这就是记事备忘日记和著述立言日记。记事备忘日记不是为了发表或出版，作者并不打算把个人的私事和经历公开披露。一般来说，这种日记是写给自己看的，只是为了录事备忘，起“备忘录”的作用；或是留存史实、资料，以便来日查验检索，为将来进行著述、创作积累素材。正如鲁迅所说，多数日记作者是抱着这样的宗旨写作日记的，是日记的“正宗嫡派”。既然是为了备遗忘而记叙每日之事的，因此，记事备忘日记重在叙述，采用排日记事形式。但同是记事备忘日记，差别却很大，有的寥寥数语，有的却洋洋数百千字。根据记事繁简详略的差异，我们把那些记事至简、叙述极略，只录每日生活梗概，而不作具体说明的日记，称为简式记事日记，如《鲁迅日记》、周作人的日记便是。而那些篇幅稍长、记事较详，对所记事物略加描述、阐发的日记，称之为综合性记事日记，如叶圣陶、阿英诸人的日记便是。至于著述立言日记，多数是在准备发表出版的情况下写作的，或是在有意识有目的的要对第三者倾诉发抒某种感受、情怀的情况下写作的。与记事备忘日记相比，这种日记不强调备忘检索作用，也不着重于排日记事，不对每日生活过程作面面俱到的严格刻板的陈述；它往往舍弃生活中的细枝末节，只撷取其中最需要的部分作淋漓尽致的载录。因此，著述日记经常是字数较多而所记内容却较为单一集中。作家在写这种日记的时候，总是以充沛的激情，形象的语言，充分的酝酿准备，写出自己的见闻经历，或突出生活中某个真实现象和个人最强烈的感受。这种日记的文学性很强，但它是日记，是作家当时当地的生活写照，而不是日记体小说。著述日记与日记体小说完全是两码事，前者是日记，后者是小说，绝对不能混同。这里必须有个前提，这就是真实。真实是日记的生命。日记（包括著述日记）必须是当天发生的实有其事的人或事，尽管作者可以把这些现实中的真人真事表现得更加逼真动人，描绘得格外华丽多姿，但必须不失其原来的真实面貌，决不允许杜撰和虚构。否则，就成为日记小说而非日记。与日记相反，日记体小说则无论人物、事件、情节、环境，都是作者想象虚构的产物，尽管这种想象虚构来源于生活、但是经过作家典型化的提炼加工，已经成为艺术真实而非日记中的实有其事的生活真实。《狂人日记》《莎菲女士的日记》都是日记体小说，但狂人、莎菲都不是生活中的真人，而是作家塑造出来的艺术形象。著述日记和记事日记各具特点，各有所长，也都各有佳作，在中国新文学运动中，形成了以这两种日记为主的两大流派。著述日记种类繁多，手法各异，根据其特点，又可分为下列四种类型：一、志感型：专来发抒某种感情，评判人事，议论短长。如《马上支日记》《爱眉小札》。二、描写型：这类日记历来数量最多，如描绘自然景观，记叙旅途游程和出国访问等。如《杭江小历纪程》《平绥沿线旅行记》。三、报告型：用日记进行社会调查和对重大事件的报道、特写。如《到宜兴去》《南德的暮秋》。四、笔记型：专录读书、论文、著述等为主的读书札记型日记。如胡适的日记，苏雪林的《雨天的一周》。

其二，现代日记文学有着强烈的时代感。

现代社会剧烈的震荡和深刻的变革，使现代日记文学不可能不打上时代烙印，折射出时代的光谱。正如前面介绍的那样，现代日记的发展与现代政治运动的进展、阶级斗争的起伏以及社会背景的转换，是极其紧密地联系在一起的。生活在一定历史、时代环境中的作家，他的日记必然是那个时期社会生活最直接的记录，展现出当时当地各方面的真实情况，使读者从中感受到时代脉搏的跃动，生活气息的吹拂。这一点，从《辛亥革命前后》于辛亥革命，《胡适留学日记》于五四新文化运动，《日记九种》和《流离》于大革命，周立波、沙汀、丰子恺等作家日记文学具有如此强烈的时代精神，它不仅能使人认识、了解各个历史时期的社会状况，获得从正史上得不到的东西，而且，还有着珍贵的史料价值，为研究那个时代和作家思想，提供了第一手材料。

其三，现代日记文学鲜明地表现了作家的个性。

在各类文学作品中，日记文学最容易显示作家独特的个性。周作人曾说："日记与尺牍是文学中特别有趣味的东西，因为比别的文章更鲜明地表出作者的个性。诗文小说戏曲都是做给第三者看的，所以艺术虽然更加精练，也就多少有点做作的痕迹。信札只是写给第二个人，日记则给自己看的（写了日记预备将来石印出书的算作例外），自然是更真实更天然的了。"

鲁迅对此也作过精辟的阐述，他说："一个人的言行，总有一部分愿意别人知道，或者不妨给别人知道，但有一部分却不然。"日记和书信是写给自己或两三个人看的，正是不愿让人知道的；而一般人的脾气和心理，却偏偏乐于探知这些不愿让别人知道的秘密，希望通过日记和书信，"从不经意处，看出这人——社会的一分子的真实"，"知道这个人的全般"。所以，鲁迅认为，"从作家的日记或尺牍上，往往能得到比看他的作品更其明晰的意见，也就是他自己的简洁的注释"。这里所说的"明晰的意见"和"简洁的注释"，指的正是日记和书信中流露出来的作家真实的性格和本来的面貌，亦即在一定时代、社会环境中作家的思想、品质、行为、习性等等的"全般"，一句话，即作家的个性。在表现个性这一点上，现代日记更为突出和明显。它不像古代日记，偏重于论时务，评经史，记途程，考掌故，而是更长于用较长的篇幅，记叙日常具体生活，这就更易于表露作家多方面的个性。即以鲁迅而论，《马上支日记》等志感日记，通过对种种时弊的议论、剖析和抨击，充分体现了这位伟大作家彻底的、不妥协的反帝反封建的韧性战斗精神。而从记事简赅、篇幅紧凑的《鲁迅日记》中，我们仍然可见其独特的个性。比如1929年8月28日日记中有一段："席将终，林语堂语含讥刺，直斥之，彼亦争持，鄙相悉现。"寥寥数语，冷峻、严正，气势逼人，形象地显示出鲁迅"横眉冷对"的战斗精神。郁达夫被称为"坦率到可以惊人"，"在暴露自我这一方面""非常勇敢"的人。他的日记坦荡率直，毫无隐饰遮掩地记载了自己的政治观点、心灵创伤、爱情悲欢和生活的颓废，大胆的自我暴露使他的日记鲜活地呈露出本人内面的生活，展现了自己的个性。在他的日记中，曾不止一次地出现过，由于思想苦闷、颓唐，前去狎娼嫖妓的记载。"饮酒尽一斤"之类的话，在他的日记中随处可见。1930年1月9日的日记说："昨晚因饮酒不佳，很懊恼。买酒不好，比买书被骗，还要不快。这几天中想加上速力，将这一坛坏酒喝它完来。"既然是坏酒，还要加速喝完，嗜酒成癖的心理状态写得活灵传神。郁达夫爱买书、读书，读后又爱发议论，并与自己的创作加以对比，因此，他的许多日记，简直就是一篇篇有见地的书评，表现了他的审美情趣和艺术个性。我们还可以举出胡适的例子。翻读他的日记，迎面扑来一股书卷气。他是有名的"考据癖"，在日记《庐山游记》中，即使是在游山玩水之时，仍不忘情于考证，每到一处，总要来一番探本溯源的论辨，活现了"考据癖"的个性。1921年5月11日，他参观京师图书馆时，认为《永乐大典》"结集始于永乐而成于嘉靖"。二十几天以后，在查对了《四库总目》后，他立刻在原日记上作了眉批，补记下"此说无根据"的一段考辨，对原说作了订正。"大胆假设，小心求证"，是胡适治学的座右铭，从这一段日记中，这种谨严、缜密、一丝不苟的治学精神，是可以窥见一二的。

《梅贻琦日记》前言

梅祖彦

黄延复先生等整理的《梅贻琦日记》收录了先父梅贻琦校长从1941年到1946年在昆明主持清华大学和西南联大校务时期的日记（其中有些间断和佚失）。这本日记的问世正好是先父诞辰一百一十一周年的时间，也是他终身为之服务的清华大学建校九十周年的前夕，是有特别纪念意义的。应出版社编辑先生之约，略谈几点认识如下：

多少年来，人们认为日记是个人自用的备忘录，一般人写日记时都不考虑给别人看。但是本人去世以后，遗留下来的日记却常常成为重要历史资料。就是因为日记在书写时和写一般文章或信件的方式不同，所以我们阅读前人日记时也应使用与阅读一般文件不同的尺度。

我们研究前人的日记主要有三方面的目的：一是想获得关于过去发生的事情的第一手资料，并可以为一些历史事件或他人的事迹作旁证；二是想了解日记主人对某些重要事情的态度和观点；三是为了解日记主人的作风、情趣，以了解其性格和为人。

在这本《日记选》中，确实记录了很多人名，但多属于聚会时的接触，对于和这些人的交往过程或谈话内容记录则很少。这也许是因为考虑到每次会议都有专人作记录，无需自己再作重复。全本日记除几次述职或交涉性会见有较详细的记载外（如在重庆向教育部的几次汇报以及和最高领导当局的谈话等），总体显得过于精简。

在第二方面，因为先父在公开场合一向不喜欢发表议论，所以在写日记时也不多作议论。今天我们研究这本日记，很希望知道当时针对那些困难的局面是怎样考虑的，最后怎样作出决定的。这方面，可惜他留给我们的太少了。

在第三方面，读者倒是会发现日记在个人生活方面写得很生动。先父在外表上给人印象严肃拘谨，非对熟人不苟言笑，实际上他对生活仍是充满热情的。例如他喜欢喝酒，酒量很大，这可能是由于当时社交的需要，另外在闲暇时他也常与三五好友品尝美酒。在日记中他承认自己喝酒太多，也有过自我批评，但似乎没有什么改变（实际上他晚年得的中风病肯定是和饮酒过多有关）。他也喜欢打麻将，不过这多半是挚友之间的聚兴。因为只是公余的消遣，故都不讳言。

这本日记包括的时间正是西南联大在昆明八年的关键时期，也是先父一生经历中最艰难的时期。从日记中可以看出当时国家的形势和学校事务对他精神上的重大压力，诸如：物价飞涨，生活紧张。到抗战后期，师生的生活十分艰苦，不少员工需要另兼别职来弥补生活的不足，学校领导的主要任务之一就是想方设法给员工以必要的补助，例如创办“生产合作社”等。

战争对正常生活的影响。日本飞机的轰炸极大地扰乱了抗战后方的正常生活，跑警报占去了人们一天很多的时间，不少人为避轰炸而迁居到乡下去，交往不便。轰炸也造成了学校相当的损失，使本来已很紧缺的物质条件更加匮乏。（所幸从 1942 年夏天以后，美国空军来到昆明，空袭的威胁才基本消除）

学校事务异常繁重。在西南联大时期三校都保留了各自的研究机构和人员，所以作为负责人，先父要兼管联大和清华两方面的事务。为维持联大在昆明能顺利办学，需要和地方政府及各界人士进行交往，保持关系。为争取每年的教学经费和科研经费，他要进行多方面的奔走，平均每年要到重庆去两次，在当时那是很艰辛的旅程。

进行国际联系。因为学校的地位比较公开，教授们也熟悉外国情况，而且当时昆明是中国和国外交往的必经之路，所以和外国使团、外国学者，包括后来的美军人员，联系事务很多。

进步势力的影响。到抗战后期，进步势力在昆明明显增强，这必然要受到国民党当局的压制。学校为 1942 年 11 月的“倒孔”运动、1945 年春的昆明民主运动、1945 年 12 月的“一二·一”运动和 1946 年 7 月的李、闻被害事件，与地方当局以及重庆政府进行了很多的接触，经过了极为困难的折冲，才避免了各次事态的扩大。

事实上这些日记不是一个孤立的个人记载，它反映了抗日战争时期教育战线的一个侧面。如果读者了解或研究过抗日战争的史料，特别是关于西南联大的史料，反过来再看这些日记，就会体会到如果没有坚韧刚毅的精神，没有乐观主义的态度，在抗战时期办大学的艰巨任务可能就完成不了。

希望关心西南联大的读者，或者关心中国教育发展过程的读者，能从这些日记中得到一些有益的启示。

《梅贻琦日记》（1941 ~ 1946）
黄延复、王小宁整理
清华大学出版社 2001 年 4 月第 1 版
定价 18.00 元

《郑振铎日记》前言

李华龙
卢今

郑振铎（1898.12 ~ 1958.10）是一位有多方面建树的文学家。解放前他长期从事文学创作、编辑及大学教学工作。解放后他担任过文化部副部长、文物局局长，以及中国文联和作协的领导职务。他的论著主要有《中国俗文学史》《插图本中国文学史》《中国文学论集》《中国文学研究》等。创作方面，在新诗初创时期，他就有不少华章面世：1922 年出版的著名诗集《雪朝》（与朱自清、俞平伯等合著）中，收有他的作品三十四首，后来又以《战号》吹响了抗日战争的强音。在小说和散文创作上，他的贡献更为突出,《家庭的故事》《取火者的逮捕》《桂公塘》这三本小说集中,不乏传世佳篇;他的散文集《山中杂记》《海燕》《西行书简》《劫中得书记》等,直至近年,仍广为流传,深为读者喜爱。但作为散文门类之一的日记,情况却不大一样,尽管已出版有《郑振铎文集》,但专门选收日记的选本至今尚未出现过。其实他的日记,价值也是甚高的,值得社会各界,尤其是文学界的重视。

我们可以将郑振铎的日记分为两大类:一类是专题日记,一类是日常生活日记。前者入选于本书的有《欧行日记》与《求书日录》两种,后者入选的是《1943年日记》和《1944年日记》,也是两种。

郁达夫说,日记是写给自己看的,作者没有“除自己外更有一个读者存在的心”。他又举例说,“游历的行旅者,遇到了新的山川景物、风土人情,要想把眼前的印象留下,可以转告他人,并且日后也可以唤醒自己的追怀,记日记自然是一个最好的方法”(《再谈日记——〈达夫日记集〉代序》)。正因为这个缘故,日记一般总是不经意地写来,更贴近于生活本真的原生态。从一位作家的日记中,你可以非常真切地了解到他的思想状貌和情感活动,以及他所生活的环境的面影;对那些深深触动了他,或使他感到新奇的事情,往往会记述得详尽一些。当然,日记中包容着种种琐碎的社交细节乃至家务杂事是在所难免的。郑振铎的日记,也是如此。不过,他的《欧行日记》与一般日记又略有不同,他在这部日记出版时所作的“自记”中已坦率地说了,这日记“原来只是写来寄给君箴(指高君箴,郑振铎的妻子——编者注)一个人看的”。“自记”里又说,它是“不经意的写作”,里面“有许多私话”,更可见它是作者的心语了。既然是寄给“一个人看的”,它就兼有了书信的性质。在这部日记中,他确实向至爱亲人倾诉了自己身在异国的不少感受,抒情性较为突出。

《欧行日记》的起止时间是1927年5月21日至8月31日。郑振铎于1927年5月21日搭乘法国“阿托士”号邮轮离开上海,1928年10月中旬返回祖国。他旅欧期间的日记，现存者仅约四分之一。郑振铎是因投身革命运动，并在一封针对“四·一二”反革命大屠杀的抗议信中带头签名而上了反动派的黑名单，在当局的迫害下不得已而出国的。返国后，白色恐怖依旧，他那四分之三的旅欧日记就在历遭劫难中失去了。1934 年 9 月，他将仅存的四分之一原稿交良友图书公司付梓时曾说：“今日如果再不将它与世人相见，说不定再经一次的浩劫巨变，便也将和那四分之三的原稿一样，同埋在灰堆火场之中。”(《欧行日记·自记》) 郑振铎在旅欧的一年多时间里，到过法国、英国、意大利和德国。现存的这部分，均写于法国。

这部日记有三方面的内容相当突出。其一，他对国家的前途、民族的命运一直萦牵于心，十分关注。在赴法的船上，他写了一篇题为《离别》的散文，文中写道：“我不忍离了中国而去，更不忍在这大时代中放弃每人应做的工作而去……我这样不负责任的离开了中国，我真是一个罪人！”从日记中我们得知“要不是岳父的督促硬使我买了船票，也是几乎去不成了”。日记中有许多关注国内政治形势的记载，对亲朋好友思念的抒写，读之令人感动。其二，郑振铎在旅法的日子里，治学与创作十分勤奋。在巴黎期间，他差不多天天都去国立图书馆借阅书籍，几乎遍读了国内已无处可觅而收藏于该馆的中国古典小说和中国古代戏曲。从日记中我们得知《在巴黎国家图书馆中的中国小说与戏曲》这篇具有非同寻常的学术价值的长篇论文，是他从 7 月 26 日起笔，直到 8 月 12 日凌晨“一时方毕”的。这期间，他的小说创作也获得丰收，用他的说法，趁着环境清静，将那些“久欲动手而迄因上海环境的纷扰而未写的小说”完成了。8 月 7 日日记上有这样的话：“材料又如泉涌似的追迫而来……不得不立刻捉住而利用之也。”写成后陆续邮寄给《小说月报》登载。后来结集为《家庭的故事》一书的大部分篇章，都是在巴黎写就的。第三，在旅欧的日子里，他以一个文化研究者的眼光，认真地参观、考察了各种类型的博物馆，仅巴黎一地就超过十个，重要的馆几次三番地前往，“拿着目录，一个房间一个房间仔细地对着目录看着”，这使他对欧洲文明有了丰富的认识。

《求书日录》是郑振铎 1940 年 1 月 4 日至 2 月 4 日的日记。抗日战争胜利后发表，连载于 1945 年 11、12 月份的上海《大公报·文艺副刊》。读这些日记及其序言，一位杰出的爱国主义文化战士的形象便凸现于我们的面前了。郑振铎在 1937 年“八一三”战役后之所以不避艰险地滞留于上海，其目的就是为了国家和民族的利益，不畏艰险地为抢救古代文化典籍日夜操劳、辛勤奔忙。

在旅欧期间，郑振铎为了深入研究我国古代文学，曾下苦功夫在异国的图书馆里借阅流失于域外的中华文化典籍，这很不是滋味。“八一三”战役后，“公私藏本被劫者渐出于市”，数量愈来愈多，日美等国有关机构趁机利用唯利是图的商人们为他们效力，尽量搜罗购买。面对这触目惊心的现实，郑振铎警觉起来：“大劫之后，文献凌替，我辈苟不留意访求，将必有越俎代谋者。史在他邦，文归海外，奇耻大辱，百世莫涤。”在《求书日录》中他浩叹道：“这些兵燹之余的古籍如果全部落在美国人和日本人手里，将来总有一天，研究中国古学的人也要到外国去留学。这使我异常的苦闷和愤慨！……一念及此，忧心如捣！”为搜购保存可贵的古籍，他变卖了不少家产，后经他奔走联络，终于取得许多文化界友人的鼎力支持，并说动了已迁往重庆的中央政府教育部，拨出了专门的款项。这项工作是在敌人的明枪暗箭下进行的，如郑振铎自己在《求书日录》所言：“我们的民族文献，历千百劫而不灭失的，这一次也不会灭失。我要把这保全民族文献的一部分担子挑在自己的肩上，一息尚存，决不放下。我做了许多别人认为傻的傻事。但我不灰心，不畏难的做着，默默地躲藏的做着。我在躲藏里所做的事，也许要比公开的访求者更多更重要。……整整的四个年头，天天过着这样的生活。这紧张的生活使我忘记了危险，忘记了威胁，忘记了敌人的魔手的巨影时时有罩笼下来的可能。”他所“抢救”到的，有许多是无价之宝的孤本。《求书日录》所记的是“书事”，但由于这也是惊心动魄的斗争，读来相当引人，作者高昂的爱国激情、高尚的品格操守，令读者为之深深感动。

本书收录的还有郑振铎 1943 年和 1944 年的日记。

郑振铎抢救古代文化古籍的活动，主要是在 1941 年太平洋战争爆发之前的上海“孤岛”时期进行的。1943 年，上海早已成为沦陷区，日寇的横行使沪上完全处于法西斯的恐怖之下，但郑振铎仍在默默地收购各种文化古籍，并从事了大量于国家民族有益的工作。他收集了清人的文集并加以整理，编印出《中国版画图谱》，又编辑影印了古本戏曲丛书和明季史料丛书等。限于客观条件，还有不少项目虽未能付梓，但均已着手或几近完成，如《中国百科全书》《严又陵集》《许地山全集》以及目录学专著等。

思想感情的表达，并不是时时都可以在报刊上形诸文字的；有话想说，也不是随时随地都能找人倾诉的。人们通常认为，唯有日记，可以无拘无束地叙述、表露一切，那里有充分的自由。其实也不然，在法西斯恐怖统治之下，人身安全毫无保障，家居私宅被抄司空见惯，因而，他的日记中行文也就无法直抒胸臆，不得不处处适可而止了。本书收集的 1943 年、1944 年的日记，正是属于此类日记。这两个年头的日记，是在敌伪统治的极端恶劣的条件下进行秘密工作中所记的，内容广泛，无所不包，既谈到了国际要闻、民族大事，又涉笔政治经济、文化艺术，其中人际交往之处更是数不胜数，然而郑振铎往往不得不十分节制，常常点到为止。险恶的环境使他不得不如此。1943 年 5 月 22 日日记中有一语：“日本宣布海军联合舰队司令山本于 4 月战死。”像郑振铎这样的赤诚的爱国者，得知这样的消息自然会十分高兴，这是不言而喻的，但在日记中只是客观地记述了这么一句。又如，在 1944 年 6 月 21 日、6 月 22 日、7 月 24 日的日记中，他先后三次提到了化名为“季晋卿”的邹韬奋。这些记述都极简要。6月21日日记："上午，谈及某君事，惨极！"因当时邹韬奋正备受晚期癌症的折磨。6月22日的日记中仅用了四个字："往探友病。"邹韬奋因受敌人迫害，当时化名在上海秘密住院。郑振铎到医院去探望病危中的好友，其痛彻肺腑的心境可想而知，却一字未记。7月24日，韬奋于清晨病逝，当日郑振铎在日记中写道："闻季君逝，为之怅然者久之！"季君是邹韬奋的化名，他就以其化名记在日记上。"怅然者久之"，自然也并未能将自己当时的心绪抒写出来。当然，他直抒胸臆的时候总会有的！到1945年抗战胜利之时，他终于写下了激情奔涌的散文佳篇《韬奋的最后》，得以淋漓尽致地一抒久积于胸的感怀。

本书中的《欧行日记》和《求书日录》，均经作者亲自整理。1943年日记和1944年日记在作者生前未曾披载过，后经作者之子郑尔康同意，由陈福康加以整理，分别刊登在解放后出版的专业刊物《出版史料》与《新文学史料》上。这次编入本书时，笔者除对明显的笔误加以订正外，一切保持原始状貌（个别涉及当今仍健在的人士的个人隐私之事，陈本已予删除）。这两年日记的有关注释，有许多参照、引用了陈福康的著作《郑振铎年谱》(1988年3月书目文献出版社出版），已一一注明。陈本的整理工作是异常艰难的，功绩卓然，且因郑振铎这时期的活动与业绩鲜为外界所知，所以尤显珍贵。陈本还对这两年日记中多次提到的人物、宅名、店名的简称一一在"引言"中作了说明，对读者很有用，现照录如下：

〔1943年日记〕箴、蕴——郑夫人高君箴（蕴华）；高宅——郑先生岳母家；珊——高君珊，郑夫人姐姐；宝——郑先生女儿郑小箴；倍——郑先生儿子郑尔康；徐（微）、罗（仲京）——郑先生的二位学生；张翔、张太太——张耀翔教授及其夫人程俊英；张、葱玉——张珩（葱玉，请注意，凡是日记中提到去振业银行找的"张"必是张珩，而不是张耀翔；凡是与周予同、徐微、罗仲京等人一起出现的"张"，则必是张耀翔）；拔可（李宅）——李拔可；凤——张凤举；心迪（王宅）——王辛笛；起

潜——顾廷龙；乃乾——陈乃乾；严、景耀夫妇——严景耀及其夫人雷洁琼；季琳——柯灵；端毅——唐弢；咏——张咏霓；蔚——蒋慰堂（复璁）；森——徐森玉；叔平——张叔平；斐方——赵万里；湖帆——吴湖帆；景郑——潘景郑；以中——王以中；文棋——吴文棋；景深——赵景深；垂统——潘垂统；梁、梁医生——梁俊青；谨轩——罗静轩；傅——傅东华；萧——萧宗俊。

〔1944年日记〕“高宅”，为郑公夫人高君箴的娘家。“章”、“章宅”，指章锡琛及其家里，章先生是开明书店老板。“张”，当有二位，一是张葱玉（日记又写作“蒽”），是一位文物鉴定家和文献学家，日记中凡涉及买卖书籍和鉴赏名画的“张”，当是指他；另一位是张耀翔，心理学教授，郑公在暨南大学的同事。“宝”，郑公女儿郑小箴；“倍”，郑公儿子郑尔康；“箴”、“蕴”，郑公夫人高君箴。“舒”、“岱”，即舒岱，名徐微，郑公暨南大学的学生。“罗”，罗仲京，也是暨大学生。“耿”，耿济之；“伯翁”，王伯祥；“李”，李拔可；“王”，王辛笛；都是郑公的朋友。“蕴华阁”，是郑公出主意，并由夫人高君箴的“字”命名，由耿济之等人经营的一家书籍文具店。“开明”是开明书店。另外，“来薰阁”、“修文堂”、“修绠堂”、“汉学”、“传新”等等，都是旧书店的名字。

1943年、1944年日记由于有陈本为底，笔者省力不少，在此，谨向陈福康先生深表谢意。

本书在编选、整理过程中，得到了郑尔康先生诸多帮助、指点，在此，亦向尔康先生深表谢意。

《郑振铎日记》
卢今、李华龙编
山西教育出版社1998年1月第1版
定价13.00元

《周佛海日记全编》前言

蔡德金

周佛海是民国时期政治舞台上的一位重要人物。20年代初，中国成立了共产党，周佛海便是共产党的创始人之一。20年代末，随着国共两党关系的彻底破裂和斗争的尖锐化，以及国民政府各派系间矛盾的激化，周佛海又成为国民政府军事委员会委员长蒋介石的亲信与重要幕僚随侍左右。1931年9月18日，日本帝国主义利用中国的内乱，发动了“九一八”事变，在蒋介石的不抵抗政策的指导下，日军迅即占领了中国的东北，由此激起了民众的强烈不满和反对，在全国掀起了一个强烈的抗日反蒋浪潮，迫使蒋介石采取以退为进的策略，于12月15日宣布下野。为了东山再起，在宣布下野前的当天上午，由其主持的第四十九次国务会议决议改组江苏、浙江、江西及甘肃四省省政府，由其心腹顾祝同、鲁涤平、熊式辉等人分任省长。顾祝同接任后，于1932年1月4日，任命周佛海为江苏省政府委员兼教育厅厅长，在1935年1月召开的中国国民党第五次全国代表大会上，周佛海被选为中央执行委员，旋即在五届一中全会上被推民众训练部部长，由此进入国民党中央。卢沟桥事变爆发后，相继担任军事委员会第二（政略）部副部长、委员长侍从第二室副主任兼第五组组长；在1938年召开的国民党临时全国代表大会后，被推为中央宣传部副部长代理部务。

全面抗战爆发后，国民党中央政治委员会主席汪精卫对抗战前途悲观失望，力谋接受日本的诱降条件，与日本实现“和平”。周佛海与其观点一致，因此便在暗中积极开展“和平运动”，随着抗战的失利，在广州、武汉失守前后，更与日本暗中进行交涉，成为汪记“和平运动”的总参谋长。1938年12月，周佛海、陈公博等人随汪精卫从重庆脱逃，于1939年夏逃往日军占领下的上海，从事建立傀儡政权的活动。同年12月30日，周佛海作为汪的代表，与日本的影佐祯昭在上海与日方签订了卖国密约，并于1940年3月30日，在南京演出了傀儡登台的闹剧。周佛海出任伪中央政治委员会秘书长、伪府财政部长、警政部长、伪军事委员会常务委员，随后又被任命为伪行政院副院长，不仅直接主持与日本的直接交涉，而且掌握伪府的财权以及警察、特工与军事等各项权力。汪精卫死后，周佛海继陈公博任伪上海特别市市长，是傀儡政权中最具有实力的显赫人物。

周佛海有着很好的写作修养，善于文笔，人又很勤奋，早在出任江苏省政府委员兼教育厅厅长时，便开始记日记，1937年1月1日起，直至1945年6月9日，因为其母亲办理丧事才暂时停笔。期间一日一页、一年一本，抗战胜利后的1945年9月30日，周佛海作为汉奸被押送重庆白公馆软禁，次年送回南京关押受审并被判处死刑。在此期间，他因时局变动，无心作记，直至1947年1月1日才又恢复记日记，但至9月14日因病重而止。

周佛海因其所处地位重要，在抗战后期，他是国民党及国民政府争取的主要对象，共产党在上海的地下组织和情报机构也对其进行过劝导、策反。日记中所记都是他每日的主要活动以及与各方面人事关系，不仅是其个人的活动记录，而且是我们研究汪精卫如何与日方勾结、脱逃以及汪记政府各项活动和日本侵华的极其珍贵的史料。

周佛海对他的日记倍加重视。1943年1月，他在南京西流湾八号的住宅突然起火。其妻杨淑慧首先是抢救珠宝首饰，周佛海则马上去抢救其日记。由于动作快而未受损坏。

抗战胜利后的9月30日，军统局长戴笠将周佛海诱骗至重庆白公馆软禁，直至翌年9月送往南京关押。在此期间，周佛海的家产，包括日记在内，被军统局查抄。他在得知此事后曾愿意以十根金条赎回（旧制每根十两），因家人反对而作罢。

军统局将所查抄的日记等物品交由中央信托局逆产处处长邓葆光保管。国民党败退大陆时，邓葆光将其物品运往香港。由于在港无事，便取出日记两册（1939年、1940年），以作消遣之用，迨他从香港返上海时，除1940年一册借给陈彬龢，陈以三千元卖给创垦出版社，由该社出版外，1939年的日记至今下落不明。而这一年正是周佛海由河内到香港，再由香港逃往上海，招降纳叛，并与汪精卫等一起前往东京开始组府交涉，转而返回上海筹备召开所谓中国国民党第六次全国代表大会，成立汪记党组织，以及与日本影佐机关间进行签订汪日密约谈判，是最为重要的一年。这本日记的遗失，对于汪精卫等人投敌及其筹备伪政权过程的研究，无疑是一个重大的损失。

在“文化大革命”前，周佛海日记由于各种原因，分散藏于上海、南京与北京各主管部门。在“文化大革命”中，刘少奇被打成叛徒、内奸、工贼后，为了对其审查，周佛海的日记作为罪证由中央专案组调往北京。1980年，我在上海访问周佛海的次子、中共地下工作者周幼海（时名周之友）时获悉，周佛海记有日记，只是不知下落，真使我喜出望外，并下定决心，一定要把日记的下落查个水落石出，终于获知确曾被调往中央专案组。于是，我迅速返回北京，向有关机关查询，由于“文化大革命”已结束，当时的主管人员有的调走，有的不知去向，但我毫不泄气，奋力查找，最后从中共中央办公厅查到了发还簿，始知此前不久已将日记分别退回原单位保存。于是，我又往返多次前往南京与上海。功夫不负有心人，终于在上海公安局档案处、南京中国第二历史档案馆查到了现存的日记。经协商，这部分日记遂由我负责整理编注出版。

经过几年的紧张工作，始由中国社会科学出版社于1986年7月，将《周佛海日记》分上、下两册公开出版。但这并非现存日记的全部：（一）1937年的日记，本是从1月1日写到12月31日，由于某种原因，上半年日记未加整理，因而少了半年。（二）1943年3月2日、4日、8日、9日日记中，本记有中共地下党组织派冯龙对其进行策反的记载，因出于某种考虑而将这些内容删去。周佛海于1947年1月1日至同年9月14日在南京老虎桥监狱关押中写的日记，一直珍藏在公安部档案馆，也未收入《周佛海日记》中，1991年，经档案馆编注，由中国文史出版社同年9月出版。

上述两种日记出版有年，出版后受到海内外学术界的高度重视，很快销售一空。为了满足学术界研究日本侵华及汪精卫傀儡政权之需，特将周佛海所有现存日记汇集成全编出版。此次出版，不仅恢复了日记原貌，而且对照原件，对错漏处一一校正，并重新进行注释，因而更加充实、准确。

《周佛海日记全编》（上下编）
周佛海著，蔡德金编注
中国文联出版社 2000 年 1 月第 1 版
定价 66.00 元

杨沫

《自白——我的日记》前言

美丽的日月星辰，闪烁在无垠的天宇上。那上面有数不清的明明灭灭的繁星，而我自己则好像是这无数繁星中的一颗石子样的小星，它在群星炫目的光照中，几乎没有任何光泽。我曾经怯懦地、默默地躲在群星的后面，无声无息、无影无形。从来没有想到，有一天我这颗陨石似的小星，也会发出星星点点的光和热……

宇宙浩浩茫茫，无际无涯。一个个星球的距离，大得常要以亿万光年计，使人的思维无法想象。但它永远不会停滞不动，它是运动不息的。人类的社会也如此——它不断地变化，不断地前进。20世纪的20年代，半封建半殖民地的中国，突起了蓬勃的共产主义运动。这运动的发展，使我这颗不发光的小星星，在革命战争烈火的锻炼中，竟也变成了燎原星火中的一点火星，它被燃烧得发出炽热；从此我的生命在暗淡中闪现了微弱的光亮——这当中既有睿智和聪慧，也有糊涂与愚昧。

生命不是飘忽不定和不可捉摸的。我已经实实在在地在地球上生活了近八十个年头。

我的日记是我的历史的见证。它证实了在地球上，在人类中，在中国的大地上有一个人曾经快乐地生活过，也曾苦恼地生活过；曾经压抑着痛苦、悲伤，软弱无力地生活过；也曾满怀豪情、冲破重重艰险、勇往直前地生活过——虽然，它不能概括我的全部经历，也不能反映我全部的思想、感情。它有的一掠而过；有的根本没有记下；有的记下了，又被魔劫毁灭掉。现在存下的只是我生活中粗略的轮廓和片断的、星星点点的思想、感情的火花。总之，它是残缺不全地、或明或暗地反映着我的存在。

大自然给了我第一次生命，中国共产党又给了我第二次生命。我是怎样利用这有限的生命的呢？这部日记可以为我说明，为我印证，为我沟通人与人之间的了解。

我从高级小学起，就开始记日记。可是1945年日本侵略者投降前，我的日记曾遭受过两次浩劫：第一次是“七·七”事变，抗战爆发后，我从上海到河北省深泽县去找我爱人马建民时，我的怀里还抱着不满周岁的女儿，途遇敌人对南京的大轰炸，母女俩在投弹如雨的情况下几乎丧生。为躲避轰炸，我不敢再等待托运的行李到达（里边有我放在箱子里的许多本日记），就急匆匆地抱着孩子北上。于是，日记和年轻时的许多照片全部丢失。

在硝烟弥漫的八年抗战中，在冀中平原的战斗中，在地道里，我又写起了日记。日记里充满了虽然幼稚、但却热爱祖国的情愫，也记录了我当时作为一名妇女工作干部、新闻工作干部和一名战士的许多艰苦、危险而又生气勃勃的战斗生活。我挚爱那种生活，这是我一生中最美好的时光，是小星最明亮的时刻。

可是，当敌人扫荡频繁或通过敌人的封锁线必须轻装时，我不得不把这些心爱的日记坚壁或存放在老乡家里。但在敌人三光（烧光、杀光、抢光）政策的残酷环境中，这些日记有的被老乡烧掉；有的被埋藏在地下腐烂了；有的也许被敌人搜走了——总之，日记又被全部毁掉！

多少次，我真是上穷碧落下黄泉地寻觅过这些日记。但它已消失在渺茫的尘寰中，再无迹影。为此，我曾无限怅惘，无限追恋，也无限痛心。世界上再也找不到我那青年时代最清晰的足迹了！

日记虽然一再丢失，但并未中辍我对写日记的爱好与习惯。1945 年后，我用粗糙的本子又继续写起日记（虽然由于各种原因时断时续）。直到 1966 年“文革”开始后，在那不忍回忆的可怕日子里，我才几乎完全停止写日记。而且为保存已写成的八本日记，我像富翁保存珍宝那样，想尽各种办法把它们保存下来——我用尽心机，对其他书籍、衣物不甚注意，唯独对我这八本日记（还有《青春之歌》的手稿）十分担心，怕它再遭魔劫。我珍重仔细地把这些日记本用尼龙绸纱巾包上，再用塑料布裹好。先是放在家中最隐蔽的地方。但是，不放心，怕抄家，又存放在一个朋友家中的可靠地方，也仍然时时担心，放心不下。这时，建民的侄女妙然从深泽县老家来看望我们。我又把这命根子般的八本日记交给妙然，委托这姑娘带回农村，千叮咛，万嘱咐，不管放在炕洞里，还是其他隐蔽可靠的地方，务必要把这些日记保存好。

“四人帮”倒台后，妙然很快来到北京。她果然不负所托，把一包袱日记，璧还了我。彼时，我抱着那劫后余生的包袱，喜泪忍不住簌簌落下。就这样，三十岁以前的日记虽然全部丢失，而立之年以后的日记，总算大部分保存下来了。

“文革”后，岁月太平，我被写长篇小说煎熬得精疲力尽，挤不出时间来写日记，连这八本日记也被我放在箱子的角落里冷落起来。

1982 年，我在广州，《随笔》的编辑同志向我索稿，问我有没有随笔之类的作品给他们。我忽然想起躺在箱角里的日记。于是，我说我倒是有些过去的日记，但不知它们有否发表的价值。等我回到北京，找出来看一看，再决定。

同年夏天，我回到北京家中，找出了这八本日记，粗粗地看了一遍，在往事缭绕感慨万端中，心里矛盾起来了。拿出去吧，多年疾病缠身，有许多内容，都是写病中的疾苦与烦恼，而在身体好些的时候，又忙于工作，忙于写作，多半没有时间记日记。只有当我病得没法工作时，我才拿起日记本，向它倾诉自己不能工作的苦恼；也抒发了不少“小资”情调的忧伤。有那么些年，我的病也真来得多，病魔长年累月地袭击着我，折磨着我，使我渴望前进的心，一次次地受挫。由失望——对自己前途的失望变成了沮丧与悲伤。因此，有些日记多为表露此种心情的自白。似这般内容的东西拿得出去吗？它对读者能起什么作用呢？继而又想，不能光看这一面，人要客观地对待自己的存在。我还有另一面呢，这就是：我是个受党多年培养教育的共产党员，从我信仰共产主义的那一天起，就渴望为党工作，渴望为祖国和人民贡献自己的一切。难道因为“完人”离我尚远，便可以忽视这些么？不正是这些意志和理想、情操与毅力给了我巨大的力量，使我冲破了家庭、爱情、疾病、孩子以及习惯势力与社会舆论的压力，毅然投身到党的怀抱，投身于战争的烈火中，投身于各种革命活动，努力争取多做些工作，多写点作品么？小说《青春之歌》不就是我在各种疾病缠身的情况下，咬紧牙关，克服了重重困难、阻力而写成的么？当时，我正患着多种疾病：严重的关节炎使我不能久坐，不能多走路；摘除卵巢、子宫后，由于缺乏内分泌而引起的严重头痛、失眠，甚至有时哭笑无常、神经失去了控制。再加上心脏病、高血压等等毛病，使我整日奄奄一息，变得毫无生气。是党又一次给了我勇气和力量；保尔·柯察金的形象也给了我与疾病斗争的巨大鼓舞。于是1951年后的一两年内，我经常躺在床上，用块小垫板垫着稿纸，一字一句，终于战胜了病魔的纠缠，写成了《青春之歌》。

人生中可怕的事是很多的。但最可怕的是失去理想，失去意志，失去改造自己和改造世界的勇气。这是人类最可怕的敌人，是生活中最大的悲剧。可是我从这重重蛛网般的包围中冲了出来，疾病被我狠狠地甩到了身后……

我的勇气不是天生的。我曾是默默无闻、无光无色的小石子，我怯懦过、软弱过。我的勇气来自于对人民、对党的责任感；来自于长年累月与困难作斗争的磨练。逆境往往是使人成长、使人有所作为的产婆。

于是，我决定拿出我的日记，叫它来接受群众的检验与考核（它就是一些读者读到过的，1985年花城出版社出版的《自白——我的日记》）。

日记的价值是真实，这是它存在的关键。当我开始写这部日记的1945年，正是第三次国内革命战争的紧张时期，也正是我哺育几个月的小女儿豁然，被家庭、孩子和艰苦的物质生活弄得异常狼狈的时期。时常只有在孩子熟睡了，家务活或工作空隙的时候，才能匆匆地写上几句心里话，发泄一下有时欢乐、有时抑郁的心情。其中一些不健康的情绪就是在解放后也还时有流露。

有人会奇怪地问："你不是个经过战争洗礼的共产党员么？你这个人的性格不是也还开朗么？怎么在日记中还时常流露出那些小布尔乔亚的东西呢？"这个问题问得对，提得好。回顾以往，我是在崎岖不平的道路上蹒跚前进的。我曾经有过浓厚的小资产阶级的意识与情感——多愁善感，而又残留着个人英雄主义。这些意识与情感，迎着革命的洪流，才使我身上的泥垢逐渐被冲淡。但它并未根除。我是一个平凡的人，一个普通的共产党员，我仍然有着普通人的喜怒哀乐，也同样有正确与错误的各个侧面。只是随着时代的前进，生活的磨练、陶冶，我才逐渐成长起来。直到今天我仍然需要不断地自我斗争，不断地改造、前进……

不管我有多少缺点毛病，但日记中的“我”是个真实的人，是个没有矫揉造作、没有乔装打扮的人。

我的日记除了不健康的，也还有些不大正确的东西。其中除了紧跟各种今天看来也许是不正确的运动；还有一些是自以为是、对一些文艺作品乱发议论的狂言。当然，我不认为我毫无水平、发的议论一无可取。但尽管错了，我也不愿完全删去——我想保留我那时思想艺术观点的真貌，以便追寻往昔思考的足迹。这一点，只有恳请被我议论的作者，原谅我的坦率与无知，或者给予指正、批评。

人生的悲剧，个人的命运是各式各样的。我的一生是幸而又不幸的。也许我对生活过于苛求、过于奢望？也许我对人生过于天真、过于执著？于是常有苦果咽入我微甘的喉咙里；常有眼泪流在我微笑的脸颊上。我的身上总像扛着千斤重担，使我长年累月惶惶然、惴惴然。因为我希望自己的一生是饱满的、没有可遗憾的。然而，幻想代替不了现实。我的一生为人民做的事情太少了，这就是我的日记中常常流露出烦闷与苦恼的由来。不管它是错是对、是好是坏，我都愿披露给读者，不论是谴责，还是理解，我都会欣慰地接受。

总之，发表日记，是为了把我的心交给读者，使读者看到一颗真诚的心。因为我相信读者会原谅我的天真、幼稚与肤浅……这日记里有不少是喋喋不休、重复无用的话，但我想，人虽吃了香甜的柑桔，但他也得出汗——这汗渍不会“美妙”，总得含点臭气。不管怎样，这是从人身上沁出来的，“真渍”的香和臭总是混和在一起的。抽去这些，就不是一个真实的、完全的“我”了。

我钦佩、喜欢卢梭。虽然时代不同，世界观不同，但他教给我、鼓励我要“真实”。掩饰自己的丑，这并不是美。

前面已经说过，我的日记，1945 年前的已荡然无存，珍藏下来的始于 1945 年。因此，我拟将我的全部日记收入《杨沫文集》。1945 年至 1965 年的《文集》第六卷；“文革”以后至 1993 年的为第七卷。我清楚地知道这些日记的文学性、艺术性——包括思想性都是不高的。有许多是干巴巴的记事和简略的叙述，有时无头无尾会使人看不懂。但我只希望把我——一个人真实的、粗略的面目，呈现给读者。因为这里面不仅有我，还有我经过的那个伟大的时代。这些原始的东西虽然粗糙、干涩、不美，但却朴实，有一颗活生生的心灵在跳动。

日记里有些部分写到我的孩子们。我是一个母亲，对孩子们有一种恨铁不成钢的心情，曾严格地要求过他们。当他们做错事时，曾激动地谴责过他们，有时甚至是苛刻的。如今，他们都已长大成人，也都在各自的岗位上兢兢业业地工作着（除了我那惨死的小女儿豁然）。现在回过头来再看看记过他们的日记，似乎说重了，有些冤枉了他们。但我不愿把一个母亲的情感——焦灼、愤怒、忧虑和期望的真情实感删去。孩子们读了这些，也许会责备妈妈不公平、太率直。但谁又是天生的圣人呢？我自己不也曾经走过坎坷不平的曲折的路吗？那就应当允许孩子们也走过曲折的路，走逐步成长的路。

我对日记中的“我”是不满意的。我仍然过于天真地看待这个世界，看待我周围的一切。我的成长不易，疾病夺去我大量的时间，但更可惜的是，我还人为地浪费了不少时间——这就意味着浪费了生命。贝多芬说：“我的箴言是无日不动笔。”我非常喜爱这句话，但我并没有做到。生命只有一次，应当——每个人都应当叫它发出最大的光和热。我应当做的，我并没有完全做，或者做得不好。假如我不是共产党员，如今我会向上帝忏悔——我曾经浪费了部分生命，只因为我有种种私心杂念，有种种不应该有的幻想……上帝不会宽恕我，我只有自己救自己——即用我那垂暮的烛光，来映照、来窥探自己的良心，用我们常用的话，就是要用批评和自我批评的精神，严格地要求自己，改造自己，使得那将熄的烛光，尽可能燃烧得光亮些。晚霞不是有时也很美丽么？

最后，我还要重复一下：

我的日记是我人生历程的写照，我保持了它的真实性，既不美化自己，也不丑化自己。我就是我！我唯一的希望是以我的经验教训为后来者、为年轻人做借鉴。当然，由于内容的空泛、拉杂、琐碎，我的希望也许会变成失望——变成一堆可怜的泡沫。

马克思说："历史本身就是审判官。"

我想我不必再多说什么了。

《自白——我的日记》（上下册）
杨沫著
北京十月文艺出版社 1994 年 10 月第 1 版
定价 18.60 元

走向盛年——《茹志鹃日记》序

王安忆

这里总共收入我母亲茹志鹃的日记十段，从1947年到1965年，纵贯我母亲二十二岁至四十岁，十八年的青年时代。是从我母亲留下的大量日记和笔记中抄录整理。所以是这一些而不是其他，理由很单纯，就是从那些字迹清楚、记叙流畅的着手。最先整理的是1960年和1963年，上海郊区蹲点的日记，其间遇上海解放五十周年纪念，于是将1949年进上海日记赶先整理出来，发于《解放日报》1999年5月28日，“1960与1963”倒滞后发表于1999年第十期《上海文学》；然后是1952年马鞍山日记，发表于

《阳光》1999年第六期；此后又有1947年的土改日记，发表于《十月》2000年第四期；1965年访日日记，发表于《万象》2003年第五期；1964年四清日记，发《主人》2003年第八期；再是1958年大跃进采访，发《江南》2006年第三期。1951年和1954年未曾发表，前者是因为短小简单，似乎难以独立成篇，但放入这一系列中，却可起连接作用；关于后者，我将在下面谈到。

整理中，1952年、1954年、1958年、1964年的日记有一些删节，因这几段日记以采访为主，所删部分多是访谈对象的述说。有一些是重复，有一些语焉不详。还有，就是1958年，许多是数字、报表，就需要将数字的中国字写法与阿拉伯数字写法统一。再说要有什么改动，就是错别字和笔误。

这里的十段记载，大约占母亲日记的三分之一，要待全部整理成章，不知要到何时。我有自己的文字工作要做，因是母亲的遗作，我又不愿请外人帮助，所以，进度很慢。此时，翻检一遍，发现已够一本书的字数；再则，时间与内容，也相对完整，于是决心成书。

我很惋惜的是1947年的日记，那是一些残页，显然之前和之后还有记录，可经过动荡不安的年月，只留下这么几页。其中所记的土改运动，无论与主流性的革命文学，还是边缘如张爱玲的《秧歌》，或是新时期文学的历史反省性写作，都有所不同。1949年的日记只有几日，甚至称不上是日记，只是一些即时即景写下的文字，但因是转折的关头，我还是保留了。而且我很喜欢那景象，我母亲一定身处挺进上海的卡车里，特别兴奋。

日记中大部分是采访工作的记录，其间只隐约透露出一些个人生活的轨迹，只有1954年，母亲记叙了比较多的心绪。很明显，母亲和父亲之间出现感情的低潮，这也是我最后才决定收入本书的一段日记。身为儿女，难免会将父母间的龃龉看得过分严重，倘若持客观态度，也许就觉得很自然。其时，父亲35岁，母亲29岁，婚龄则为四年，是一对年轻的夫妻。他们方从传奇式的战争生活中走出，进入平常日子，养儿育女，所有安居的琐细全都扑面而来。与此同时进行的，是母亲在南京郊区深入生活，与一名女劳模结成朋友，这名村姑正谈婚论嫁，我母亲则为她出谋划策。日记最终结束在新人成婚之际，而我母亲停止日记，大约也因为夫妇感情走出困境，阴云驱散，是令人欣慰的。

日记中可以见得，母亲将写作视为事业，一直苦恼着如何在写作上有所成就。她贪婪地收检材料，认识时代。随着时间推移，她的心情越来越从容，渐有了自信，但却并不松懈努力。至1965年，与前辈作家老舍、杜宣、刘白羽、张光年同团出访日本，这从某方面表明她已获得承认。回眸十八年前，1947年的土改日记，可谓进步甚大。这十八年，我母亲从一个战士成长为小说家，历经反右、“大跃进”、四清等屡次政治运动，也从一个少女变成母亲。日记里她记录了我们三个孩子的出生，终到了年富力强的四十岁。之后，就是风云突起的1966年了。

《茹志鹃日记》（1947 ~ 1965）
王安忆整理
大象出版社2006年8月第1版
定价20.00元

铁凝

这本日记的由来
——《铁凝日记·汉城的事》前言

1994年5月，我父亲在北京中国美术馆举办他的个人画展。画展结束几天之后的一个晚上，有两位韩国客人同一名女翻译到石家庄家中拜访父亲，说画展的最后一天，他们在中国美术馆看了画展，很为那些作品而感动。遗憾的是他们因事急于返回汉城，没有见到我父亲，只委托那位身居北京的女翻译和我父亲会过面，并问到了我家的详细地址，准备日后登门拜访。后来据我父亲回忆，他在展厅确实见过这位翻译小姐，但她的言语却没有给他留下什么印象，他更没有做这次见面的准备。所以这三位客人的来访颇有点不期而至的意味。据他们说，当天早晨他们还在汉城，中午飞抵北京，晚饭前才开车从北京出发，现在已是晚上近十点钟。两位先生作了自我介绍，一位姓洪，一位姓李，翻译小姐姓白，中国朝鲜族。

我端详这两位韩国先生，洪先生五十岁左右，个子很高，身材魁梧，脸形较宽，面部较平，是典型朝鲜族传统的方形脸。后来我读过有关韩国人脸形的资料，得知洪先生的这种脸形被认为是男人忠厚、和善、可靠的表征。我还得知，当今韩国男人的脸在逐渐变长。但洪先生的这种方形脸，仍然具有明显的亲和力。那天晚上的洪先生显得有些疲惫，我想大约是因为旅途劳顿吧。但他却竭力保持着微笑，话不多，语气是和悦、诚挚的。似乎有一个不容置疑的心理基础在做底：他们致力要把这次的拜访完成得尽善尽美。洪先生的同伴李先生在那晚的拜访中是位“主讲人”，他个子偏矮，年纪比洪先生略轻。但是他的矮个子并没有妨碍他四射的激情，或者换句话说，很多矮个子的人，往往比有些个子高大的人更具一种抓人的气势和更加旺盛的精力。眼前的李先生显然属于这样的男性。他首先开宗明义地讲述了他们为什么要做这次迫不及待的旅行，而这次旅行之后的期待又是什么。一切都因为那天他们在中国美术馆看了我父亲的画。从那天起他就不能再平静了，因为他们正在韩国完成着一个不同寻常的计划。他们将要建造一个亚洲一流的美术馆——亚洲美术馆。这美术馆不仅仅属于韩国，它将属于亚洲，乃至东方和全人类。为了这美术馆的建立，必得有几位东方艺术家的作品做基础。目前建馆和收藏正在同步进行，我父亲便是他们“相中”的中国艺术家之一。

当时李先生的谈吐和举止使我更多地想到了欧洲足球界的“球探”，但当他谈起艺术时又确是不容置疑的行家。他对父亲的艺术作了十分内行的分析，分析中流露着对父亲作品的痴情。在谈到某张作品时，他甚至激动得不能自制，常常手舞足蹈。为了证实他们行为和身份的真实性，李先生还出示了自己的名片，一瞬间我注意到了名片上的字：李在兴，亚洲美术馆馆长。接着，李在兴馆长又把洪先生作了含蓄而敬重的介绍，他虔敬地称他为洪大哥。从介绍中我得知“洪大哥”名叫洪正吉，可能不是亚洲美术馆的财力鼎助者，但在韩国是位极受人尊敬的社会活动家，此时似是这个计划的掌舵人。李先生常常撇开翻译和洪先生做着私下交流，显然是在向他请教着什么。

但，李先生和父亲的谈话却是艰难的。面对李先生光芒四射的演说，父亲一直表现出客气的警觉。父亲的态度不无道理。就在前不久，他为之工作的画院也曾来过两位韩国先生，身穿风衣，头发乌亮，很是有些派头。他们也声称为韩国某美术馆（或某画廊）挑选作品。他们请几位画家把作品在展厅一字排开，草草看过便要全部“收藏”。且出价之高，倒让几位画家有些瞠目了。买卖双方讨价还价历来是卖方要价，买方杀价。事情一反过来，便显得有几分奇异。又有画家拿来些作品，两位韩国先生看也不看地声称“都要都要”！之后又当众宣布明天就来付款取画。但第二天他们没有来，又过了一天他们还是没有来。许多天过去了，他们没有来。有画家想打听他们的踪迹，可惜他们没有留下地址、电话。这两位韩国先生的行为成了一个谜，似乎他们的到来就是为了显示一下发达国家的“豪爽”。中国有个传统相声叫《逗你玩儿》，这不就是个“逗你玩儿”吗？

那次的事父亲没参加，是因为他不在单位。但这事却引发了他的警觉：从上世纪80年代起，中国的大门向世界打开了，国人遇到什么情况也许都属正常吧。在后来的日子里，父亲曾向洪、李两位先生提及过此事，他们都坦诚地说，有，韩国有，全世界都有这种人。

如果说父亲对韩国人的警觉来自于那次的“逗你玩儿”事件，我对韩国的了解则多半来自上世纪70年代朝鲜的一些电影。那时中国人习惯称朝鲜民主主义人民共和国为北朝鲜，称大韩民国为南韩。南韩当然联系着李承晚“匪帮”，而李承晚“匪帮”背后是“万恶的麦克阿瑟”。实际上，在1994年的5月，多数中国人对当代韩国和韩国人基本上是不了解的。中韩于1992年8月建交，距这时刚刚一年多。在我的少年时代，一提起韩国，首先会想到某些朝鲜电影里的韩国“特务”形象。比如当时有一部名叫《看不见的战线》的电影，影片中一位化装成教师模样的韩国越境特务手拿一本书，和朝鲜的暗藏特务对接头暗号：

问：你拿的是什么书？

答：歌曲集。

问：什么歌曲集？

答：《阿里郎》。

我看这电影时正读初中，这段对话在学生中广为流传。上课时就有学生压低嗓音问旁边正在阅读课文的同学：你拿的是什么书？……而女生们更感兴趣的是另一部反间谍电影，说一名韩国女间谍潜入朝鲜去冒名顶替一个名叫贞姬的姑娘，为此她在韩国做了面部整容术。这高超的整容术真的奏了效，使朝鲜人对两个贞姬真假难分。这样，在很长一段时间里，我以为间谍对于朝鲜的渗透和整容术的先进就是韩国的两大特点。虽然，自上世纪80年代以后，特别是1988年汉城奥运会之后，中国人对今天的韩国有了新鲜而又具体的感知，这感知不再是朝鲜电影中的戏剧化脸谱。韩国的经济增长速度居世界前列，1997年它已正式被接纳为发达国家俱乐部成员。通过电视对汉城奥运会的转播，中国人还亲眼看见了韩国的美丽、文明。一个有着“亚洲四小龙”之一美称的发达国家摆在了我们眼前。但是，间谍的暗号和整过容的假“贞姬”，有时仍闪现于眼前。

在1994年5月的这个晚上，已是凌晨一点有余，谈话仍在艰难地进行。这时那位高个子洪先生偏又出现了一种异常情况：频繁地、一趟接一趟地去卫生间，这行为仿佛与他那和悦的有教养的谈吐很是不相符。每次从卫生间出来，他都会有些发愁地却又带出几分抱歉地冲我笑笑，好像在说，你看，我也不愿意这样，不过真是没有办法。然而抱歉的笑容未尽，他便又一次冲进卫生间。他头上淌着汗，脸色变得黄白，一手紧捂肚子，弯腰辗转于沙发间，似忍受着极大的痛苦。这使我心里方生出一种同情，也许这该叫做“恻隐之心”？我想他这是肠胃出了问题，他在拉肚子。我拿出两粒黄连素请他吃掉，告诉他这是中药，吃下去不会有什么副作用的。这位洪先生对我拿给他的药倒是没有丝毫的不信任，他立即吃了，虽说还是有点愁眉苦脸，人倒是安静了一些。许多年之后，洪先生成了我父亲的朋友。我们经常拿他那天的拉肚子寻开心，他告诉我说，那天因为急着往石家庄赶，没来得及吃晚饭，只在路边一个小摊子上吃了点东西，接着就开始肚子疼。刚进我家时还强做忍耐，后来就忍不住了。我问他疼到什么程度，他说，唉，这么说吧，我没有生过孩子，我想生孩子也不过如此吧。可惜我疼成那样都没打动你爸爸，我的难忘的石家庄之行啊！

那个晚上，李先生却不顾他洪大哥的痛苦万状，继续说服着我父亲，此刻重要的好像不是洪先生的肠胃，而是我父亲那一身警觉的不能被解除。为此，李先生颇有一种锲而不舍的意志，和一种不顾人脸色的执著。他豪情满怀地一遍又一遍地向父亲描绘亚洲美术馆的前景：该馆将为几位中国艺术家建立个人馆，我父亲就是他们将要为之建个人馆的艺术家之一。这种个人馆的建立必得有足够的藏品，待藏品具一定数量时，便首先在汉城举办画家的个展。由此，这种交往将是长期的。接着，李先生便举出了几位中国画家的名字，说这些画家正准备同他们合作。父亲对这几位画家的名字很注意，因为他们确是当代中国画界颇具实力的画家，有两位还刚刚在北京同父亲见过面，那是周思聪和卢沉先生。父亲愿意把李先生的说法认做是真实的。这时我从旁观察客人，见他们已是口干舌燥，面容憔悴。加之天气闷热，洪先生又开始不断冲向卫生间，更使他们看上去有些狼狈。

事情就这样出现了转机。在客人的请求下，父亲终于拿出了几张画请他们欣赏。李先生差不多是从沙发上弹起来的，他叉开双手十指，不停地对那些画们鼓起掌来。在后来近十年的交往中，李先生常常面对父亲的作品鼓掌，鼓着掌喊着“阿伦达温”（美丽，好看）。这种对沉默着的造型艺术的欣赏方式，实属罕见。

关于那晚事情出现转机的原因，我曾经和洪、李二位先生讨论，是由于二位先生的执著？还是由于那几位中国艺术家的名字的出现？还是由于洪先生的拉肚子呢？这时洪先生总是笑着说，我想你爸爸是不会打发走一个病人的，我又不是装病。

父亲和他们的交往就是从这个晚上开始的。在近十年的时间里，他们相互尊重，礼尚往来，连他们的夫人也成了我们家的朋友。另有几位先生及夫人，我在后面的日记里会提及。他们一起探讨亚洲架上绘画的前景，他们一同赴欧洲考察艺术，同行的就有那天晚上他们提到的画家：张立辰、姜宝林、贾浩义诸位。之后他们和父亲又几经在汉城、在北京相会。1998 年当他们准备在汉城为父亲举办个人画展时，亚洲金融危机袭击了韩国，画展不得不推迟。父亲对这样的局面表示充分理解。对方为了表达对此的歉意，刻意在自己国家最困难的时候邀请父亲和我访问韩国，1998 年的 5 月，在汉城，在济州岛，在雪岳山，他们尽全力给我们以贵宾的礼遇，让我一直难忘。

今年 5 月 2 日，在距 1994 年 5 月的那个晚上九年之后，父亲的个人画展在汉城举行，韩方再次特别邀请了我。此时韩国的经济已经全面恢复，然而另一种灾难：SARS 又袭击着中国。就在全世界正为此“警惕”着中国时，令人感动的是对方没有因此取消或再次推迟画展，他们坚持如期举行。

4 月 29 日我陪父亲乘大韩航空公司的 KE852 次航班从北京飞汉城，开始了四十余天的韩国之行，同行的翻译不再是那晚的白小姐，而是另一位名叫姜雪子的小姐。

我已经很长时间不写日记了，但是今年的韩国之行让我又用日记的形式记录下一些人和事。

真正了解一个国家是困难的，就像要真正了解一个人那样。曾经有位作家说过，当你在一个国家住一个星期，你可能会写成一本书；当你在这个国家住一个月，你可能会写成一篇文章；但当你在这个国家住上一年，或许你就什么也写不出来了。意思是知道得越多，越是知道自己不知道的更多。所以日记在这时大约是个恰当而又取巧的方式：有点自说自话，目的并不是要告诉你韩国和韩国人是怎样的，内容也绝谈不上深刻，我只求真实传达出内心的感受。

写下以上的话，作为这本日记的由来吧。

《铁凝日记·汉城的事》
铁凝著
人民文学出版社 2004 年 1 月北京第 1 版
定价 35.00 元

陈平原

《大英博物馆日记》小引

今年七八月间，应邀到伦敦大学亚非学院（SOAS）访问研究。时值暑假，学生大都外出，于是免去了原先约定的学术演讲。对此，邀请者表示歉意，我则窃喜。正是这一变化，使我得以抛弃“中国文学专家”的身份，以旅游者好奇的目光，仔细打量这座对我来说十分陌生的国际大都市。

整整一个月，白天外出，游胜迹，逛书店，访名校，进画廊，再就是参观大英博物馆；晚上则躲在家中，阅读从亚非学院图书馆借来或刚刚买到手的各式闲书。就这样，日子过得有滋有味。不知不觉间，到了该打道回府的时候。临走前，扔下一句大话：我会为这座城市写点东西。不是狂妄到以为自己的“妙笔”能让伦敦“蓬荜生辉”，而是这座城市的某些细节确实让我着迷，以至无视专业边界，谈论起走马观花所得的伦敦印象。

伦敦一月，最让我得意的是住处临近大英博物馆，因而得以从容观察这个已有二百五十年历史、绝对享誉全球的“知识的海洋”。走过不少国家，见识过许多美术馆和博物馆，到目前为止，最让我怦然心动、流连忘返的，非大英博物馆莫属。这一判断，牵涉到时间、金钱、个人心境以及知识储备等，带有很大的主观随意性。好在我不是博物馆学专家，不必使用“最好之一”这样模棱两可的外交辞令。作为一个充满好奇心而又缺乏专业背景的读者，我的表述，或许更能代表一般游客的见解。

基于此，我选择了十二则参观大英博物馆以及大英图书馆的日记（后者现已独立门户，可原先归属于前者），略做整理，补充了一些相关资料，以奉献给不见得有机会亲临其境的读者。之所以采用日记的形式，目的很明确——藏拙，能说多少算多少。日记中又加附记，则是不敢冒充博学。并非倚马立就的天才，只好屡屡“事后诸葛亮”。

《大英博物馆日记》
陈平原著
山东画报出版社 2003 年 9 月第 1 版
定价 16.00 元

罗大冈

《罗曼·罗兰日记选页》译者弁言

1886年7月，罗曼·罗兰第三次投考高等师范学校，终于以第十名被录取。那年他二十岁。根据他的回忆录提供的材料，我们知道罗曼·罗兰从那时开始，逐渐养成每晚详细写日记的习惯。他的日记写得那样全面，细致，丰富，以至他自己发生顾虑。他想："我的日记把每天的思想活动写得那样详细，万一后人根据这种材料来判断我的精神面貌，岂非引起莫大的误会。因为我的思想活动变化多端，天天不同，无论哪一天的日记都不能反映我的全貌。"（大意）

罗曼·罗兰每天详细写日记的

习惯从他青少年时期开始，终生坚持不懈，直到生命的最后阶段。他是1944年底去世的，根据已发表的材料，我们可以看到他1943年写的日记。当然，并不是说他1944年没有日记。

罗曼·罗兰坚持不懈地写了五十多年日记，如果手稿全部保存着，没有散失，卷帙之浩繁势必惊人。可是直到今天，罗曼·罗兰的日记远远没有全部公之于世。除了在他的回忆录中引用过极少一部分外，用单行本独立出版的日记只有三部，而且都是本人去世之后，由他的遗孀“整理”编选的。由于删节之处相当多，严格说，已经不是罗曼·罗兰日记手稿的本来面目。

这三部单行本的日记选集是：

（一）《从〈约翰·克利斯朵夫〉到〈哥拉·布勒尼翁〉》，副标题《罗曼·罗兰日记选页》，是1912至1913年的日记选编，1946年巴黎Salon Caree出版；

（二）《战时日记》，从1914至1919年的大量日记中编选，1952年巴黎Albin Michel出版，一厚册共1908页；

（三）《印度》，从1915到1943年的日记中删节整理，1960年巴黎A.M.出版，一册，624页。

我们翻译的是第一部，1912至1913年的日记选页，篇幅较小，只有179页。其他两部我们只匆匆阅读了一遍，没有做翻译的准备。已翻译的这部日记选集开始于1912年10月12日，开篇第一句话是：“我写完了《约翰·克利斯朵夫》。”结束于1913年9月18日。那时《哥拉·布勒尼翁》已脱稿，交给出版社。到第二年，1914年中，书已印成。但当时欧洲国际形势日趋紧张，大战有一触即发之势。出版社决定新书暂不发售，存入库中。后来此书在1919年战争结束之后，才投入市场。

《从〈约翰·克利斯朵夫〉到〈哥拉·布勒尼翁〉》这部日记选页的编排方式很不整齐，不是每天的日记都标明年月日。只有比较重大的事件才标明日期。其他篇页当然都按时间顺序编排，但不标明日期，全书缺乏一贯的线索，显得零散。中译本只能保留原文的格局，有什么译什么，不能别出心裁。

经过罗兰夫人的编选和整理，这部《日记选页》的主要内容只剩下两个方面，其一是罗兰和文化界人士的交往，包括法国人和国际友人，例如勃兰兑斯和茨威格等；其次是作者参观美术馆、展览会，听音乐演奏的印象和评论。罗曼·罗兰当时是巴黎大学和法国高等师范学校的美术史和音乐史教授，上述活动都直接联系他的专业，也是他生平的爱好，所以这方面的材料在他的日记中占很大篇幅。尤其重要的是，他在日记上评论绘画、音乐等问题态度非常坦率，心里想到什么就说什么，毫无保留，毫不犹豫。这种态度在罗兰平时发表的论文或专著中是看不到的。因此，对于关心这类问题的研究工作者来说，这些都是难得的第一手材料。例如对于本世纪初流行于法国的立体派绘画，罗兰采取否定的态度，可是谈到本世纪最初十余年法国绘画艺术的革新，罗兰相当兴奋地肯定，法国青年画家们革新运动的成就，远远超过同时期法国音乐的革新，甚至也超过法国文学革新的成果。这种态度明朗的评论，肯定引起研究本世纪法国文化史的专家们极大的兴趣。因为，不论罗兰的评论是否周密，是否完全正确，无论如何是重要的参考。

日记中记录罗兰同法国和国际文化界人士的接触与言谈，总的说，也是很真诚与坦率的，透露了不少外间鲜有人知的情况与材料。例如访问著名的卖画商人伏拉的记述，关于著名雕塑家罗丹私生活，都是极难得见到的材料。至于和外国文人如美国小说家辛克莱，奥地利诗人李尔克，奥地利犹太作家茨威格等人的交往及言谈，也是值得引起比较文学工作者注意的材料。

由于上述情况，翻译过程中遇到的最大困难在于一大串人名的音译及简介。多数人名是文化界知名之士，可以查考大型的辞典了解其底细，便于加注。有些人名则是年轻人，或者是名不见经传的普通人，无从查考，因此也就无法加注，只好请读者原谅。

本书所有脚注（即每页下边之注）均为译者所加；本文中间加括弧之注则为作者原注。

译者只翻译了罗曼·罗兰日记选三部单行本的第一部，涉猎了其他两部；所获的印象却有力地说明，为了认识罗曼·罗兰的精神面貌，为了进一步研究他的为人，他的思想情操，他的日记，正如他的信札集一样，要比他的小说，包括两大部多卷本的巨型小说，以及其他三部篇幅较小的小说，重要得多。因为在日记中我们所见到的是几乎毫无修饰的作者真面目。可是这三部日记选集出版时先经过作者的遗孀大量删节，把她认为不宜透露的事实以及作者内心活动，全部删去。因此在这三部日记选集中，绝对看不到作者的私生活和比较隐蔽的思想感情，这倒也罢了。最令人遗憾的是，1935 年 6 月、7 月之间，罗曼·罗兰应高尔基邀请，去苏联参观游览一个月，大部分时间住在高尔基家中。斯大林前后接见罗兰两次。这样重要的经历，何以他在当时的日记中一字不提，这显然不符合事实，不符合罗曼·罗兰每晚详细写日记的毕生习惯。然而在已发表的日记选集《印度》中，罗兰的遗孀选用 1935 年的日记约 20 页（从 468 至 487 页）之多，偏偏将罗兰当年游苏的日记，以及游苏归来那些日子的日记，全部删节。想必她有她的想法，我们不知底细，不能乱说，但不能视而不见，见而不问，至少应当告诉读者，有这样一个不应该有的缺陷。

作为罗曼·罗兰的敬仰者，忠诚的读者、研究者、翻译者，我们只能保留这种渺茫的希望，希望有一天法国文化界对罗曼·罗兰这位伟大作家的重要性有了充分认识，给这位作家出版全集时，把他的全部日记，全部信札，一字不删，一字不改地向读者公布。

罗曼·罗兰是学者，同时又是文艺创作家。他 20 岁考入高等师范学校，学史学系的功课。当时他的心情是十分矛盾的。别人入高师目的都在于毕业后当中学教师。可是他却在当时的日记上写了这样的誓言："不创作，毋宁死！"后来，高师毕业他写了博士论文。论文通过之后他在巴黎大学及高等师范任艺术史、音乐史教授，同时创作了一举成名的小说《约翰·克利斯朵夫》。这种二重性的生活方式和工作方式也反映在他1912至1913年的日记选集中，甚至也反映在他的另外两部日记选集中。怎样考虑和理解一个作家的作品和他的日记的关系？如果把作家比作演员，那么他的作品，剧本、小说甚至诗歌，是演员在舞台上的表演，是"戏"；而日记则是演员在后台的感情，思想、言谈和动作，是生活，不是"戏"。对于一个演员来说，"戏"和生活是密切关连的，前台和后台也有密切关系。我们研究和了解一个演员，仅仅从前台的角度看问题是不全面的，还必须从后台的角度去了解他。罗曼·罗兰在日记中主要是以前者的面目出现的，而在他的作品中，他是一个化了装的学者。为了"戏"的情节，为了扮演一个角色，他不得不化装，否则无法演戏。但是无论他怎样化装，怎样"演"，罗曼·罗兰反正是，始终是罗曼·罗兰——高师毕业生和大学里的艺术史教授。他的日记帮助我们理解为什么在他的剧本中有那样多的议论，议论多到甚至使剧本无法上演；为什么在他的小说中有时整章，甚至整卷地讲大道理，例如批判巴黎的文艺界，或者讲述受印度哲学影响的抽象人生思考。

以上是作品与日记的关系的一个方面。不但罗曼·罗兰如此，一般作家都可能有类似的情况。另一方面是在日记中可以窥见作品，正如一个演员虽然回到后台，卸了装，仍然可以看出他（或她）是演员。一举一动，一言一笑中有演员的味道，演员的侧影。罗曼·罗兰的日记中有时用极简练的笔墨描写一个来访者的状貌言笑，或者用同样简练手法表达自己的感受，都可以使人感觉到这是一个有写剧本与小说训练的人在写日记。换言之，他的日记中有时也出现剧本与小说的影子，而且是极高明的白描。这类白描的艺术水平，有时反而超过作家故意着力于表演，过分地在“演”字上下功夫的艺术作品。

在艺术史上，人们有时看到这样的事例：一位伟大画家精心着意，用大量时间创作一幅不朽的名画，他在创作过程中，随意拿一张纸打草稿，画了许多速写与素描，作为练习，作为试笔，作为构思的素材。等到伟大作品完成了，画家把这些草稿纸作为废物，随便抛弃。没有想到有眼力的收藏家把这些废纸悄悄地收集起来，经过评论家的鉴赏，人们认为这些草稿的艺术水平不亚于名画本身，甚至超过不朽的名画。这个例子可以帮助我们进一步理解一个作家的日记与作品的关系。

《罗曼·罗兰日记选页》
罗大冈译
浙江文艺出版社 1991 年 6 月第 1 版
定价 4.60 元

戴海

《逝者如斯·戴海日记选编》自序

本人出生于卢沟桥事变后第十天。八年抗战胜利了，我还只晓得蹲在池塘边玩泥巴，跑进树林里拾野果。九岁才被“关”进学堂，岂不教化晚矣？好在人一识字了，读书了，得以教而育之，文而化之，便能学到只有受过教育有点文化的人才会做的某些事情，如写日记就是一桩。我刚念过一年私塾、两年小学，不记得经谁指点，就懵懵懂懂写起日记来了。我写文章先自日记始，好比绘画先学素描。

幼年的日记，如同儿时用木炭画在老屋墙壁的小人儿，早已荡然无存。直到上了初中，确凿的日期是 1952 年 4 月 1 日。上晚自习时，我不知怎么心血来潮，兴冲冲地研墨、提笔，用 16 开的作文本，毛笔直行，正正式式写日记，并在封面自题：“一定要坚持下去！”已到“有志于学”的年纪，多少有点自觉性了，这回果真坚持下来。初中阶段，我由毛笔换钢笔，由直行改横行，写了五册，后来装订成“初中合订本”。1954 年，我作为优秀学生，学校奖给我一个 32 开布面日记本，我很珍惜地用来写高中日记。接着，我全都选购同样大小的本子，写至 1964 年在中国人民大学读完研究生班，十几本日记码成一摞，我好像触摸到了人生的阶梯，有种“天天向上”的感觉。人们都在一定的时空里生活，我写日记的时间，无非是一年三百六十五天、一天二十四小时的某日某时。而空间则变化多多：有在教室写的，也有在书房写的；有在乡村禾场写的，也有在都市公园写的；有在田野、戈壁写的，也有在山林、海滨写的；有在车船、在旅店写的，也有在大海、在长空写的……假如将日记中的时间、空间绘成坐标，便可以探寻我人生的轨迹。

人生天地间，白天看太阳，太阳是圆的；晚上看月亮，月亮也有由缺而圆的时候。兴许受着太阳和月亮的昭示，古往今来，谁不希冀人生的圆满？而无数个体生命——生活中的和书本上的，使我懂得谁的一生都无法圆满，反映其人生的日记也难免留下这样那样的缺憾。翻检我这半个世纪的日记，有三段明显的空白和部分损毁：1967 年是写不下去了；1974 年是写得没意思了，这两次断裂出现在“十年动乱”的前期和后期，中间还遭一劫，大约是 1968 年的一个冬夜，在极其险恶的环境里，我把本已藏匿的日记搬到厨房，摊在地上，正准备投入灶膛点火时，我犹豫了，再翻开看看吧。我实在舍不得呀！匆忙中边翻边留，边撕边拣，虽然大部分得以保存，但还是烧掉了一些，特别是“在北京”三年竟烧得所剩无几！后来还有一次中断，是在走上领导岗位后的头几年。正如卡夫卡所言，革命可能“蒸发”掉某些东西。白热化的工作中，只有随身携带的“工作笔记”写满一本又一本，而日记却被“蒸发”了。现在看来，“身居岳麓”一章，远远未能反映我在那个阶段的工作状态和精神风貌；或者说，以“不记载”的方式留存于日记之外了。所幸的是，自从1991年以来，日记伴我跨世纪，于是有了“在书房，在旅途”——日记在狭窄的书房拓展，在漫长的旅途延伸。在学生时代，日记是我每天的作业。就一生而论，日记是我毕生的答卷。本来，这些不过是诉之于天地良心的自述，现在为什么将其公之于社会，就教于读者呢？我想，某人从少年到老年的日记，无论其深浅智拙，可不可以说是他的个人生活史，他的社会见闻录？如果我的日记也有那么一点意味，我愿意为学者、作家提供一份人生个案，更乐于向中青年朋友“讲讲过去的事情”。人们在书店或图书馆不难发现，业已出版的私人日记，古今中外早已屡见不鲜。与书市和馆藏的日记出版相比，我的这一部属于平常人的日记——非名人的，非英模的，非作家的。平常人自有平常人的生存状态和精神家园，循其情境与理念，可以走进“这一个”平常人的内心世界。

我知道，出版日记可能引起某些疑忌，首先是真实性的问题。就此，我有两点坦诚相告：一是，我写日记的时候，未曾想到过出版。二是，临到出版之前，从去年到今年，我对现存的日记做过选编和整理。如果把自己那一摞日记比喻为一座山，那么这次选编、整理，就好比砍去些茅草、灌木，使得山上的岩石和树木自然凸现，显得清朗一些，而这些岩石、树木原本就是山上的呀！其实，我的想法比这更要彻底些。当我把这部日记的打印稿交给出版社时，我想到了那些捐献遗骸的人。我所交出的是我的“精神遗骸”，情愿让人拿起灵魂解剖刀，仔细解剖、检验，即令有什么“病灶”“肿瘤”，都无所掩饰。

在这部日记中，除“我”之外，出现得最多的名字是刘晓清——通常写成“晓清”。她是我中学时代的同学，高中毕业时以“同志朋友”相称。在结识十三年后我俩结成夫妻，成为终生伴侣。在我的日记中有她的事略，更有我俩一同演绎的故事。因而，我这部日记也将成为我俩共度此生的纪念。

日记走出日记本，印成书籍，自当有个书名。前人所谓“一名之立，旬月踌躇”，我也为此久久踌躇。春日的一天黄昏，我沿潇湘大道南行，回望北去的湘江，仿佛听到孔子的感叹：“逝者如斯夫！不舍昼夜。”我心中怦然一动，似乎得到一种感应：好的！就以《逝者如斯》为名。尔后，我和老伴去游武夷山，发现朱熹将“逝者如斯”刻在九曲溪畔，令我无比慰藉：时光像江水般流逝，而人的精神尚可飘逸于青山白云之间。

我尊崇人生，热爱生活，因此才写日记，又因日记而更加珍重人生，理解生活。“人生、生活”——是我写日记的背景，又是它的主题。我感觉，人的一生好比在无垠的原野上奔走，因而，日记中就有原野上的风雨，风雨中的泥泞，泥泞里的脚印；还有奔走中的发现，发现时的欢悦，欢悦后的沉思……总之，日记是人生的运行轨迹，日记是生活的岁月留痕。

时间永是流逝，生命仍在延续。只要一息尚存，日记还将继续写下去的，我想。

《逝者如斯·戴海日记选编》
戴海著
海南出版社 2004 年 7 月第 1 版
定价 60.00 元

陈思和

序《白银与瓦——林白少女时代日记》

在策划“火凤凰青少年文库”时，我有一个设想：为我们这套丛书的读者提供一套了解自己历史的作品。对正在学校里求学的中学生来说，所谓“自己的历史”，是指每个中学生都曾经有过的中学时代的生活历史。不仅是现在中学生的生活，还包括各个历史时代的中学生的生活。于是我想到了发表一组中学生的日记，因为比起回忆录来，日记更加能反映那个写作时代的原始的精神特征。这一辑里我约了五种不同时间不同空间也不同形式的中学生日记。这五位作者中：一位是周榕芳先生，他是 60 年代初在福建南平上的中学，1965年考进北京大学，现在是一位事业成功的出版家；一位是林白，她是70年代中期在广西北流上的中学，后来下过乡，恢复高考后考入武汉大学，现在是全国有影响的作家；一位是张新颖，他是80年代在山东招远上的中学，后来考上复旦大学，当过记者，现在回到复旦大学攻读博士学位；一位是朱贝贝，她现在还在上海复兴中学上学，她为我们整理出一部90年代的中学生日记；我们还约了一位马来西亚的华侨少女戴晓珊的中学日记，她将告诉我们许多马来西亚的华文学校的生活故事。我们的读者可以从这些非虚构的作品里感受到“中学生”这一年龄阶段所相通的东西。

当然也不能说，这些非虚构的文字作品就是一定很真实。学校是教育机构，学生是受教育者，学生的日记与真正的私人空间还是有区别的，特别是六七十年代的时候，中学生的日记常常会是老师掌握学生内心世界的工具，这对记日记的学生来说不能不是一种顾虑。如林白日记里缺了1974年4月19日到6月21日的一段日记，作者自注说是因为日记被人偷看，结果操行被评为良+，评不上三好学生，入不了共青团。更有意思的是当她向老师解释时，老师却说记在日记里的话“白纸黑字已成为事实，分析起来还有点像立场问题”，说得这么严重，其实中学生的林白没有什么大逆不道的错误，不过是在日记里议论了另一个班干部而已。

林白的中学生日记里可能还有许多背景是现在中学生无法理解的。譬如，日记里虽然记着许多做功课的情况，其实真正上课的内容并不多，而中学生每周都有许多劳动的安排，甚至从事很艰苦的劳动。这些劳动，有的是因为家庭经济条件不好，家长给安排的，为了赚很少的钱来贴补家用。但更多的是学校里安排的教学活动。在危险的劳动中，她们中间的一个同学工伤身亡，一个生命就这样在开花前就枯萎了。还有些“家庭出身不好”的孩子（指父母受到迫害，被诬陷为有罪的），有的被迫停学，还有的在毫无保障的强迫劳动中死去。70年代是个残酷的年代，中学生林白虽然不会对此产生什么感想，但用她一支稚嫩而敏感的笔，真实地记载了残酷的时代阴影。

日记里还有些当时的流行政治术语，可能现在的年轻人读起来会感到陌生。1973 ~ 1975 年国家在政治上处于复杂的斗争时期，先是“四人帮”篡夺国家权力，他们发动所谓“批林批孔”的运动，借着批判孔子的复古思想和林彪的反党活动，来影射坚持搞社会主义现代化建设的周恩来总理；后来周恩来病了，邓小平出任副总理，主持国务院工作，“四人帮”又发起“学习无产阶级专政理论，限制资产阶级法权”的运动，反对邓小平复兴国民经济的努力，“四人帮”所发起的这些运动，都是用党中央的名义来搞的，所以，全国老百姓都不得不参加，连中学生都不放过。林白当时在广西一个很偏僻的县里上中学，但读者也可以看到一些政治运动的影响，每个学生都需要写文章，参加所谓的“大批判”。这些历史对今天在肯德基吃汉堡包长大的中学生来说是非常陌生的。

我读了这些书稿，对林白的一本日记特别有所感触，也许我与作者是同代人，她的中学生活日记，唤起了我的一些回忆和联想，不过我的中学生时代是 1967 ~ 1970 年，那是文化大革命高潮的时期，我也写过日记，但记下的中学生活更是别有一番天地，恐怕现在的孩子是做梦也想象不出来的。现在印出的五种，虽然反映的时代不太一样，但终究是有某种相通的地方，会得到青年读者的认同的。我建议读者如有兴趣不妨再读一下王蒙的长篇小说《青春万岁》，写的是 50 年代的中学生生活，联系在一起，可以看到我国半个世纪来的中学教育的某些鳞爪。

《白银与瓦——林白少女时代日记》
林白著
海南出版社 1999 年 6 月第 1 版
定价：12.00 元

连天烽火走征程
——《战云纪事：常任侠日记选》序

沈宁
郭淑芬

常任侠先生是我国著名东方艺术史与艺术考古学家、诗人，长期从事学术研究和教育事业。他于1904年1月31日诞生于安徽省颍上县东学村。1922年入南京美术专科学校，开始从事诗歌戏剧活动。1928年入南京中央大学文学院，研习古典文学及日本、印度文学。1931年毕业后，任中央大学实验学校高中部主任。1935年春赴日本留学，入东京帝国大学文学部大学院，研究东方艺术史，曾在上野帝国学士院作汉学报告。1936年底返国，继续在中央大学实验学校任教。抗日战争爆发后，积极投身抗日救亡运动，参加中华全国文艺界抗敌协会、中国民主同盟等组织。历任中央大学、国立艺专、东方语专、印度国际大学等校教授。1949 年 2 月返国，任国立北平艺专教授，出席中华全国文艺工作者代表大会。新中国成立后，先后任国务院华侨事务委员会委员、中华全国归国华侨联合会常委、国务院古籍整理出版规划小组顾问、国家文物鉴定委员会委员、中国考古学会理事、中国民间文艺研究会理事、中国根艺美术学会名誉主席、中央美术学院教授兼图书馆馆长，北京大学、北京师范大学等校兼职教授。

常先生勤奋钻研东方艺术，著作宏富，主要有《中国古典艺术》《中印艺术因缘》《汉画艺术研究》《东方艺术丛谈》《印度与东南亚美术发展史》《丝绸之路与西域文化艺术》《中国舞蹈史话》《常任侠艺术考古论文选集》《海上文化艺术交流》等专著及《东方的文明》《日本绘画史》《中国服装史研究》（均为合译）等译作，在国内外学术界享有极高声誉。他在古典文学与诗词上有着很高的造诣，毕生以诗纪事抒怀，歌颂光明，鞭挞黑暗。其新体诗有《毋忘草》《收获期》《蒙古调》等，旧体诗有《樱花集》（诗文）《红百合诗集》，所作南北曲集有《田横岛》《祝梁怨》《妈勒带子访太阳》等，文学价值与历史价值俱高，那爱憎分明、感情深挚的诗篇，展现了作者高尚的品格与深厚的艺术修养，是留给世人的宝贵精神财富。

常先生终身以“勤能补拙，俭以养廉”为座右铭，性格正直耿介，温和朴质，淡泊名利，笔耕不辍；所学所研，涉猎领域十分广泛，留下大量的著述与未刊文稿。他在 1985 年所作的七律《生日述怀》中写道：“著述岂为升斗计，育才翻忘鬓毛苍。无功报国空伏枥，欲藉鲁戈挥夕阳。”真可谓忘身报国，志在千里，奖掖后学，壮心不已。1996 年 10 月 25 日，常任侠先生因病在北京逝世，使我国文化界与社会科学界失去了一位声望卓著的活动家。在他去世后，我们遵照作者的遗愿，对这些遗稿进行了搜集、整理和编辑工作，目前已编就《常任侠文集》五卷本，即将由安徽教育出版社出版。

这本1937年至1945年的日记，是从常先生六十余年的日记中精选出的小部分，记录了作者自东瀛返回祖国到抗战胜利这一时期坎坷的生活经历。通读全文，我们感受最深的首先是作者强烈的爱国主义精神，这种抗战必胜的坚定信念，一以贯之。“七七事变”爆发不久，他即参加抗战话剧《卢沟桥》的演出。1938年春，率领中央大学实验学校学生辗转迁徙到湖南长沙后，又与田汉、廖沫沙等编辑《抗战日报》。旋辞去教职，至武汉国民政府军事委员会政治部第三厅六处从事音乐、戏剧编审工作。他热情讴歌民族复兴，积极投身抗战洪流之中，以笔作刀枪，撰写诗文、发表演讲、倡导诗歌朗诵和戏剧运动，创作出《后方医院》《亚细亚之黎明》《海滨吹笛人》《木兰从军》等剧本，发表了大量新旧体诗作和散文、评论，痛斥日本帝国主义发动侵华战争，呼吁和平民主，主题鲜明、感情丰富，在当时产生很大影响。他以历史上的民族英雄事迹来激励教诲学生，使许多学生毅然加入到抗日最前线，甚至为国家献出了年轻宝贵的生命。

其次是他坚持不懈的治学态度。在战火纷飞的年代里，他冒着敌人的炮火，仍然从事学术研究，并将研究重点放在中国与西域文化的交流上，发前人未发之言，撰写了《汉唐之间西域音乐舞蹈百戏东渐史略》及其相关论文。1939年后，他受重庆中英庚款董事会资助，担任艺术考古研究员。其间，为保存中国古代文化遗产，唤起国人的文物保护意识，他与郭沫若、卫聚贤、金静庵、胡小石、马衡等人共同主持对重庆江北汉墓群的考古发掘，写成《民俗艺术考古论集》等专著。同时与滕固等恢复了中国艺术史学会的活动。他治学态度严谨，为了研究的需要，紧衣缩食，购置了大量参考书刊，从那些书海觅珠的记载中，可以看出一位知识分子的精神与物质上的追求，也为我们了解、研究中国图书出版和流传史提供了宝贵的资料。他的这种坚忍不拔的治学态度，为他毕生从事的各项研究并取得卓越成就奠定了基础。

第三是日记中真实地记录了作者的生活经历和思想变化过程，使我们多层次地看到一位有着爱憎分明、充满侠义色彩的学者常任侠，和一位感情丰富、柔肠似水的诗人气质的常任侠。为更好地了解、研究他的学术成就和人格魅力，提供了一份不可多得的自身写照。日记内容涉及了当时社会的政治、军事、经济、文化诸多方面，于中国抗战史、文化史、教育史、图书史等领域的研究有着重要的参考价值。其中尤以反映这一时期相关社团组织、学术活动、人物交游等情况最显珍贵，不但记录了许多鲜为人知的逸闻佳话，还可据此提供的相关资料，弥补订正一些学术研究著述中因材料短缺而造成的史料失实和空白，成为可供继续发掘和探究的许多线索。那些看似琐碎的生活开销账目，却如实地记录了战时环境下普通知识分子的贫困窘迫的生活现状，在这国破家亡、天灾人祸的抗争中，以自己的病弱之躯肩负起民族解放的重任，正反映出一种民族自强不息的精神风貌。这无疑也是当时社会政治经济盛衰状况的缩影。又因作者的国学根基雄厚，文笔典雅，或激扬文字，或吟咏感怀，用辞遣句，行云流水；记录见闻言简意赅，描绘山川诗意盎然；其中保存的大量题诗，或可补充《红百合诗集》所阙遗。正可谓融史料、文学于一体，极具可读性。从这个意义上讲，相信本书的出版，将对学术研究产生积极意义，能够受到广大读者的欢迎。

常任侠先生从早年读私塾时就开始养成写日记的习惯，目前所存见的有系统的日记起于 1932 年，止于 1996 年 9 月，即去世前的一个多月，凡六十余个春秋。这些日记历经战争烽火和政治运动，略有损毁丢失。但绝大部分都完整地保存下来，成为一份不可多得的文化遗产。作者本人对这些日记有着特殊的情感，时相翻阅，追怀往事，并据此写下许多从事艺术活动、怀念亲朋故友的文章。我们在整理中，基本保持了日记的原貌，力求内容上的完整，对作者观点和行文中的习惯用语和译音用法，一仍其旧。对由于种种原因造成的日记原文不清楚的地方，尽可能做了复原，并重新标点。日记的内容侧重于反映作者学术活动和交流，对涉及作者本人隐私和不宜公开的人事、生活琐记，适当做了删节。为方便读者阅读，对与作者关系较为密切的人物和事件做了简要的注释。限于我们的知识水平和生活时代的差异，在整理过程中难免存在疏漏，恳请研究者、亲朋好友及广大读者的不吝赐教。

最后，我们对海天出版社的领导和责任编辑在此书的编辑、排印等给予的支持和付出的辛苦努力，表示由衷的谢意。这套“当代文化名人日记选刊”的出版发行，将为推动学术研究和出版事业的向前发展起到积极作用。

今年正值常任侠先生诞辰九十五周年，抗日战争胜利五十四周年和中华人民共和国成立五十周年纪念日，在这个特殊的日子里，我们借助此书的出版，对那些在反对侵略战争、争取民族解放和推动民主运动中流血牺牲，为人类文明和国家兴盛做出无私贡献的人们献上我们的景仰之情。

《战云纪事：常任侠日记选》
常任侠著
海天出版社 1999 年 9 月第 1 版
定价 29.00 元

胡少安

足迹最远的中国行吟诗人
——《旅行日记》跋

“他是屈原时代留下来的唯一的中国人。”近半个世纪前，在遥远的南美洲，巴勃罗·聂鲁达向他的朋友们介绍中国诗人艾青。聂鲁达用的是夸张的语言，因为中国历史上不曾有过一个“屈原时代”。但是我们不难理解，这位著名智利诗人所谓的“屈原时代”，指的是他想象中的一个神奇国度曾有过的诗歌繁荣的时代。

地球上的芸芸众生中，有极少数人堪称人类代言人的人，他们往往是诗人。这些人的职能是吟咏太阳、星辰、海洋、山脉、河流和生命。他们以敏感的心灵探索人类的精神世界，以良知关注人类的尊严、命运与前途。他们因人类的欲望而困惑，因人类的苦难而悲悯，因人类的进步而欢欣。正如艾青在青年时代就意识到的："人类以诗人的眼感受了美与丑，善与恶，欢乐与悲苦，生长与死亡……"他选择了这个职业："置身在探求道路的人类当中，共呼吸，共悲欢，共思虑，共生死。"从此，艾青背上了沉重的十字架。

童年即被逐出家门，青年时代的清贫、流浪、监禁，中年时遭受围攻乃至流放，晚年的病痛折磨和挥之不去的心灵的忧郁……命运给了艾青八十六岁的高寿，也给予这位诗歌天才深重的灾难与不幸。然而他终究因不屈的抗争而成为有尊严的胜利者。无论是在早年唱出的《太阳》《复活的土地》《向太阳》《黎明的通知》，还是在晚年唱出的《古罗马的大斗技场》《光的赞歌》中，我们都能感受到诗人海洋般博大的心胸和人格的力量。生前最后几年，艾青老人在与笔者的闲谈中断断续续回首往事时，依然显示出坚强的信念：对苦难的命运不屈服，不后悔。

然而，当20世纪的中国向世界呈献一位卓越诗人的时候，作为乡亲的我们是否应该反躬自问：我们对艾青这位人道主义者博大的精神世界究竟理解了多少？我们对其独具特色的诗歌艺术价值的发掘和研究又做了多少？

20世纪的最后一个夏天，艾丹递给我一个暗红色的笔记本，它巴掌般大小。翻开一看，令我暗自惊诧：原来，这是他父亲艾青1954年亲笔记录的《旅行日记》。半个世纪岁月风尘的侵蚀，使里面的纸张已经泛黄，但钢笔、圆珠笔和铅笔的字迹却清晰可辨。联想到艾青的后半生以戴罪之身从北京到北大荒、新疆的颠沛流离以及"文革"中的抄家，这本日记能够完整保存在人间，简直是个奇迹。为了使更多的读者得以欣赏这本《旅行日记》，艾丹和我以愉快的心情着手整理、注释。

《旅行日记》记录的是艾青1954年七八月间由亚洲经欧洲、非洲，最后抵达南美洲旅途中的所见、所闻、所感。当时，受智利众议院长的邀请，中国派出诗人艾青、萧三和中联部副部长赵毅敏组成代表团，前往南美洲参加祝贺智利诗人聂鲁达五十寿辰的活动，这也是一次旨在“保卫世界和平”的活动。出席此次活动的包括苏联作家爱伦堡、巴西作家亚马多、捷克斯洛伐克诗人德尔达和库特瓦列科、法国表演艺术家巴洛特，以及许多南美洲著名作家、诗人。

当时新中国成立仅五年，因众所周知的原因，艾青一行无法直航美洲，只得在地球上绕一个大圈子辗转前往目的地。艾青称此次漫长的旅行为“从夏天赶往冬天的旅行”。他们一路上经历了颇多愉快和不愉快的事情，目睹了光怪陆离的富裕、贫穷的现象，接触了形形色色的人物：真挚纯朴的朋友、睡眼惺忪的混血儿、怀抱白人小孩的黑人姑娘、在夜色中游荡的南美妓女、挥舞哭丧棒的警察、开牛肉铺的华侨、弹吉他的乞丐、风流倜傥的艺术家、刁难的海关官员、抗议车钱涨价的游行者……异域的民俗、艺术、植物、人文景观、社会现象乃至人物的言谈举止、穿着打扮，都使童心未泯的诗人感到新鲜、神奇，这一切，都在《旅行日记》中留下生动有趣的记载。

艾青可能是足迹踏得最远的中国行吟诗人。在此次经亚洲、欧洲、非洲而南美洲的漫长旅程中，他的灵感源源不绝，甚至在庆祝聂鲁达寿辰的集会上朗诵即兴写下的诗篇。在《旅行日记》中我们还可以读到不少随手记录的诗篇或诗的片段。值得一提的是，我们在日记中读到了一些著名诗篇的“原始状态”，例如《一个黑人姑娘在歌唱》《在智利的海峡上》《礁石》和《写在彩色纸条上的诗》等。

“诗人为表达一个观念而寻找形象”。艾青有早年在巴黎当流浪画家的经历，这使他能以画家的独特视角观察世界，捕捉形象，发现事物生动的特征、细微变化和一切拐弯抹角之处，这些都在日记中有记载。例如艾青在飞越安第斯山时对山脉、河流以及云彩的形态和光影变化的记录，对某个民族风格浓郁的酒吧内精致装饰的描绘，对某个姗姗来迟的女人容貌、神态、衣裙装束的描绘，等等。

更为有趣的是，艾青干脆将日记本当成速写簿，不断地以线条捕捉亲眼所见的形象：植物叶片、古旧的城堡、帆船、莱蒙河畔的喷泉、高耸的女人体雕像、牛角杯上的图案，他还在日记本上为聂鲁达描绘中国的蜈蚣型风筝……这使我想起，歌德、雨果和普希金等诗坛巨匠的原稿上，也曾有耐人寻味的人物、植物素描，它们往往包含了丰富的信息，与文字相映成趣。

艾青懂法语（青年时代曾在狱中翻译过维尔哈伦的诗），这使他又多了一双眼睛、一张嘴巴。即使在遥远的异国他乡，也能找到对话者——比如他与聂鲁达之间，很多情况下就是抛开西班牙语翻译而直接用法语交谈。

我们不能不羡慕艾青与聂鲁达之间的珍贵的友谊，那是超凡脱俗的神交。两个同样充满智慧和情趣的异国兄弟，因为诗神缪斯而一见如故。聂鲁达称艾青是“令人心醉的艾青”、是“屈原时代留下来的唯一的中国人”，艾青说聂鲁达“是个高大的儿童”，是“风、水、阳光的朋友”。对这位后来获得诺贝尔文学奖的诗人，艾青的评价是相当高的。读者可通过读这本日记及后面所附的回忆文章得知。聂鲁达对艾青的印象和评价，也可从附录的《聂鲁达回忆录》（节选）中有所了解。

同样可贵的，是艾青与捷克汉学家丹娜之间的真挚友谊。这部日记是从布拉格写起的，首先提到的便是丹娜。附录的诗篇《致亡友丹娜之灵》是艾青得知丹娜去世的消息后写的。丹娜热爱中国，但不能理解这个国家为什么要跟一个写诗的人过不去。艾青被划为“右派”、蒙受不公正的对待后，温文尔雅的丹娜愤怒地提出抗议。这声音，还有南美洲那个纯朴的老大哥聂鲁达对着茫茫太平洋含泪呼唤“艾青”的声音，流放中的艾青当然无法听到，但是弥足珍贵的友情，始终温暖着他的心。

由于这本日记是匆匆写于旅途的，艾青本人是将其当作创作素材的，因此文字略显松散、随意。有些文字是片段的、跳跃性的，某些段落上下文之间不够连贯，缺少通常文字表达时所讲究的修辞和逻辑关系。其实，存在于人们直觉中的，甚至是下意识的判断、最初的感觉，往往更加真实，更能裸露出事物的本质。我们整理出版这本《旅行日记》，遵循的原则就是尽量保持其原始状态，向读者提供基本完整的日记原貌。相信读者会在字里行间及各种素描中体会到另一种阅读的乐趣。

需要说明的是，在整理这部《旅行日记》的时候，我们对个别无关宏旨的地方作了适当增减；某些段落的文字涉及会议的内容或背景材料，我们将原稿手迹影印出来，而未逐一整理编辑，个别外国人物姓名未完全译出或作考证，但这对阅读应无妨碍，望能得到读者理解。

多年来，对作家原始手稿的研究似乎并未受到应有的重视。事实上，揣摩原始手稿最能窥视作家创作时的心理活动，最能发现他谋篇布局、遣词炼句、删繁就简的功夫，也最能感受其艺术风格。

艾青在艺术创作上倡导朴素自然、清新明快的风格，他的诗歌创作以富于思想性和艺术性而著称。就语言而言，像他那样技巧高超的汉语作家似乎不多。就如同中国水墨画一样，线条是最基本的绘画语言，运用起来实在太简单了，但是在众多画家中，像齐白石、林风眠、潘天寿那样能娴熟、自然地运用此种“绘画语言”，使线条产生出神入化效果者，实在是凤毛麟角。

一如其诗歌，艾青这本日记也洋溢着极佳的艺术感觉，文字自然、简洁、凝练，饱含鲜明的形象，有种无形的穿透力。这是一种独特的、有魅力的文体。不仅如此，他的人生观、艺术观也夹杂在这本日记的字里行间。

有趣的是，我们可从日记的结尾处发现，当艾青一口气写完《写在彩色纸条上的诗》后，竟然不无得意地在下面加了一句：“看样子我还是能写的。”这既流露出诗人的天真，也是独自对别人质疑的回应——新中国成立后，曾经有人提出“艾青还能不能为人民歌唱”？

艾青结束这趟洲际旅行回国后，还根据日记的素材写了一首长诗《大西洋》，并出版诗集《海峡上》。不久，一场突如其来的风暴中断了他的创作生涯。这位卓越诗人后来的遭遇是众所周知的。

《旅行日记》
艾青著
上海文艺出版社 2004 年 8 月第 1 版
定价 48.00 元

充实多彩的生命长征史
——《胡世宗日记》序

袁鹰

面对世宗同志的几大包八大卷近四百万字日记，我先是惊愕，继而赞叹，终于不由得衷心敬佩了。从十几岁的学生，直到如今年过花甲，四十五年来，能够一天一天坚持下来，锲而不舍，点点滴滴汇成大河，没有坚韧不拔的毅力和恒心，是难以做到的。

世宗出生于日寇强占关东大地的后期，两岁时听到抗日战争胜利的爆竹声，在东北战场的炮火硝烟中度过动荡的童年，迎来红旗招展、锣鼓喧天的盛大节日。在祖国欣欣向荣、个人心情欢快的背景下开始写日记，先天地便注入了同历史息息相关的气息。何况，20世纪的下半个世纪，是极不平凡的年代，我们这一辈人和比我们略略年轻几岁的人，生正逢辰，有幸赶上了终生都不会忘怀的风雨阴晴，坎坷曲折，也都必然地烙下了岁月的印记。这样一部日记，即使从一条街道、一所学校、一座军营、一次集会、一次访问，即使从个人的小小侧面，只要确实是真实地记下所见所闻所思所感，它必然就具有历史的意义，起着“从一粒沙看世界”的作用。

说起日记，不由得引起许多感慨。

日记从来就是我国悠长文化史中一个有独特功能的宝贵部分。唐宋以后，一些政治家、官吏、学者文人，爱用日记（或笔记）记下自己从政、治学、交友、行旅的种种经历见闻，日积月累，斐然成章。唐代李翱的《来南录》、宋代陆游的《入蜀记》，都是文字优美的散文作品，明代大旅行家徐弘祖的《徐霞客游记》，传诵至今，被誉为“古今游记之最”、“千古不易之书”，不仅有散文、游记的文学价值，也有地质、地貌等等方面的科学价值。到了清代，作者数目日渐增长，从官吏文人直到平民百姓，爱写日记的人越来越多。光绪年间李慈铭的《越缦堂日记》，以日记形式写三十五年间的读书心得，涉及经史百家，长达六十册之多。那些日记作者当时未必都存有编史立传的宏愿，但因记录翔实，不作涂饰，有一说一，有二说二，或长或短，或详或简，多多少少留下了本朝本代有关政治、军事、经济、文化、教育、科学、技艺、典章制度、诗文辞赋以至山川风物、人物轶事等等方面的资料，上自政坛大事，宦海风波，冤狱巨案，科举秘闻，下到街谈巷议，闾里琐闻，随意写来，就如雪泥鸿爪，从细小侧面为岁月留下痕迹，自然也就客观地记下了历史宏篇的一行一句甚至一个字。唯其真实，所以具有不可替代的价值，也成了历史学家重视的资料。文人作家的日记，同样为研究者视为珍宝，比如有的鲁迅研究家，大约都将《鲁迅日记》八十万字耳熟能详、如数家珍了。

然而，在相当长的政治生活不正常、政治运动频繁的年月，日记也会遇到意外的厄运。这种纯属个人自由、个人隐私范围的文字，竟然也忽然成为一个人的“罪证”。那个年代，对一个人的审查、批判，除了他的发言、文章，甚至亲友同事间的闲谈，都可以成为材料，而日记和书信，更被认为是“最过硬”的材料。为了取得这类材料，不惜运用抄家、非法搜查等等违法手段，恨不得掘地三尺，寻找零篇片纸。个人权利被摧残殆尽，民主法制荡然无存。有些违法攫取来的日记书简，居然还可以被引用在批判文章中，堂而皇之地公开刊登在报刊上，甚至作为定案判罪的证明材料，长期为害日记作者。这就同明清以来的那些著名的“文字狱”常从日记中搜寻罪证相去不远了。

令人感到欣慰的，这类无法无天、违法乱纪的恶行终于逐渐敛迹，虽然也还有一种人热衷于从字里行间、蛛丝马迹去发现微言大义，费尽心机干告密举报的勾当，但是毕竟不得人心，为人所不齿的。日记终于恢复它在人民生活中的正常位置，越来越引起人们的兴趣，认识到它的价值，因而也越来越受到社会的尊重。逐渐风起云涌的民间报刊中就有专门的《日记报》《日记杂志》，研究古今日记的学者常有著作问世，有人还提出创立“日记学”，这都是好消息，是文化建设中实实在在的好事。在这样的气氛中，《胡世宗日记》能够出版，无疑是一件大事。尤其是它出自一位解放军军官、一位诗人之手，不是什么高官大腕，也不必请人捉刀，它的真实性是毋庸置疑的。

世宗说这几大卷日记也是他个人生命的长征史，是文字的长征。这“长征”二字，引起我同他有一段长征路上共同经历的回忆：三十年前的1975年10月，“文革”后期，邓小平同志受命于危难动乱之际，决定隆重纪念中国工农红军长征四十周年，《人民日报》虽然在江青一伙控制下，也不得不组织力量撰写有关稿件。世宗当时作为“工农兵通讯员”正在我们《人民日报》文艺部帮助工作，我们两人编成一个小组，去云南、贵州采访红军长征事迹，任务是写几篇通讯，作为一篇长通讯的一部分。

我们两人在昆明军区政治部一位参谋的陪同下，从昆明乘车去禄劝县，由当地人武部一位彝族同志杨科长领路，沿着当年工农红军主力部队行军路线，直奔金沙江皎平渡口。一路翻山越岭，经村过寨，杨科长为我们打前站，向我们介绍地方风俗，在惊心动魄的金沙江涛声中爬上渡口木楼，访问三位摆渡的大爹，听他们讲讲四十年前撑船送红军渡江的故事，还过江到对岸岩洞（据说是当年红军渡江临时指挥部）瞻仰一下，又沿山路往回返。两天后赶回昆明，转赴贵阳，经乌江去遵义，过娄山关到四渡赤水的旧战场。半个月中，我们两人一路感受老一辈革命战士的艰辛征战，也得到丰富的滋养。这半个月，是我平生两次最难忘的经历之一，另一次是四上井冈山。然而至今我除了禄劝县和杨科长及渡口三位大爹以外，其余村寨和遇到的乡镇干部的名字一概都忘记了。非常难得的是世宗竟然将这半个月的行程都详详细细地记在日记里，地名、人名都清清楚楚。有两夜我记得睡在村寨屋顶上，无月无星，无灯无火，想必是第二天他追记下的。诗人并非一切都浪漫，还是个用心很细、用笔很勤的人。细读世宗复印给我的那半个月的日记，情景依然，仿佛又回到三十年前那一段心情激动、忘却当时一切烦恼困惑的日子。即使仅仅为了这一点，我对世宗和他的日记也充满了感激之情。

这部日记，是世宗从学校到军旅到文坛的生命长征史、心灵长征史，充实而多彩。世宗才过花甲，还有长长的人生旅程等着他去走。如果说长征，那等于刚过了金沙江皎平渡，前面虽然未必会有雪山草地，但是还远未到达直罗镇。自然，也还有几大卷丰富多样的日记等着他继续写下去。我衷心盼望他、期待他接着往下写，虽然到下一部出版时，我大概读不到了，但是很多很多后来人肯定能读到，历史肯定能读到的。

《胡世宗日记》（八卷）

春风文艺出版社 2006 年 8 月第 1 版

定价 390.00 元

杨静远

《让庐日记》篇头语

前两年，我把三十多年前自己的一份隐私（情书）交给了社会。现在，我又倾箱倒箧，将一份更早也更具隐私性的文字——日记——交了出来。情书是一个人为另一个人写的，日记则是一个人只为自己写的，是灵魂深处的独白。那么，一向拘谨的我，到了这把年纪，为什么心血来潮，要把这些最最不可示人的绝密隐私公之于众？

我想是因为，世纪末涌上心头的那股飘忽的令人惆怅又令人激越的乡愁。一个身心归属于20世纪的人，在与自己的世纪告别时，不免离情依依，向它投去最后一瞥，默默递上一份小小纪念品，一札刻着自己与世纪同行脚印的纸片。

一位文学朋友曾对我说，在现今浩如烟海的出版物中，记录着百年来中国知识阶层生存状态的作品，以20世纪40年代的为最缺。这给了我交出这些日记的决心和勇气。我的日记所记的正是这个时期这个阶层的事，因而可能具有一定的历史价值，它或许能为一首无比辉煌的世纪交响乐添加几个音符。我相信，从沧海一粟的个人那微不足道的心跳，可以触摸到空前宏伟的大时代的强劲脉搏，透过那株苍劲繁茂的历史大树的一片叶子，可以追寻它扑朔迷离、变幻莫测的光和影。因为这是20世纪无比悲壮的史诗的一个片断——第二次世界大战中国战区的一角发生的普通人的戏剧。

时间：1941 ~ 1945年。

地点：四川乐山武汉大学。

人物：构成一所大学主体的师生员工，以及环绕在他们周边的各色人物。

剧情：在全民抗战的大背景下，在一所偏安大后方的最高学府里，一群高级知识分子纷纭杂沓的生存状态和心理情势。而戏剧的主人公，一个女大学生，用一颗热切敏感的心，逐日捕捉和记录下这一切动态。

登上舞台的教师队伍中，有许多全国知名的鸿儒，如文学院的朱光潜、缪朗山（灵珠）、袁昌英、苏雪林、凌叔华、陈西滢、方重、罗念生、朱君允、孙家琇、刘永济、杨人楩、杨东莼、叶麐，法学院的刘秉麟、杨端六、戴铭巽、彭迪先、刘廼诚，理学院的张镜澄、萧君绛、吴大任、石声汉、高尚荫，工学院的邵逸周、郭霖、张宝龄、白郁筠、余炽昌，两任校长王星拱、周鲠生……有的只露一面，有的则有相当充分的表演。在日益加剧的物质和精神压力之下（几年中因贫病交加而英年早逝者至少有七人），一些人恪尽职守，教书育人，不少人迫于生计自谋活路，也有少数人把尊严廉耻抛在脑后，不择手段地只顾捞钱。林林总总，构成一幅 20 世纪 40 年代的儒林外史图。

在乐山舞台上亮相的，还有校外的各界社会人士、文化名人和军政显要，如李约瑟、黄炎培、冼群、冯玉祥、杭立武、白崇禧。而乐山舞台以外的人物则更多，如孟志荪、罗斯福、王世杰、胡适、郭沫若、成舍我、孔祥熙、汤恩伯等。以读后感的形式述及的中外作家则有斯诺、鲁迅、赵超构、臧克家、郑敏、徐讦、张爱玲等。至于在读书笔记中出现的外国作家和作品人物，更是不胜枚举。这是一出历时四载、人物众多的热闹大戏。对各色人物进行观察、描绘、分析、评说，是一个渴望了解人生的年轻女孩至感兴趣的题材。

舞台上最活跃的当属一群青年学子，一群在战时艰苦条件下保持蓬勃朝气的少男少女。五色缤纷的女生宿舍，住房与伙食，多数学生赖以生存的唯一经济来源——二斗三升米的政府贷金，因营养不良导致的惨痛早殇，异乡孤魂的最后归宿“第八宿舍”——学生公墓。各种思潮倾向的交汇冲撞：认真求学以图报国的热血青年；只顾啃书不问其他的夫子；胸无大志混文凭者；追求真理传阅进步书刊的“左”倾同学；通过娱乐社交发展信徒的基督教外围组织“团契”；不带政治色彩的各种文化与社交活动：剧团、歌咏队、校友会、同乡会、迎新送旧、郊游、学术讲座、茶馆文化、小吃、集体游戏……与一切时代的大学生无异，生活中占很大比重的是还处在半开放半封闭状态的男女社交，狂热的或羞怯的求爱信，避人耳目的人约黄昏，导致精神失常的无望的单思，两心相许终成眷属的美满姻缘，锥心刻骨的失恋，惨痛的失足和被弃——形形色色的婚恋观和求偶实践，构成一座 20 世纪中期的大观园。

八年中，这座川西小城唯一的最高学府，给闭塞的地方带来商业的繁荣和文化的气息。被小城养活了的两千名读书人，与当地居民有着千丝万缕的接触维系，在某种程度上融入了当地的生活：与地方士绅、政商学界的礼尚往来；在本地中学和企业单位兼课兼职；当地的民情风俗，外国基督教会和传教士，圣诞节的音乐崇拜，复活节的洋童表演，令人垂涎的川式饮食文化，还有那美不胜收的风景名胜，随处可见的水墨山水画一般的风景，令人想起沈从文的《边城》——种种人文的和自然的景观，点点滴滴收入日记，构成一幅幅五色斑斓的浮世绘。

尽管远离大城市文化中心，武大却也不乏多彩的文化生活。除本校的活动，不时也有外来的学者名流、文艺家、演出团体光临。战时大后方一个突出的文化现象是话剧的蓬勃兴旺，乐山也不例外。校内一些学生剧团不断演出中外名剧《雷雨》《日出》《原野》《北京人》《风雪夜归人》《茶花女》《莎乐美》等，一度的盛事是1943年春进步剧团中华剧艺社来乐公演，武大师生得以饱赏高水平的话剧艺术，如《孔雀胆》《天国春秋》《清宫外史》《胜利号》等等。与话剧并驾齐驱的是音乐，特别是合唱。那时，各大学和名牌中学都有自己的合唱团，例如我曾就读的重庆南开中学合唱团，在李抱忱先生的指挥下，在山城享有盛名。经过音乐艺术熏陶的各路中学生汇集到武大，自然结合为水平不菲的合唱组织，演唱有相当难度的抗战歌曲（黄自、冼星海、贺绿汀）和中外艺术歌曲。而流行于陪都舞厅酒楼的低俗靡靡之音，在校园内无立足之地。每当外地的名家（蔡绍序、郎毓秀、刘雅琴、张舍之等）来开演唱演奏会时，就是乐迷们最盛大的喜庆日。美术方面，举办过关山月、赵少昂、黎雄才等名画家的画展。校内则有凌叔华开过花鸟画展。在学生壁报上崭露头角的有漫画家方成。而在国内和法国专门学习过绘画的苏雪林，只躲在阁楼上偷绘她的黄山风光，借以陶冶情性，从不示人。由于对各门艺术的特殊爱好，这类活动在我的日记中有特别翔实的记叙，构成了阴霾的战时天空中一抹绚丽的云霓和亮色。

处于舞台中心的，自然是日记的作者我自己。由于父母长期在武大任教，我的地位不同于一般同学，武大不仅是我的学校，也是我自幼的家园。父亲杨端六任教经济系，做过法学院院长、教务长。母亲袁昌英任教外文系，是“五四”以来的著名女作家。四年中，我两年住校，两年住家，我对武大的观察，来自学校和来自家庭的两种角度。有三年，我家住城西陕西街尽头一处名叫“让庐”的宅子，与苏雪林、凌叔华紧邻。这三位被誉为“珞珈三杰”的女作家的生活、事业和友谊，在我的日记中占有相当的份额，我写过一篇记述她们的回忆文。“让庐”，浓缩着我从少女到青年的成长过程。这就是我把“让庐”作为我的日记的题名原因所在。

记述最详尽的是我的家庭生活，亲情、天伦之乐，因性格的差异和经济困难造成的摩擦、矛盾、冲突、烦恼。这幕家庭剧的核心，是母亲。母亲之于我，远远超越一般的母女关系。她不仅是至爱至亲者，还是谆谆善诱的师长，人生道路的启蒙者，是我心仪文学的领路人。从她那里，我继承了文艺的基因。她把我当作文学幼苗悉心培养，助我编织起绚烂的写作梦。在她的鼓励下以及通过对中外名著的阅读，在我心中燃起了狂热的创作欲望。我一篇接一篇地试写小说，但获得发表的只有一篇中篇小说。正当我似乎满怀希望要扬帆在文学航道上时，时代思潮的转型阻扼了我的航向，打破了我的作家梦。因为使母亲获得成功的那个时代已成为过去，她的那条老路，我已不可能再走，而新路又如雾中的远景一般渺茫。但四年中我把日记当作积累素材和练笔的场所，却也不枉然。它使我养成了观察和思考的习惯。在后来的几十年，命运虽使我离开了文学，却没离开文字工作。

日记的叙述是双向的，既有形而下的具象描绘，又有形而上的思想务虚。往往是一段实事，跟随着一段感想评说。一个二十来岁的女孩，思想认识谈不上成熟，却也不落陈规俗套，不时冒出新意。虽芜杂，但有一个主题始终不变——真诚强烈的爱国情怀。这是与抗日战争的大环境分不开的。

出生在1949年以后的人，处在五十年拒敌于国门之外的环境，和平已像每日吸入的空气一样习以为常而平淡无奇，可能难以体会到战乱给人们造成的精神压力和痛苦。那年头，尽管偏安大后方一隅，还能照常读书过日子，但天空也无日不布满战云。除了随时有可能在日寇炸弹下家毁人亡，且不知哪天沦为铁蹄下的亡国奴，这不是危言耸听。翻到1944年秋的日记，当世界大战的胜败已成定局，和平的曙光已出现在天际时，日寇却大举进犯西南各省直逼四川。我们一家人惶惶无主密商逃生之计的情景，至今历历在目。切肤之痛，使我深感缺少一个强大祖国、强大人民军队的庇护，何谈黎民百姓的安全福祉，缺少国家民族的安定，何来个人的前途和希望。我的根深蒂固的国家民族观念，除了得自于父母师长的教诲，就是在这种现实环境中扎下根来的。它不是抽象的、理论的、概念的、灌输的，而是像饿了要吃饭的本能一样实实在在不言自明的。日记中，我密切关注着时局，与个人生活穿插交错的是国内外战事的动向，有如一篇微型的战争风云录。青年时代深入心田的这种体验，使我懂得这五十年拒敌于国门之外的和平局面的弥足珍贵，尽管会有人讪笑这不过是毫无深意的老生常谈。是的，是老生常谈，但它是真理。

与忧国情怀并行的是忧民意识。战争缩短了我家与一般百姓生活上的距离，在思想感情上贴近了平民大众。从阅读文学获得的精神富足与幸福感，使我愈发同情那些被剥夺了文化雨露滋润的下层民众。我写过一篇以民众教育为题的小说《静水》，并倡议在女生宿舍办民众夜校。忧国忧民的双重情怀，使我对文学的理念，由初时的以写作自娱转向严肃的社会使命感。同时，随着社会进步思潮的大形势，我又逐渐抛开远离政治的清高思想，转而接触并接近进步思想，萌生了想要了解中国共产党和中国革命的愿望。日记在描绘一个知识青年个人的思想转型时，也多少展现了那个风云际会的大时代的社会动态和历史景观。

恰如我看重事业和责任，我也执著于个人幸福和爱情的追求。浸透心灵的文学，使我的情爱观具有浓厚的浪漫色彩。我不齿于世俗的择偶“条件论”，只求一个灵犀相通的知音。几次试探失望之后，在即将离校前，却不期遭遇到梦寐以求的爱情体验。那如火如荼的初恋，也是最后的唯一的终生之恋。日记中那些颇似浪漫言情小说的记述，并无丝毫虚夸和矫饰，都是实实在在的真情流露。尽管那只不过是人类千百年来不断重复的爱情故事的一次小小的演示，但从社会历史的角度看，却也可以说明在一个人心相对纯朴的时代，青年人对待爱情的真诚执著。

日记的最后一篇，标明日期是 1945 年 8 月 10 日。历史在这里为腥风血雨的八年抗战画上了句号，也标志着我四年大学生涯的结束。接下来，我的生命旅程跨入了就业、留学、迎接解放的新篇章。取代了日记的，是历时三载的两地情书，1999 年以《写给恋人——1945 ~ 1948》为题出版，那是我的大学日记的续篇。

全部原始日记约计五十多万字，为避免过于冗长芜杂，我删去了大量篇幅，压缩为二十五万字左右，尽管不得不为此舍弃我以为并非全无史料价值的内容。

删节工作总共动了四次艰苦的大手术，历时三载。这期间，我的老伴严国柱协助我做了大量认真的权衡轻重去留的考虑和决断。在我几度丧失信心和勇气而欲罢手时，是他给我打气，以他的化名“顾耕”（只顾耕耘，不问收获）中包藏的做人态度，鼓舞我坚持下去，因此，我感到有必要在这里一提。

为了关心和支持我出版这本日记，许多朋友和同志曾热情地给以精神鼓励和实际帮助，有的竭尽所能，不遗余力地为我联系出版单位。对沈昌文、戴文葆、李辉、邓九平、张昌华、沈晖、林言椒、傅光明、陈小滢、陈应年、常绍民、董秀玉、孙晓林、孙法理、皮公亮、杨弘远及其他朋友和同志，我铭感在心并致以由衷的谢忱。

我要感谢母校武汉大学和武大校友会的鼎力相助，特别要感谢武汉大学出版社的负责同志，是他们的慷慨采纳，圆了我出版日记的梦。感谢负责编校此稿的王雅红、陶洪蕴等同志，她们认真细致的审编工作，改正了原稿中许多差错，提高了书稿质量。

《让庐日记》
杨静远著
武汉大学出版社 2003 年 11 月第 1 版
定价 19.00 元

《董浩云日记》序

郑会欣

世界船王董浩云的传奇一生

董浩云（C.Y.Tung，1912 ~ 1982）是20世纪中国走向现代远洋航运事业的先驱，他的奋斗与成功正是中国现代航运史发展的缩影和写照，自上个世纪50年代起，他的事业遍及世界各地，被誉为世界船王。

董浩云原名兆荣，原籍浙江定海，1912年9月28日（农历壬子年八月十八日）生于上海闸北。父亲董瑞昌在上海经营五金店，年仅五十一岁即因病去世。董浩云在兄妹五人中排行第三，因家境生活不甚宽裕，加上他年幼时体弱多病，所以年轻时未能接受良好的高等教育。1928年11月，经大哥兆丰介绍，年仅十六岁的董浩云便进入社会，于日资开设在上海的“国际运输株式会社”任练习生，半年后又考入金城银行属下之通成公司所开办的航业训练班，从此他的一生就与航运事业结下不解之缘。

30年代初，中国尚未废除不平等条约，西方列强依仗“内河航行权”几乎垄断了中国的沿海货运和内河航运，不要说远洋航运，就连行驶在沿江沿海上的船只上也大多飘扬着列强的国旗。1931年底，董浩云又奉调前往天津金城银行属下的天津航业公司任职，此时日军发动“九一八”事变后已侵占了整个东北，并继续向华北蚕食，种种残酷的现实对于刚刚踏入社会并有志献身于航运事业的董浩云来说无疑是刻骨铭心的。

董浩云就任新职后很快便崭露头角：他经数月交涉，终于将英国领事馆租借地收回，并将天津航业公司迁入英租界；他与天津航业公司的同事经过一番艰苦奋斗，终于冲破英国航商的阻挠，取得原为外商垄断的华北咽喉要道经营权，并向铁道部备案，倡导国家采购材料应以自船自货自运为原则，从而奠定了日后中国发展远洋航运的基础；1936年2月，天津大沽口因严寒导致数十艘中外船只被冰雪封冻在渤海湾，董浩云曾亲自参加营救活动，并担任指挥工作。短短的几年磨练充分显示出董浩云的聪明才干，不久他便脱颖而出，相继担任天津市轮船同业公会常务理事、副会长，此时他还只不过是一个二十多岁的年轻人。

1936年5月，交通部为了制订航业政策、促成国内航业合作及组织专门性的航业金融机构，先后召开“航业促进会议”、“整理民营航业会议”，邀请航业界同人参加，董浩云作为航运界的后起之秀也出席了相关会议。会后他有感于整理国内航运事业迫在眉睫，于是在征询了同业各方意见之后，草拟了一份洋洋万言的《整理全国航业方案》呈请交通部实施。该方案的主旨是以金融力量促成航业界的合作，以保息制度控制业务自由，并组织一个专门性的金融机构予以协助。董浩云主张将各民营轮船公司合并（股本以其船舶折价计算），成立一个大型的专业公司，同时将船舶统一调配，加强经营定期航线，并办理有效的信贷制度。在当时国家丧失主权、日本帝国主义正加紧入侵中国、民营航业岌岌可危的情形之下，董浩云提出的这一主张具有深远的眼光，实在是难能可贵。

按照董浩云的设想，该公司额定资本五百万元，官商各半，但却遭到当时交通部代部长俞飞鹏的婉拒。国家不予支持并没有让董浩云打消念头，相反他更加积极地策划成立步骤，然而不久日本便开始了全面侵华战争，使他的计划又遭到挫折。直到1939年8月，董浩云终于克服种种困难，委托新华银行代收股本，新公司于1940年宣告成立，并于1941年3月向香港政府注册。新成立公司名为“中国航运信托公司”（Chinese Maritime Trust，1941，Ltd.），注册资本二十五万元国币，利用上海租界为掩护，以代理经营多艘英国及巴拿马籍船只行驶中国沿海及远东各口岸，其中悬挂巴拿马国旗的“雷梦娜”（S. S. Ramona）轮于1940年以全部国人驾驶横渡太平洋，是为中国现代航运史上之伟大创举。1941年12月7日，太平洋战争爆发，日军攻占上海租界并进攻香港，中国航运信托公司及其所经营的船只视为敌产被日军接管，公司不得不宣告停业。

1945年8月15日，日本宣布无条件投降，中国人民终于取得抗日战争的胜利。8月底，董浩云由重庆飞往上海，一方面协助政府，奔走于英、美盟国之间，从美国战时船舶管理局租得自由轮，解决海上运输问题；同时也积极办理中国航运信托公司的复业事宜。但因原公司在香港注册，财政部考虑到于战后新设金融机关的限制而不予批准。董浩云应当时航运业的需要，于1946年8月成立专营轮船业务的“中国航运有限公司”（取消原1941字样），总公司设于上海，并陆续置有“慈航”、“慈云”、“天龙”、“天平”、“天行”、“滦州”、“昌黎”、“唐山”

等轮。1947 年 8 月，中国航运公司旗下“天龙”轮由上海经新加坡、亚丁过地中海抵达法国的大西洋口岸勒阿弗尔，再横渡大西洋驶往美国诺福克；1948 年 2 月，“中航”属下的另一艘巨轮“通平”号又自上海出发横渡太平洋前往美国西海岸旧金山，揭开了中国现代远洋事业历史的新页。

抗战初期，国民政府为坚持抗战，下令征调船只运输军用物资，同时在长江中下游沉船封锁要隘，以堵截日军的进攻，因而民营轮船公司蒙受了巨大损失。战时一部分轮船公司随同政府迁往重庆，并成立上海市轮船业同业公会，一些未曾西迁的公司则委托当时在重庆的董浩云作为代表，向政府商讨赔偿方案以及战后向日本索偿等事宜。抗战胜利后，各船商即在此基础上成立“民营船舶战时损失要求赔偿委员会”，向政府有关部门要求赔偿战时所受损失。最后经政府同意，由十多家民营轮船公司以赔偿权为资本，联同部分私人资本，成立“复兴航业公司”（China Union Lines），董浩云出任副总经理，并代表公司前往美国接收美国售船法案项下的船只，计胜利轮三艘（“京胜”、“沪胜”与“渝胜”）、CIMAVI 型船八艘，共七万余吨。

正当董浩云的事业起步之时，国共内战风云密布，最终政权易手。1948 年 12 月，董浩云举家迁往香港，随后“中国航运公司”和“复兴航业公司”也相继迁往台湾。在这新的形势之下，董浩云遂以香港为基地，开始实现他步向世界、发展全球航运的理想。

董浩云在战后短短的二十多年时间内，由一个名不见经传的小船主变为赫赫有名的世界船王，除了工作勤奋、生活俭朴，魄力过人等一般企业家所具有的共同经验外，还与他交游广阔、随时根据国际形势的发展而调整部署息息相关，特别是他具备洞烛先机的敏锐眼光，善于捕捉商机更是他取得成功的重要原因。

50 年代初期，随着朝鲜战争爆发，日本、香港等地的经济也开始长足发展，出入口贸易的急速增长带动了航运业的繁荣，董浩云决定以香港为基地，充分利用香港的金融活力以及工资低廉等优势，积极开拓海外市场，在短短的几年内便在航运界站稳脚跟并有所发展；1956 年 10 月，埃及宣布将苏伊士运河收归国有，引发了第二次中东战争，导致世界经济对航运业的需求大增，董浩云也立即抓住这个机会大展拳脚，旗下船队规模不断扩大；以后无论是 60 年代的越南战争，还是 70 年代的全球石油危机，董浩云都能凭借他敏锐的洞察力，迅速抓住商机，通过租船、买船乃至于造船等各种方式，不断开辟新的航线，争取货单，培训船员；他勇于开拓，采用新的科学技术，在世界上率先采用“半潜式”原理设计的船体，可以减少阻力、增加航速，同时他还注意实行科学的管理方法，降低经营成本，提高营业效率。特别是他与时俱进，紧跟世界潮流，自 1956 年开始造船以来，根据国际市场的需求，不断兴建超级油轮；60 年代末期，正当货柜运输刚刚兴起之际，董浩云即敏锐地觉察到这是航运业划时代的一个巨大转变，他果断地以先声夺人的姿态，将旗下的干货轮改装为全货柜船，从而与国际航运业先进国家并驾齐驱，奠定了董氏集团全球货柜化运输业的深厚基础。董氏集团旗下的船只种类齐全，其中包括油轮、客货轮、散装货轮、集装箱轮、汽车运输轮、石油钻探船、液化气运输船、豪华邮轮等等，应有尽有，最高峰时数目达到一百五十多艘，总吨位超过一千一百万吨。1970 年 8 月号美国出版的 Forbes 以“世界船业大王”为专题，排列了当时世界上航运业的著名人物，董浩云名列第一，他因而名副其实地成为享誉全球的世界船王。

1982 年 4 月 15 日凌晨，董浩云因心脏病发作送医院抢救无效逝世。这一天离他七十岁生日还差一百六十六天。

《董浩云日记》的出版由来

董浩云逝世至今已二十多年了，但世人并没有忘记他。在这二十多年间，世界、中国、香港地区都发生了巨大的变化：随着苏联解体与东欧变化，第二次世界大战后形成的冷战格局已不复存在，世界似乎变得越来越小，全球化的声浪则越来越响；中国自实行改革开放的国策以来，经济持续大踏步地前进，进入新世纪以来，中国的经济发展更是一花独秀，已成为世界上不容忽视的重要力量；香港在中英谈判之后经历了漫长的后过渡期，终于在 1997 年 7 月 1 日回归祖国，而担任中华人民共和国香港特别行政区第一届行政长官（2002 年他又在没有竞争对手的情况下续任第二届行政长官）的人正是董浩云的长子董建华。

二十年来，尤其是董建华就任香港特别行政区行政长官的前后，有关介绍董浩云生平的文字不胜枚举，然而这些文章的作者大都只是翻阅了几份当时的报章，抄录些有关香港发展的历史，再加些自己的想象即信手写来，对于董浩云的身世、他的创业经过根本就没有进行细致的调查和研究，也没有走访董氏的家属和亲友，因此他们笔下描绘的董浩云并非真实的董浩云，而能真正反映出董浩云内心世界的资料更是无人问津。

董浩云自年轻时即有记日记的习惯，多年来不论工作多么繁重，他都能忙中偷闲、坚持不辍。诚如他在日记中所说，记日记就在于“写我的希望，还是说我要说的，写我愿做的”，按理说这才是了解董浩云事业发展、洞悉他内心世界的最佳资料。董氏家族向来低调，有关日记的事情从未向外披露，更不要提出版的事了。但是董浩云的长女金董建平（Alice King）女士一直有一个心愿，就是完成先父的遗愿，将一个真实的董浩云呈现在世人面前。多年来她一直收集有关资料，撰写文章，走访父亲生前的友好及同事，并曾出版纪念画册《董浩云：理想与成就》。经过友人和学者的建议，她有意将她父亲的日记交由香港中文大学出版社出版，这一计划迅速得到大学和出版社的赞同，出版社社长陆国燊博士并向她建议由一位学者负责该日记的编辑和校勘工作，于是陆博士和中国文化研究所所长陈方正博士就推荐我担任这一工作——但我事先毫不知情。

记得是2001年1月中旬的一个下午，我意外地接到一位女士的电话，她的普通话中带有上海口音：

“您是郑博士吗？我是Alice King。”

Alice King？我的印象中没有任何记忆，我疑惑地问道：

“我是郑会欣，您是不是找错人了？”

“不，我就是找您，我中文名叫董建平，我的父亲是董浩云。”

噢，原来是船王的女儿，董浩云的名字如雷贯耳，我当然知道，但是找我干什么呢？

于是董建平简要地讲述了出版她父亲日记的计划，并询问我的看法。作为一个关注收集史料的历史学者，我坦率地说明了我的意见：

“日记对于历史研究来说是非常重要的第一手资料，它记载了作者对自己周边及其生活的切身感受，深刻地反映了作者所从事事业的历程及其思想的变化与起伏，这是其他史料所不能取代的，不要说是您父亲，就是普通老百姓的记载也有它的重要价值。我虽然没有看过您父亲的日记，但如您所说保存有您父亲三十多年的日记，那价值就更珍贵了。”

几天以后，我应邀到中环太子大厦董建平开设的艺倡画廊与她见面，尽管只是粗略地翻阅了董浩云的部分日记，但已深深体会到其中的重要价值，于是更坚定了我的看法，支持日记的公开出版。

但是董建平却有她的顾虑，因为日记完全是个人生活的感受，又常常涉及个人和家属亲友的私事，如果将其公开，是否有违先父的意愿？她的这番考虑是可以理解的，我对她说：“日记本是自己写给自己看的，或是留给后人作纪念的，作为子女，董先生是你们的父亲；但对于香港地区、中国和世界上的人来说，董先生是中国航运业的先驱，又是享誉全球的船王，从这个意义上来说，他的经历与事业又不是单单属于个人或家族，他的日记正是他一生奋斗的记录，应该将其出版，公之于众，让世人了解中国现代航运业发展的艰难历程，也能从中学习他不屈不挠的奋发向上精神。”

董建平女士最终接受了上述建议，并说服了家庭的其他成员，决定将她父亲的日记交香港中文大学出版社出版。2001 年 3 月，经董建平女士的委托，中文大学出版社正式聘请我担任日记的编辑校勘工作。

《董浩云日记》的内容

正如前文所说，董浩云自年轻时起就有写日记的习惯（在他的日记中也常常提到这一点），但因时局动荡，战乱频仍，他的早年日记已失散而不知去向，现存董浩云先生的日记起自 1948 年 3 月他第一次远赴美国接收船只，直至 1982 年 4 月 13 日他逝世的前两天止（其中缺 1964 年全年日记），时间跨度长达三十四年，总字数约一百万字。这一段时间正是董浩云的事业从小到大、从中国走向世界的辉煌阶段，他的日记更是如实地记录了董氏集团航运事业如日中天的发展历程，反映出他热爱祖国、支持统一的赤子之心，同时也披露了董浩云鲜为人知的内心世界。阅读这本日记，读者至少可以从以下几个方面得到启发：

一、航业发展，与时俱进

董浩云作为世界著名的七大船王之一，他的一生是与中国远洋航运事业分不开的，所以他的日记反映最多的当然是他和他的航运事业。为了开拓和扩大他的航运事业，他的足迹遍及世界六大洲三大洋，一年倒有大半年的时间是在外地度过的。我曾从他的日记中随意抽出一年进行统计，由此即可看出他平时的工作和生活。1974 年全年董浩云仅搭乘飞机（乘轮船、火车不计）共 96 次，平均不到四天即飞一次，行程所至五大洲近三十个城市，而此时董浩云已是年逾花甲的老人了！

董浩云将远洋航运视为终生追求的事业，自 1952 年起，他就斥资相继在东京和香港创办《航运》杂志，三十多年来从未间断。《航运》杂志刊载了大量航运业的专业知识以及其他重要信息，并陆续翻译了许多重要的海事法规，对于推动中国远洋事业的前进发挥了无可替代的作用。他不止一次地表示要发展中国的远洋航运，“愿为国人航运史开一纪元”（1967年1月1日）。这从他50年代初期开始在全世界各地设立分支机构，到70年代公司在香港上市；从他早期租船购船，到后来自己筹款建造各类船只乃至于建造世界上最大吨位的油轮；从他的事业起初仅单纯限于航运业，到后来发展为以航业为中心，包括地产、金融等各种行业的跨国企业；从他早年四处争揽船运、开辟航线，到后来加入世界航运组织并进而收购国际上著名的老牌航业公司，这些内容在他的日记中都有真实而生动的记载。

日记还更多地反映出董浩云与时俱进、洞烛先机的敏锐眼光。他关注国内外局势的变化，善于捕捉稍纵即逝的商机，及时调整经营方向，从而在一个不太长的时间内他的船队不仅在数量上大幅上升，而且在船只的种类上更是门类齐全。1956年11月，董氏集团在法国建造的第一艘散装货轮“东方之星”建成下水，这也是中国人在欧洲建造的吨位最大的一艘货轮；1959年8月，载重量七万余吨的超级油轮“东亚巨人”在日本建成，这是当时世界上最大的油轮之一，该轮下水之际，董浩云感慨万分，他在日记中写道：“费时二十个月，心血用尽。眼见她诞生，为世界航业史添上一页，为中国人争了多少光荣，眼看这巨人乘风破浪，能不喜极下泪！”董浩云目光敏锐，紧跟世界潮流，如当时世界上刚刚兴起货柜运输时，他即认为这是未来的发展方向，主动寻找造船厂商谈建造四艘货柜船，速率达二十二点五英里，每艘装七百五十只货柜，价值三千万美金，其目的就是“准备迎接大时代，建立货柜船队”（1969年5月13日）；而且他还勇于创新，不断采用新的科学技术，早在1965年他就在新建的“东方皇后”号客轮首次采用卞保琦博士设计的“半潜型船体”，从而大大地增加了航速；1969年他又首次在“维动”超级油轮上使用MST14透平机，更新设备，降低燃料消耗；他更先声夺人，部署并实现建造超级大油轮的计划，建造出五十六万吨的世界最大的超级油轮“海上巨人”号，终于成为举世闻名的船王。董浩云日记所反映的内容不仅是董氏集团本身业务发展的真实写照，同时也是中国现代远洋航运成长的一个缩影。

二、强烈的中国情结

董浩云于1949年离开上海移居香港，以后的三十多年间他的足迹遍布亚洲、欧洲、北美洲、南美洲、非洲、澳洲世界各大洲，其间虽然他从未踏足祖国大陆，但他的内心中却蕴涵着一种难以忘怀的中国情结。他是一个性情中人，非常念旧，在日记中他经常提及往事与故交，听友人“谈大陆事，为之神往”（1962年12月1日），对祖国的变化“心向往之久矣”（1972年7月16日），并从心底里发出感叹：“几时得重睹大陆新貌？”（1972年8月21日）他非常留意有关大陆的消息，对于台海两岸的局势十分关心，并有一种独到的见解。譬如1950年6月25日朝鲜战争爆发的当日他就在日记中敏锐地指出：“岂远东又作世界大战之导火线耶！”1958年8月正当台海危机愈演愈烈之际，董浩云亦为此忧心忡忡，他在日记中写道：“金门吃紧，远东局势与中国前途、东西双方之决斗与人类前途，均为之系念不已。”1962年10月中印边境发生战争，他即在日记（10月31日）明确写道：“英国态度不对，印度尤其不对，遗袭英人旧例，横占吾人土地，尚欲寻事，诚令人愤慨也。”当他看过以义和团和八国联军为背景的美国好莱坞电影《北京五十五天》之后，对于西方人丑化中国人的手法极为不满，他以为“故事之人物，插曲亦系曲解，对中国人言，并不好！”（1963年6月15日）当他1969年11月19日在台北参加“中日合作策进会”时听到日本前首相岸信介演讲中屡次提及日本已经成为世界经济大国，地位日益重要，并要求将冲绳归还日本时，董浩云即察觉到他的发言“咄咄逼人”，并关切地表示，“今后中日两国如何演变，殊为吾人课题。吾人不能不对中华民族子孙有交待”。

70年代初期，以中美关系解冻为标志，国际局势发生了巨大变化。董浩云以其敏锐的目光，立刻察觉出其中蕴藏着的深远意义，并随之作出反应。当尼克松总统和周恩来总理在北京机场握手时，他即在日记中写道：“这是历史性大事，影响中美两国人民大事，对海外华侨与航运贸易更具影响力”（1972年2月21日）为了促进海峡两岸的统一，董浩云还热心地为国共合谈搭桥铺路，甚至他还提出成立一个联邦，从而解决国家长期分裂的局面。他的这种渴望统一、心系中华的情感在日记中经常可以见到。

三、支持教育，热爱艺术

由于董浩云年轻时体弱多病，加上家境亦不甚宽裕，因此未能接受高等教育，年仅十六岁便投入社会，他所精通的中英文语言以及有关航运方面的专业知识都是日后刻苦自学而达到的。在长期的工作实践中，他深深地体会到知识的重要，在他的关心下，他的五名子女都接受良好的教育，先后毕业于英国和美国的名校。更难能可贵的是，他还关心整个社会的教育，其中最著名的事例就是他创办海上学府的举动。他准备动用巨资购买世界上著名的邮轮“伊利莎伯”号创办海上大学，资助清贫学生，聘请著名教授在船上授课，让学生们在船上环绕地球一周，边学习，边考察，游览世界各地，增添实践经验。他曾说：“举办海上大学是我夙愿，望实现之。”（1969年5月27日）不久他竟真的实现了这一目标，购得了这艘邮轮，照他的说法是此举“轰动全世界，浩云又做了一件大事”；“我希望我能将‘海上学府’办成，于愿足矣”（1970年9月9日、10日）。然而正当该轮在香港海面上进行装修时，一场大火将其焚毁，董浩云闻讯“欲哭无泪”，他在日记中伤心地说：“吾之教育计划因而受挫，世界失此人类唯一巨轮，损失实无可弥补，为之痛心疾首。”（1972年1月10日）不过董浩云并没有气馁，不久他又购买了另一艘较小的船只用来实现他的理想，并希望通过它而“成为东西桥梁，亦即两个中国合一之嗃〔嚆〕矢欤，是则馨香以待”（1972 年 12 月 14 日）。

除了关心和支持教育，董浩云对艺术也是充满着追求和向往，30 年代他在上海时就曾积极参加进步的文艺团体“蚁社”的活动，出资出力，演出话剧。50 年代以后虽然他的事业日益发展，工作十分繁重，但是他却从未放弃对艺术的热爱。他曾计划投资拍摄电影，甚至自己还动手撰写剧本，他主持制作的电影《超级油轮的传说》连续获国际大奖；至于他赞助和支持音乐家、艺术家演出和展览的事就更是数不胜数，所有这些在日记中都有所反映。

四、董浩云与各界的交往

董浩云是一个性情中人，具有极丰富的情感，他念旧，亦好客，每次当新船下水之际，他都会举办盛大的庆典仪式，邀请各界政要和亲朋好友前来祝贺。50 年代中，他从英籍航海世家摩勒（Moller）手中购得位于香港深水湾的一处别墅，并将其改建成一所带有浓郁中国园林特色的建筑物，命名为“香岛小筑”（Island Club）。自此他便经常在这里设宴，款待来自世界各地的政要大亨和至友亲朋。他的朋友可谓遍天下，包括各国政府首脑、银行大亨、企业巨擘，其中有许多人更是中国近代历史上的著名人物，譬如政界前辈宋子文、张群、陈立夫、张君劢等，金融界元老张嘉璈、陈光甫、李铭、贝淞荪、宋子安等，外交界耆宿顾维钧、魏道明、董显光等，至于教育界、科学界、艺术界的名人就更多了，如赵元任、杨步伟伉俪，陈源、凌叔华伉俪，袁家骝、吴健雄伉俪，张嘉铸、张肖梅伉俪以及顾毓琇、何廉、贝聿铭、周榆瑞、姚克、李卓敏、马思聪等，艺术大师张大千、溥儒、赵无极、王季迁等都是他的好友，年轻一代的演员和音乐家则包括傅聪、邓昌国、费曼尔、李丽华、李翰祥、卢燕、郭美贞、藤田梓、江青、周文珊、萧芳芳等人与他也都有密切的联系，而且董浩云还经常出资对他们的艺术活动予以支持。

董浩云虽然是一个企业家，但在熟悉他的人眼中看来，他知识渊博，温文儒雅，更像是一位艺术家和一位学者。董浩云在日记中记载了大量他和各界名人的友谊与交往，从中我们不仅可以看到董浩云所具有的那种宽阔的人际网络，同时也有助于了解除了远洋航运事业之外他所关心和追求的目标。

关于日记的编注

董浩云的日记均记载于“新生日记”、“生活日记”等专门购置的日记本上，用钢笔书写，每年一本。早年日记并非每日均记，而且他还有一个习惯，那就是每当周游世界各国时大都坚持记日记，而一旦回到香港就不再记了，但后来的日记记载得就比较齐全了。1977 年后，可能是年事已高、工作忙碌的缘故，董浩云开始改用月历的形式记事，虽然字数较少，记载的事情也比较简单，因基本上每天都有记载，可以清楚地了解他的生活与工作状况，但鲜有他内心活动的表露。

董浩云日记虽是以中文书写，但许多人名、地名、公司名或船名则多用英文，字迹较为潦草，予辨认中带来相当大的困难。日记多不分段，亦无标点，同时也常出现一些错字、漏字或衍字，编者在不违反作者原意的原则下尽可能对此加以分段、标点和校勘（具体做法请参见编注说明）。由于董浩云交游极广，在他的长达三十多年的日记中出现的人物数以千计，其中既有中外闻名的政界、商界人士，也有著名的科学家、艺术家，还有众多名不见经传的公司同事、亲朋戚友，同时日记中亦牵涉许多重大历史事件，而且还涉及众多航业方面的专业知识，因此要不要在日记中加注、如何加注便成为一个十分重要的问题。

按道理说，若在日记中适当加以注释，有助于读者了解日记作者的心路历程和当时的时代背景。然而我却深知注释工作之不易，且不说加注需要花费大量的时间和精力，那更是一件吃力不讨好的工作：有名的人物无需加注，无名的人则无法作注；注释对了，读者认为这是理所当然的事，若是没有加注或是注释中有误，那可是个硬伤，这不仅是自曝其短，而且也是无法解释的事。过去我虽然从事过民国档案资料的整理和编辑工作，但对于远洋航运事业却知之甚少，同时对于50年代以后香港、台湾以及海外政界商界人物的状况亦了解得不够完整。再参考已出版的各种名人日记，其中有的加注，也有的不加注；有的注释相当简单，也有的注释十分详尽。为此思考再三，并与金董建平女士多次商议，为了能让读者在阅读日记时清楚地了解国内外形势，了解众多人物的背景及其与董浩云之间的关系，从而更深刻地认识和理解董浩云的内心世界，最终决定还是自讨苦吃，尽自己所能，为日记中出现的人物和重大历史事件作出适当的注释。我们采用的原则是，凡是日记中涉及的重要历史事件和人物均在日记首次出现时加以简明的介绍，而与董浩云关系密切的人物注释内容则稍微详尽一些。在注释过程中我参阅了大批工具书和辞典，认真查阅了董浩云先生亲自创办的《航运》杂志（从1952年创刊号直至1982年董浩云逝世整整三十年共五百多期），并在互联网上寻找资料。金董建平女士向我提供了日记中出现的外国人物、董氏亲友和董氏集团公司职员的资料，我的老朋友、台湾政治大学刘维开教授拨冗对注释加以审阅，修正了其中的错误并加以补充，谨此表示衷心的感谢。虽然我在注释过程中花了许多精力，但仍有不少人物（特别是一些外国人）无法查清他们的情形，只好付之阙如，至于注释中出现的各种疏漏甚至舛误，那当然应由编者负责。

为了能让读者更清楚地了解董浩云的传奇一生及其董氏集团航运事业的发展历程，编者还在日记的正文之后编写了较为详细的《董浩云先生年表》，并引用澳洲航海协会 H.W.Dick & S.A.Kentwell 撰写的 Beancaker to Boxboat 一书编制了《董氏集团船队一览表（1940 ~ 1987）》；由于日记中出现的人物众多，而且活动的时间亦相当广泛，然而注释一般只是在其第一次出现时加注，因此编者还编制了《中文人名注释索引》

及摘录英文注解，辑成《英文人名、公司与机构注释索引》附后，以便于读者查寻。

《董浩云日记》的编注工作前后进行了两年多的时间，在日记即将出版之际，作为编者，我首先要感谢的是董浩云先生的亲属对我的信任，特别是金董建平女士事必躬亲，对日记的出版倾注了大量心血，董氏家族及东方海外公司资料室配合日记的出版提供了大量珍贵的照片，其中大多从未发表，为本书增色不少；感谢香港中文大学中国文化研究所前后两位所长陈方正博士和苏芳淑教授的推荐及其对我工作上的支持；中文大学出版社社长陆国燊博士始终关注本书的出版，并对出版的各种细节加以指导，编辑部主任冯溢江先生和编辑曾诵诗小姐担任本书的责任编辑，他们认真负责的敬业精神保证了日记的出版质量；杨翠怡小姐担任日记的电脑输入和后期繁琐的校对工作，并编制索引，何碧琪小姐承担《董氏集团船队一览表》的编制，麦慧仪小姐、董淑明小姐负责相关资料与图片的整理工作，她们的辛勤努力为日记的出版奠定了基础。还有许多朋友在编辑过程中提供了热情帮助，无法一一列名，借此机会向他们表示诚挚的感谢，可以肯定地说，如果没有他们的帮助与支持，这部日记是无法奉献给读者的。

《董浩云日记》（上中下册）
郑会欣编注
三联书店 2007 年 6 月第 1 版
定价 139.00 元

徐成淼

——珍爱生命的每一天
《我的复旦四年》后记

1966年秋，“横扫一切牛鬼蛇神”的“文革”狂潮席卷全国，我所在的高原小城亦不能免，我有“前科”，更是首当其冲。命我交出所有“毒草”和“变天账”的勒令已贴到了我的门上，抄家在即。我第一个想到的，不是文章、作品，不是照片、书信，我首先想到的，却是我那几大本日记！如果说其他东西都可以落入他们手里，那么惟有这日记则万万不能！如果说有的东西如书信之类还可以销毁，那么惟有这日记则万万不能！于是我取出日记本，放在脸盆里，上面盖着衣服、毛巾、肥皂等，趁着朦胧暮色，向山下的小河走去。人们以为我是去河中洗漱的，一路上没有受到盘问。到了河边，待天黑下来，我卷起裤腿，涉水过了河；河那边是一片稻田，我从稻田中穿过，将日记隐匿于一个相对安全的地方……干嘛我要这样冒着砍头的危险拼死保存我的日记本呢？因为这日记于我委实是太重要太重要了。它是我青春与生命的记录，是我欢乐与悲苦的见证。天真、纯洁、善良是我，幼稚、愚蠢、无知也是我。我生命中那些节日般的日子是值得珍爱的，我生命中那些浩劫、那些苦难和灾变也同样值得珍爱。是这一切构成了一个完全的我，一个本真的我，生命也因此而丰富，而完整。

如今回头看看那个秋夜，回想我趟过河去藏匿日记，我非常钦佩我自己，非常赞赏那一晚我作出的果断决定；要不，那晚上我若是把日记烧了，毁了，那将会是永生的遗憾，将会是生命永远无法弥补的残缺。

若问，你的青春岁月中有那么多苦难和灾祸，眼泪和汗血，也还值得追忆，值得珍爱吗？我要回答说值得。要知道，这一切毕竟都是我们自己的人生经历，生命历程，是我们自己情感的记录和心灵的凭证。今天，当我们隔着时间的屏障回头审视那逝去的岁月时，就连苦难也给了我们温慰，就连灾祸也为我们的生命添彩。我们曾经那样大悲大喜过，我的生命乃借此而辉煌，而灿烂！正如周国平所说："心灵是一本奇特的账簿，只有收入，没有支出，人生的一切痛苦和欢乐，都化作宝贵的体验记入了它的收入栏中。是的，连痛苦也是一种收入。"（《每个人都是一个宇宙》）又如刘小枫在《沉重的肉身》一书中所写的那样："即便一个人对自己的美好生活的追求在无从避免的生活悖论中被撕成了碎片，依然是美好的人生。"而且，往事犹如陈酿，窖藏得愈久，愈能有让人咂摸不尽的韵味。何况是青春。青春永远是美好的，任怎么折腾，也磨损不掉它固有的美丽！

今天，将我当年绝对私密的日记予以公开的条件已然具备，我相信我和我的同代人，已经完全能够站在历史的高度，去俯视以往，而将个人恩怨如尘埃一般轻轻抹去。

为此，我谨将我青年时代的人生记录袒呈在您的面前，并虔诚地等待着您的审判。

《我的复旦四年》（1955 ~ 1958）
徐成淼著
大象出版社 2005 年 4 月第 1 版
定价 26.30 元

渺小向崇高的攀援

——《心灵原稿》代后记

蓝夫

储瑞耕之“怪”现象

五年前，陕西作家陈忠实先生颇为悲壮地立下誓言，有生之年要写出一部可以作为自己“枕头”的作品，四年后遂有《白鹿原》轰动中国文坛。

路遥，当是毕生追求而终致身殉这种人生境界的更具典型性的圣徒。

在中国当代作家及文化人里面，这种人似乎越来越少了。人们的人生价值取向，已由单一趋向多元，其中较为明显的特征之一，就是越来越懂得“自我关怀”。

及至我于一年前认识了储瑞耕，始才知道，就在我居住的这座城市，也有这样一条年近五旬的汉子。而且，论及其疯狂地挤压人生、榨取生命的残酷程度，比之路遥、忠实先生，毫不逊色。

储瑞耕有句令人为之怆然的名言：“除了一支笔，我一无所有。”这话是他在1990年接受了心脏手术，重新获得了生命之后说的。说这话时，他的表情平静而淡然，一副“曾经沧海、波澜不惊”的模样。并表示：“今后仍是笔耕，下决心坚持到马克思老前辈下令‘你该来我这里报到了’的那一天。”

储瑞耕的“曾经沧海”，对于熟悉他的人来说，那无异于一片无边的“苦海”。

1993年3月，足可作为其“枕头”的《储瑞耕文集》，由江苏文艺出版社和香港轩辕出版社联袂隆重推出，开创了中国当代杂文家出版大部头文集的先河。这部文集六十余万言，是从他发表过的二百余万言的作品中精选出来的。该部书已获河北省文艺振兴大奖。他的部分作品不仅在国内被收入《中国新文艺大系1976～1982·杂文集》《全国青年杂文选》《杂文创作百家谈》、各地出版的杂文集乃至中央电大文科教材、中学语文课本等书中，而且还有翻译到日本、在美国华文报纸转载的记录。

1994年10月，《心灵原稿·储瑞耕文二集·三十五年日记选》——他的第二块“枕头”又将面世。他从十三岁（1959年）开始记日记，迄今三十五年，日日不辍，即便在他做手术期间，也由他妻子代写。三十五年一万两千七百多个夜晚，他写下了约近七百万字的日记。

我给储瑞耕粗略地统计过，如果把他早期写作但因种种原因没有出版的几部书稿也算在内的话，他的笔下已经流淌出了近两千万字。

然而，储瑞耕至今不是专业作家。

如此玩命地爬格子，许多人不理解，遂有许多“恶名”冠其头上。

储瑞耕是一架写作机器，是典型的自虐狂。

储瑞耕是疯子、傻子、神经病。

一位外地青年听了许多关于储瑞耕的传奇故事，千里迢迢来找储瑞耕请教，极虔诚极认真地问他："储老师，您还是人吗？"一时传为笑话。

他的朋友们都对他进行过"苦谏"，劝他珍惜身体，结果只有无可奈何。"悲之怜之泣之"之下，送给他一顶"魔怔"的雅号。据说他对这顶帽子还颇感得意。

我曾半认真半开玩笑地对储瑞耕说，你已经成为一种精神了。如果让我为你的日记写一篇代序或代后记之类的文章，那么，我会用当代青年的眼睛剖析你和你们这代人的"痛苦和不幸"。

孰料，储氏日记文稿竟真的摆在了我的案头。按储瑞耕的话说，给我一次思想"严肃"的机会。

我没有推却。因为，对于"储瑞耕之'怪'现象"，当然不只限于他一人，我确实认真思考过，但至今没有得出比较满意的答案。我想，储瑞耕日记这把钥匙，将会引我进入他和他的同代人中的升华者们所特有的不为别人所控制的生活空间和精神世界，得到我和我们这一代青年人渴望了解的那个诱惑和奥秘。

历史、时代映照下的一部心灵史

储瑞耕的日记是一项至今仍在建构的庞大的、有诸多头绪的系统工程。储瑞耕对日记的诠释极富个性："日记，是一根由当事人自己制作而又挥向自己的鞭子，鞭打我们更好地度过有意义的人生。"这种观念早在他十四岁时就已基本定型："日记，如果一天不记载，那一天就等于白过。"对此，他在成年后作了进一步的阐释：我们应该像居里夫人那样，"像嗡嗡作响的陀螺一样高速旋转"，日记这根鞭子便愈发显得重要。它每天都在警策你，令你不敢有丝毫懈怠。所以，这项工程的最后一片"瓦石"，当是他的生命跋涉到尽头时，已经不能划得太圆的那个句号。

置于我案头的书稿，是储瑞耕从七百余万字的日记中淘滤出来的日记选本，近七十万字。我翻阅过他的原始日记，大大小小四十九本。其中十几本纸张极粗劣，近乎于草纸，这是那个“放大精神，缩小物质”和民族遇到天灾人祸的年代的一个小小的物证。我想，在当代中国人里，储瑞耕怕已经算得上是一个创奇迹的人物了。

储瑞耕日记的内容很博杂，可谓包罗万象，大致可以分为：对人生的探讨；对自己的鞭策；值得记忆的人与事；对自己有触动的国内外大事的分析；读书、看电影、开会的心得；生活、工作的小结与计划；与朋友互勉的书信摘抄；还有抒情、作文之酝酿、与人交谈之要点等等。它不是一部重在记述家庭和个人日常生活的编年史，而是一部以理性思维见长的杂感性作品，亦可称作储瑞耕的心灵史和奋斗史。

日记时间跨度长达三十五年，占了中华人民共和国迄今历史的将近百分之八十。而且，本世纪 50 年代末至 90 年代中叶，又是我国政治、经济、社会诸领域重大事件发生密度很大，社会处于大动荡变革的重要历史时期。作为一个具有思想敏感特质的杂文家、时评家，他的日记自然要对这一重大历史时期有一定的反映。储瑞耕曾在 1988 年 11 月题为《日记·人生·社会·事业》的一篇文章中这样写道：“二十九年，我作为一个平凡的中国公民，从少年时代度过青年时代进入了中年时代。日记，当然也是很平凡的，但它从一个具体的细小的角度，记录了中国的脚步，也记录了我个人的脚步。”所谓“具体、细小的角度”，说明日记的反映形式，亦即风格，有别于中国传统意义上的历史文献和时代报告。诸如 60 年代初的三年困难时期、文化大革命、唐山大地震、周恩来和毛泽东逝世、粉碎“四人帮”、中共十一届三中全会以及此后我国政治、经济改革的举措等重大事件和运动，日记没有也不可能注重于宏观意义上的客观记述，而是通过自己的亲历、亲见、亲闻，通过自己思想的错动、裂变、反思及抬升这样一个变化过程，像蜿蜒曲折的脑血流图那样，具体、生动、鲜活地映射出历史和时代的影象。这样个性化的特点，又使日记具有了一种历史文献、时代报告的抽象、理论化以及文学作品的生动、形象所不能比拟的历史深度和思想魅力。我想，凡是从这一历史时期尤其是从“文革”十年中走过来的人，都会从中或多或少看到自己的影子。仅就这个层面而言，这部日记选便颇有些我们民族在这一历史时期心灵史的意味了。通过这部日记，回眸我们国家所走过的艰难曲折的风雨历程，不论老年、中年，还是青年，恐怕谁都不会平静和轻松。严肃的思考，将会给人带来“历史启迪未来”的沉甸甸的思想收获。

应该感谢储瑞耕给予历史和时代的这份厚赠，同时也要感谢这段非凡的历史岁月和这个负载沉重的伟大时代。

责任感、使命感是世上最重的担子

对于严肃的人生来说，世上的担子，世上的诱惑，也许没有比时代责任感和使命感更重、更强的了。

倘若把个人的理想、抱负、志向与这二者融合在一起，且将这二者推向极致，那么，生命便会出现这样一种景观：一个原本可以平静安逸的灵魂，注定要匍伏在这种精神强光的照耀下，沿着由渺小向崇高攀援的人生苦旅，无休无止地向前跋涉。

我从储瑞耕日记中体悟到了这种感受。而且，还生出这样一种感觉，储瑞耕似乎不是把责任感和使命感作为一副担子放在肩上，而是把它奉为自己精神世界的一位至尊主宰，放在灵台之上虔诚地膜拜为“神明”的。一副担子，累了尚可搁置一旁稍歇；圣徒之于信仰，却是须臾不能放弃和怠慢的。储瑞耕之“怪”现象产生的主要根源，我想就在这里。

这种现象究竟是怎样形成的？换句话说，储瑞耕与他同代人中的升华者们为什么要作出这样的人生选择，而不去过一种轻松潇洒的生活呢？世界著名诗人雪莱有句话说得十分精辟：“诗人和哲学家、画家、雕刻家、音乐家一样，在一种意义上是他们时代的创造者，在另一种意义上，又是他们时代的创造物。”如同不能选择父母一样，任何人都无法自行选择时代。超越时代的人生选择是不可能存在的。相反，人生线段上那个闪烁着理想、抱负、事业光芒的始点，在相当大的程度上，恰恰是特定时代培育、规范、雕塑的结果。这个始点一旦形成，便很难改变，它对人生的走向往往起着决定性的作用。

储瑞耕生于1946年。在他尚于母腹中躁动的时候，就已经是革命烈士的孤儿了。他的父亲是新四军里的一位班长，牺牲时只有二十一岁。母亲后来改嫁到了上海。依靠政府抚恤烈士后代的救济补助，储瑞耕与多病年迈的祖母孤苦相依，在江苏乡下度过了他的童年和少年时代。1959年，十三岁的储瑞耕进入江苏武进湟里中学读书，后转至江苏武进夏溪中学。1965年储瑞耕十九岁时，考入上海海运学院远洋系英语专业，1970年毕业分配。

1959年至1970年这十一年，尽管弥漫着浓郁的虚幻、苦涩和残酷，但是，那的确是一个非凡的闪烁着精神神圣之光的年代。崇尚人类最美好的社会理想，崇尚全心全意为人民服务的道德情操，是这个年代盛行的风尚。抑制人的诸种生活欲望，忘却自我，像射线一样无限地放飞精神，是这一代人突出的思想特征。储瑞耕人生选择的种子，就是在这种深厚的精神沃土里生根、发芽，茁壮成长的。

50年代末至60年代中期，是艰苦的扎紧裤带、浑身浮肿的日子。但是社会风尚却像抽尽杂质的真空那样纯净而又圣洁。“做一个纯粹的人，做一个高尚的人，做一个有益于国家和人民的人”，这样单一的人生价值取向的理想规范，已经深深地植入了这一代青少年稚嫩的心灵。中学时期的储瑞耕，性情敏感、要强、坚毅、多思。这种性情的形成与他的独特身世有很大关系。作为烈士的遗孤，他除了接受清贫的洗礼之外，还经受了别的孩子难以体味的孤苦伶仃的磨难。所以，他对这种理想人生规范的向往和追求，自然要比别的孩子更多几份执著。而且，这种执著是渗透在他的父亲“遗传”给他的血液里的。

“英雄情结”，是储瑞耕青少年时代深深的梦想。他在课外读了许多书，选择的大都是革命英雄主义与革命理想主义相结合的文学作品，诸如《红岩》《万水千山》《钢铁是怎样炼成的》《青春之歌》《保卫延安》《林海雪原》等。他甚至在梦里见到了毛泽东，老人家问他认识不认识江雪琴，并谆谆告诫他，要好好向江姐学习。英雄的理想抱负，英雄们顽强的意志品质，英雄们以身殉道的悲壮之举，不知引出了储瑞耕多少激动的泪水和攥拳立下的誓言。无疑，由于深受这种崇高、神圣的“英雄意识”的浸润，储瑞耕人生选择的那个始点，变得日益饱满、坚实起来。

大学时代，是强化储瑞耕人生始点的重要阶段，也是他的事业选择发生重要转折的时期。

十年“文革”是中华人民共和国历史上最荒唐的岁月。1966 年至 1970 年，则是其中最为疯狂残酷的阶段。它仿佛是一个烈焰汹汹的祭坛，在权威的误导下，一代青年满怀神圣和庄严站了上去。“胸怀祖国，放眼世界，指点江山，激扬文字”的雄心壮志，鼓荡着每一个年轻的灵魂。此时，这种具有浓重殉道色彩、可以使人充分感受到人生伟岸与崇高精神愉悦的时代责任感和使命感，被虚幻盲目地放大到了极致。以致若干年后，这代青年心中的那座精神圣殿虽然塌落了，并且生出了一种被历史无情愚弄的人生幻灭感和失落感，其中许多人已经在过一种平淡乏味的日子，但从整体上讲，无论是对待社会，还是对待家庭，他们仍保持着很强的责任感。这是那个年代给他们打上的深刻的精神印记。这种精神印记，具有潜移默化的积淀特性，不是谁想刻意淡化就能淡化得了的。

对于储瑞耕和他同代的升华者们，客观地讲，这个特殊年代，无疑为其提供了一个大幅度升格自己心灵境界的极其难得的机会。人生始点因了它的高温淬火而变得异乎寻常的精纯和坚硬。“文革”结束后的痛苦的自我反思，摒弃的只是笼罩其身的那种时代精神的虚幻和盲目，而深深积淀在心灵上的时代责任感和使命感，因为注入了冷峻和成熟的理性，却变得更加凝重和强烈。从下面这些储瑞耕成年以后写下的日记中可以看出，它确实已经融化在他的生命和血液里了。

“我总是这样想，像我这样的一个人，应当为我们的时代，为党和人民作出一份微薄的贡献，以对得起党和人民对我的哺育和关怀，以对得起先父和祖母的在天之灵！”

“要逐步养成一个讲大道理，想大道理，讨论大道理，为大道理而奋斗的习惯。不要做庸人。”

“我反正一向，且永远对人生、对世界、对祖国，抱一种坚定不移的信念。这信念给我生气，给我力和血，它溶化于我的生命之中。”

“始终保持着自己的本来面目，依凭着自己纯洁的灵魂，纯洁的信仰，纯洁的事业心、纯洁的作风（偶有不纯则改造之），工作、生活、学习和前进。”

储瑞耕的作家梦，始于中学时代。当时他就把鲁迅先生作为自己心中的偶像了。十六岁至十七岁，他两次去上海母亲处过春节，三次到虹口公园参拜鲁迅墓，瞻仰鲁迅纪念馆，日记里充满了对鲁迅先生的仰慕。他曾给远在外地的叔父写信，表达了他想成为一名作家的愿望。叔父回信说：“你想当文学家，那是人人都能当的吗？”从小自尊心就强的储瑞耕，至今对这句话难以忘怀：“这话长久地成为我一生的鞭子，使我于写作不敢有丝毫懈怠。”储瑞耕成为知名杂文家、时评家，应该说与其叔父这一次“反向激励”不无关系。但是，倘若不是他在大学时代赶上“文革”，他毕业后的职业也许就是中国援外队伍里的一名翻译。

当时，储瑞耕是上海海运学院知名度颇高的人物。他的知名度，并不在于他参与筹划并担任队长，与其他十位同学进行了震动全校的徒步“万里长征”，而是他那支始露峥嵘的笔。他是《红海院》报的主笔之一。该报社论多由他执笔。二十一岁时参与筹办《上海红卫兵》报，并且是一些社论及重头文章的撰稿人。难能可贵的是，经过了运动初期几个月的疯狂之后，已经养成思考习惯的储瑞耕，理性思维逐渐活跃起来。他力图站在俯瞰的视角，注视运动的发展和变化。当然，他的理性思维带有很大的局限性。因为有一个巨大的“笼子”沉沉地罩着，故而判断运动中许多重大事件的正确与否，只能属于向着所谓“正确的革命路线”努力靠拢的那种思考。尽管如此，凭着锐敏的直觉，凭着一颗纯朴正直的良心，他写出的许多文章，在当时还是颇有见地和分量的。1967 年 12 月 11 日，他把“力促全国联合，制止武斗，维护社会治安、抓革命、促生产”的信寄给中央文革小组。1968 年初开始，他敏感地注意到了张春桥的两面派行为。由于给中央文革小组写信和在“解放干部”问题上所持的积极态度，储瑞耕被有些学生指责为上海海运学院的“海瑞”。在那种动辄即被扣上“现行反革命”帽子的环境下，储瑞耕敢于坚持自己的观点，倘若没有相当的胆量和勇气，是很难做到的。可以说，在储瑞耕身上，已经具备了优秀杂文家、时评家应有的那种可贵的精神品格。

经过大学时代的“实践练笔”，储瑞耕的笔法虽然仍很稚拙，但已显出了大家气派，并且颇有杂文的味道了，这从 70 年代前期的几篇国际评论即可看出。这时，储瑞耕已经感到，没有任何一种事业选择比手中的笔更能实现自己人生追求的愿望了。由渺小向崇高攀援的路不再朦胧。杂文家、时评家储瑞耕从此开始“诞生”了。

在此需要着重说明的是，此后凡是熟悉储瑞耕杂文的读者都知道，其文章的格调，具有比较浓重的“正统”色彩，而不是那种一味着眼于社会阴暗面的带有叛逆性的尖酸刻薄。所谓“正统”，并非是说其人格和文章有扭曲媚俗之嫌。他的许多针砭时弊的文章，其实辛辣得十分可以。但是，从总体论，他是，也似乎只能是一位“啄木鸟式”的冷峻而又热诚的时代的歌者。

从根本意义上说，这不是他在选择，而是属于历史与时代的宿命。

向人类体能的极限挑战

“抱负是苦役。为了明天。”储瑞耕把这九个字作为自己的座右铭和警告牌。

1990年，储瑞耕终因过度疲劳，躺倒了。在医院的病床上，他仍然没有搁笔静养，经常苦熬到深夜。是年1月31日凌晨，当他正在为《河北日报》“杨柳青”专栏赶写一篇文章时，心脏病突然发作，以至心力衰竭。医院全力抢救，并发出“病危通知”。报社的负责同志闻讯赶到医院，尚未脱离危险的储瑞耕用手指着床头柜，示意文章已经写好。编委们从抽屉里拿出文章，一看题目是《焦裕禄这面镜子》，都眼含热泪。负责给他治疗的大夫眼圈也是红红的：“他把文章看得比命还重要，这人真是没治了！”

是年9月，储瑞耕到北京安贞医院接受心脏二尖瓣直视成型手术。手术前他写好了遗嘱。遗嘱中说，他一生中最对不起的人是妻子，她为自己付出了一个女性所能付出的全部。盼望妻子在他死后能找到一个关心、体贴她的丈夫，以补偿他二十多年来没有充分给过她的家庭温暖和幸福。并着重表示：“不愿让人看我之临死。”倘若朋友们看到他生命最后的扭曲和丑陋，他会感到耻辱和难过。储瑞耕从1987年开始感到心脏不适，迄今已经写过三次遗书。写于安贞医院的一篇题为《“个人价值”乱谈》的文章，发表在广州的《现代人报》上，可以看作是一则公开的“遗书”，不知感动了多少人。

手术前的那天晚上，储瑞耕是在没有服用（他以为“不必服用”）安眠药的酣睡中度过的。护士惊叹不已：她们没有见过心理如此强健的病人。

手术之后，为腾出右手写文章，输液时他坚持要护士把针扎在左手上。北京住院期间，他为“杨柳青”写出了《亚运与民魂》《想起了“应氏杯”》等一批文章。其中《亚运与民魂》在全国亚运会优秀新闻作品评选时获奖。

在对待生死这个问题上，储瑞耕的见解很独特：选择闲适安逸、节劳保体的生活方式，固然可以获得延年益寿的效果，但那是一种生命的消极和平庸，甚至可以说是对生命的亵渎，而自强不息的奋斗虽然可能有损于生命的长度，但是，它提高了人的生命质量，实质上等于抻长了人生。生命原本是尊严感很强的一种物质，我们没有理由不对它表示尊重。正因为生命属于自己，我们才不能有愧于生命。

储瑞耕的这种生命实践，说明他不会也没有去经历托尔斯泰夫人所解释的那种常规性人生过程："到老年的时候，青年时代面前的那种广阔的视野越来越小，逐渐消失，最后这种广阔的视野变成面前一堵墙——力量和生命消耗殆尽。"他在青少年时代所一脉深情的那片"无限广阔的视野"，永远不会弱化和变小。因为，他对人生崇高的渴望太过痴迷，甚至可以说贪婪。所以，尽管在常人眼里他已经功成名就，但他仍然不满足，仍然感到自己渺小。随着时光流逝，年龄渐长，他心中的焦灼，亦即缩短渺小与崇高之间距离的那种急迫，便更加强烈。因此，在那堵黑色的死亡之墙面前，最终倒下的时候，即或是在生命中途倒下，也只有遗憾不会有恐惧；倒下的姿态，则必是战士冲锋的形象。

读完储瑞耕日记时已是午夜时分，我习惯性地走向阳台，仰望满天幽微的星斗。我感到很累很累，以至脑海里好长一段时间竟是空白。一个向生命极限挑战并力图超越的身影一直在我眼前飘动。他所提供的人类体能所能承受的负荷参数，真让我不敢相信。

人天性生出许许多多的欲望，它们像儿童练习簿上的一个个方格，渴望主人将其填满，得到充分展示。格子填充得越多越饱满，人生就越臻于完整、完善，生活的旋律也就越趋于美好和谐。储瑞耕则是以一种残酷的故意，摒弃了这种人生的完整和完善，把原本属于其他欲望的格子几乎全部重叠在了"事业"一格里面。对此他这样解释，"在学习和工作问题上，没有特殊的（指高出于别的一般人的）理想和事业心的推动，就没有特殊的努力；没有特殊的努力，就没有特殊的成果；毫无特殊，便是庸人！”

他好像没有什么别的兴趣和嗜爱了，除了工作，就是读书、积累、思索、写作。还有烟，烟是须臾不可少的，因为熬夜需要它来提神醒脑，缓冲寂寞和孤独。

记得有人这样说过：“一个有天赋的人，往往都是把自己的理解和心灵上的敏感都倾注于自己的作品中，而对生活则态度很冷漠，很不在意。”对待婚姻、家庭及日常生活，储瑞耕不仅“很不在意”，而且采取的近乎是“清教徒”一样的排斥态度。“家庭生活，对我们这些人来说，就是考虑个人的家庭前途，谈情说爱之类的东西，事实表明，是要消耗精力的，而且弄得不好，是一种很头疼的，很讨厌的东西。要最大限度地减少这种消耗，决计不能沉湎进去。”“结婚，对于我们的一生，是重要的，但它永远只能是作为我的人生观的一个附属品。婚后再经一段时间的实际体验，我们会越发感到这一点：不能再把它的意义夸大一点了。”“我历来害怕洗衣等琐事，甚至连理发和洗澡也讨厌。”

其实，他并不是不懂夫妻恩爱，不晓得家庭天伦之乐的欢愉，他是在像保尔那样竭力压抑克制自己的这份情怀，唯恐自己沉湎进去而“丧志沉沦”。他和妻子是大学同学，在校时即“拈草为盟”，婚后感情非常融洽。看到妻子每天下班后，像陀螺一样忙了家务又忙孩子，他心里也很不好受，觉得自己在事业上没有什么大成就，很对不起她。有时，他也想主动帮助妻子干些家务，带带孩子，但是，往往超不过一个小时，就要暴躁起来，他觉得，时间像这样流逝，简直就是浪费，就是糟踏。每逢此时，疲惫不堪的妻子总是微笑着，把他推到书桌上去。储瑞耕能有今天这样的成就，有一大半功劳该记在妻子的身上。因此，他在日记中曾不下十次写下对妻子的感激：“我敬佩玉芳，我要永远感谢她！”

与朋友和同事相处，他厌恶那种漫无边际、海阔天空的闲聊。每遇这种场合，若是朋友，他会打出篮球裁判那样的暂停手势，高喊：“打住！打住！”若是一般熟人，他便怪模怪样的摇摇头走开。他有许多年轻的朋友。当他得知某人常到夜总会泡夜或经常挑灯夜垒“长城”，就要跳脚骂街：“混蛋，怎么可以这么糟踏自己！”就连与外地同学、朋友通信，也没有一点轻松的调侃，全是理想啊、人生啊、事业啊一类非常严肃刻板的内容。在他眼里，超出休息体能的休闲和娱乐就是浪费生命的奢侈。

储瑞耕从70年代后期在省委宣传部工作时起，办公室迎面墙上就悬挂着一个小镜框，里面镶嵌着一句英文：“Life is transient！”翻译成中文即“人生倏忽”之意。后来，他调到共产党员杂志社，又到杂文报社，再到河北日报社，办公室几次更换，只有这个镜框不曾废弃。他在一篇题为《表声嚓嚓》的文章里，曾专为“人生倏忽”算过一笔帐：“这手表，它的时针每昼夜转动两圈，每年是七百三十圈。如果一个人从二十岁开始戴上它，一直戴到生命的完结，照七十五岁算，则是五十五年，那么这时针转动大约四点五万圈，而且我还意识到，自己未必能活到七十五岁的高龄，这就是说，四万圈都到不了！而且一般规则，人从二十五岁到三十五岁之间，是精力最旺盛、智力最发达，堪称是一个人做事业、出成果的黄金时代，那么共是十年时间；手表的时针，则在我们的右手腕上转动仅有七千三百圈。这四万，这七千三百，在数学概念上，在人的生活实际中，是两个多么不起眼的数字啊！而真真实实的却是，这手表的时针，不分昼夜、不避寒暑地转完了七千多圈，一个人的青春就无情宣告过去了，就一去不复返了！算这笔账，使我意识到人生之短促，青春之短促！使我真切地感受到了一种强烈的紧迫感。”因此，每当个人独处，安静下来时，储瑞耕就喜欢抬起左手，把腕上的手表贴在耳朵上，听那“嚓嚓”的响声。有时坐在桌前，听着听着，精力又陡然集中起来，赶紧做手头的工作。有时夜深了，觉得疲倦，躺在床上，听着听着，又披衣而起，将精神重新调动起来，再读一会儿书，或再写一会儿文章。他说，“这声音在我耳际响着，听上去就像是鞭子的声音，它鞭打着我、催促着我精神振奋；鞭打着我、催促着我多多做事。这‘嚓嚓’表声，真正是生命的催征战鼓！”

为了抓紧时间，储瑞耕与妻子商定，每周回家一次。好几个春节大年初一，他都是在办公室度过的。只有趴在书桌上，他才感到心里踏实。这种同居一座城市却形同“牛郎织女”的生活，直到他患病才告结束，长达十四五年之久。

他在日记中写道：“我向往这样的‘自由’：坐下屁股，冷下头脑，几个钟头，几个钟头在那里不动地方，几本、十几本、几十本地读书……”二十多年来，他通读了《资本论》《列宁全集》三十九卷、《鲁迅全集》二十卷、《中国通史》《世界通史》等政治、经济、哲学、社会科学专著，还阅读了大量中外文学艺术名著及其他知识类著作。遇到疑难或精彩处，就夹上纸条，读完后再去作卡片、笔记。这样，一本书就等于读了两遍。单是读书卡片，就积累了一万多张，分十几大类，成为他写作杂文、时评的资料宝库。储瑞耕对美国著名时评家沃尔特·李普曼十分佩服，他非常赞赏这位时评家的那句名言：“要做一个朝着北斗前进的真理的朝圣者。”不从前人尤其伟人的著作中汲取营养，便不能站在巨人的肩上向前眺望，真理的光辉也便不会照耀自身。他读书的目的，就是要用丰富的知识和思想把自己武装到牙齿。

“时间和耐力可以使桑叶变为丝绸。”大学毕业以后，储瑞耕在全国各地的报刊上发表了多种体裁的作品（主要是杂文和言论）一千三百余篇，近二百万字。我翻阅过他作品的剪报集《脚印文存》，几年一本或一年一本，共有十四大本。1985 年至 1986 年可以称之为他写作的“井喷”期，差不多平均每两天即有一篇文章见诸报刊。即使是在工作中或因别的外力的压迫受到重大挫折时，于愤然拍桌子骂娘之后，默默地舔完伤口的血渍，他继续不停顿地伏案写作。1987年他到塞外张家口下乡扶贫，是年发表文章突破了百篇。对于储瑞耕来说，如果有半月时间没有杂文、时评出笼，他的心里就会生出一种恐慌感，觉得“为时代敲的边鼓”哑了，出故障了。因此便要深深地自责，鞭挞自己加强节奏，于台灯下奋力笔耕。

储瑞耕身上仿佛安装着一台大功率的马达，似有用之不竭的精力。读大学时，同学们就说他：“即使十天不吃饭也不会死，好像你的精神劲头没有什么时候不足。”除了读书和创作，储瑞耕还有其他令人注目的收获。他曾经不止一次对我说过，他十多年来做过两件感到满意和自慰的事，一是筹办《杂文报》，一是主笔“杨柳青”专栏。1983年，储瑞耕积极参与在河北成立了全国第一家杂文学会，出任学会秘书长。在河北带动下，其他省市杂文组织纷纷建立，现在已经在全国形成阵容庞大的杂文组织网络。之后作为主将参与创办了全国第一家《杂文报》，任副总编，主持编务工作（总编为兼职）。1988年初，储瑞耕调入河北日报社，任总编室副主任；担任《河北日报》头版“杨柳青”言论专栏的主笔，也撰写社论、“评论员文章”及其他文稿（也编“群言堂”专栏等来稿）。“杨柳青”原是《河北日报》50年代的署名评论专栏，1988年初恢复很大程度上是因人而设。六年来，储瑞耕把杂文和政论相融合，开了党报言论之新风，在省内外产生了较大影响。

此外，储瑞耕还挤出时间编撰“类书”。作为主要策划，他与人合作编写了《青年知识手册》《可爱的河北》《自然与哲理》《做社会主义新人》《改革开放新知识手册》等大小部头的著作不下七八部，约二百万余字。

尤其值得提及的是《脊梁——中国20世纪九十年间平凡人物优秀事迹选萃》这部八十万字的大书。中央电视台、中央人民广播电台等重要新闻传媒，都称该书是一部弘扬民族精神和时代精神的力作。此书编撰运作于1990年，正值储瑞耕因病住院期间。此书共召开过十一次主编会、二十五次编委会。这些会大部分都是在储瑞耕的病房里召开的。储瑞耕曾以为此书将是自己生命的句号，所以格外珍视。有几次编委会，他是吊着输液瓶主持的。

时下流行这样一句歌词：“我拿青春赌明天。”若将此话套用在储瑞耕身上，则应改为：“我拿生命赌事业！”拿渺小的生命去“赌”去逼近人生的崇高，人的体能和精神潜力，究竟能释放出多么巨大的能量，储瑞耕为我们提供了生动、具体的参照。这个参照也许能够加深和拓展我们对人本质的慨叹：作为万物的灵长，人确乎是了不起的，确乎是至尊至伟的，确乎是悲壮辉煌的！从这种意义上说，储瑞耕就是活着的“路遥”。

最后，我非常希望读者朋友，尤其是青年朋友，能够读到这本书。因为，日记主人所作出的人生选择，虽不能机械效仿，也未必去效仿，但它对于观照、检视我们人生飘流的走向，对于拨开我们灵魂的怅然和迷茫，的确是很有益处的。

《心灵原稿》
储瑞耕著
花山文艺出版社 1994 年 10 月第 1 版
定价 30.00 元

徐明祥

《淡庐日记序跋》前叙

《洞天清录》云："人生世间。如白驹之过隙，而风雨忧愁，辄三之二，其间得闲者，才十之一耳。况知之而能享者，又百之一二。于百一之中，又多以声色为乐，不知吾辈自有乐地。悦目初不在色，盈耳初不在声。明窗净几，焚香其中，佳客玉立相映，取古人妙计图画，以观鸟篆蜗书，奇峰远水；摩挲钟鼎，亲见商周。端砚涌岩泉，焦桐鸣玉佩，不知身居尘世，所谓受用清福，孰有逾此者乎？"赏读这段古语，不由自主地联想起了自牧的生活，不过他所玩味的是日记而已。日记者，所谓"排日记事"也，谁都可以写，何难之有？但写日记能得“闲”，“能享”并“受用清福”，却并不是谁都可以做到的。

全国各地，有很多师友对自牧均有良好的印象和中肯的评价——

譬如，上海市文史馆馆员、九十五岁的诗人、书法家周退密赠诗曰：“迩来老态益龙钟，人在高楼醉梦中。读到淡庐好诗句，恍如篱下见陶公。”“五十韶华未及秋，藏书万卷傲公侯。达夫精进未为晚，勇往堪居第一流。”

譬如，客居上海的山东籍老作家峻青赠自牧诗曰：“淄水清波映高楼，诗酒寄怀五秩秋。宦山有路厌登攀，学海无涯苦泅游。重诚重新重道义，傲才傲物傲公侯。万卷藏书万鹏侣，自牧自耕自风流。”

譬如，天津大学博士生导师、原中国书法家协会副主席王学仲诗曰：“稷下先生自牧君，淡庐文友胜于云。书天酒地菊花帐，白日校雠到夕曛。”

譬如，华东师大教授陈左高潜心研究日记四十余年，先后撰写出版了《古代日记选注》《中国日记史略》《历代日记丛谈》《清代日记汇抄·晚清二十五家日记辑录》《学斋日记》等，与郑逸梅共同主编《中国近代文学大系·书信日记集》，可谓中国日记研究执牛耳者。他不仅为自牧的《人生品录——百味斋日记》写序，褒奖有加，而且两次在其寓所当面移赠所存的珍贵日记研究资料给自牧和古农，并郑重嘱托：“日记研究，全靠你们了！”

再譬如，山东师范大学教授、文学评论家宋遂良曾写道：“我曾对外地的友人说过，我们济南有个自牧，真不好给他‘定性’，既是散文家、诗人，又是书法家、收藏家、编辑家、出版家，看见有益于文化的事就做，看见道德文章的前辈就敬重，看见有才华的后生就亲和。他态度谦和，精力充沛，交游遍南北，扶贫济困，解衣衣人的事也做了不少，虽自称布衣，但也是个一级作家、基层领导，却并不傲物。像他们这一代成长于动乱杀伐年代的人中，有他这么一个还真少见。”

还有很多，兹不一一列举。当然，对他进行批评的声音也一直存在。

自牧不是大家，不可能没有缺点（当然，即使是大家也会有缺点），对他的不足提出批评是理所当然的，有不同视角和看法也是应该的。

的确，要对这位尘世中的雅人、雅人中的俗士进行确切定位并非易事。撮其大要，我以为自牧是“当代日记文化的行者”。原因有三：一、三十年来如痴如醉地写日记并不断发表、出版之，视日记为一生中最重要的事业；二、不仅自己写，而且自筹资金主编《日记杂志》，搭建交流平台，倡导日记文化；三、积极参与、策划日记写作和研究的文化活动，联络了全国各地大批日记爱好者相互交流、共同进步。因为他的努力，济南已成为中国当代日记文化研究的重镇。更难得的是，他做这一切完全是自觉自愿的，充当乐趣的，有滋有味的，并无苦行僧的感觉。自牧似乎是为日记而生，为日记而活，他推动了当代日记事业的发展，同时日记也成全了自牧，提升了自牧。

自牧其人其文已经成为一个十分有意思的文化个案。全国各地的朋友，无论是名流硕儒，还是普通书友、文友、朋友，从不同角度写了很多文章来评析他，已经发表、出版的约有四五十万字了，这些文字已结集为《淡墨集——自牧及其作品》，还有一本《疏影集——自牧其人其文》待出。在本职工作之余，他愿意自己费时、费力、费钱，积极做有益于文化、有益于朋友的又有一定社会效益的善事，其心路历程可能是平凡的，也可能是不平凡的。所以说，这一并不多见的“自牧现象”是值得研究和琢磨的。

《淡庐日记序跋》收录了自牧为自己的和别人的日记集写的序跋，以及为《日记报》写的编后记、为《日记杂志》写的跋文，是“当代日记文化的行者”关于日记的一部专题序跋文集。由此，不仅可以了解“自牧现象”之一斑，而且有可能诱发广大读者的日记情愫，进而投身到弘扬日记文化的事业中去。

2010 年 7 月 6 日改定于历下弄闲斋

《川上集》后记

于晓明

本书收录的文字，看似随笔，实际上是我的日记。比起写高头大论的文章，这好像是一种偷懒的做法，很多人会不屑一顾。但我更愿意把这些原汁原味的“私货”拿出来，以一种本真的面目出现，或许更有点看头。

说到日记，让我想起十年之前，我的语文老师在课堂上给我们推荐了一本名为《人生品录——百味斋日记》的书，当时还有一本席慕容的诗集。这是他讲课的一贯作风，每每在临下课的时候，用几分钟的时间，给我们推荐几本他认为好的课外文学读物。还会在讲义中穿插一些自己的读书心得和趣味生动的文史细节，所以我们也就格外地喜欢语文课。对于席女士的书，我是很不喜欢的。所以没等老师讲完，我便迫不及待地站了起来，要看那本日记书，生怕被别的同学抢了去。我记得真真切切，当时我是被这本书的素雅的封面一下子吸引，又听说写的全是书人书事、作家交往等趣事，就更加拨动了我那根热爱文学的心弦，所以才表现得有些迫不及待。老师告诉我，这是他的文友请他助销的，如果我要是喜欢，就送给我一本。到了第二天，这本书真的就属于了我。当时我才十八岁，而且是满怀一腔热血的文学青年，可以想见我拥有此书之后喜悦的心情了。其实直到现在，已经整整十年过去了，无论我走到哪里，这本书依然还放在我的行李包里或床侧案头。我已经经意或不经意地翻阅了不下七八遍，一些读后的心得也记在了我的日记里。

后来我到济南求学，便有幸结识了这本书的作者——自牧先生。随着交往的增多，我渐渐消除了忐忑和紧张的心理，确切地说，应该是自牧先生的宽和仁厚与古道心肠打消了我的种种幼稚的顾虑。好像哪个作家说过，人可以不读书，可以不写东西，但不可以不做人——好人。这有点暗合我的一贯主张。我跟许多朋友说过，人就像一棵树，做人是根，那些所谓的名利成就，只不过是这棵树上的果子，只有根深才会叶茂，果子才会丰盈充实。我也一向认为，自牧先生在做人上是成功的，有口皆碑，无须赘言。正是基于此，他才善缘广阔而让人尊崇，成就不凡而让人钦敬。也正是基于此，我才自觉地尊之为师，以其精神雪澡自己，以其道德律令自己，以其学识引导自己。与他交往十余年，我未尝得其精髓于万一，却已深感获得了做人求学上的大益。自牧先生不好为人师，性喜恬淡自然，此般境界，于我来说，可能苦修多少年也未必能够做得到的。尽管我已经在朝这方面努力，但身处万丈红尘，又居无定所，往往被种种所谓的“现实问题”所羁困，而不得不游走钱商，不得不应付往来，想耐住寂寞，潜心向学，是不大容易做到的。再者，现今世界，物欲横流，诱惑多多，年轻如我等在霓虹闪烁、光怪陆离的灯影里，能心定如涅槃，更是何其难哉！

我的日记，是受自牧先生的影响较深的。既非鲁迅式的流水账，也非郑振铎式的长文宏论，我更愿意把它看成是短小的随笔。或抒情，或哲思，或交游，或函来札往，或读书感言……都是随意而就，即兴杂谈，都是自己感到有点意思的东西。有时一天记一事，有时一天记几件事，包括那些庞杂无序的读书笔记，都断然是谈不上仔细推敲和缜密组织的，有些甚至不过是一时间冲动心绪的宣泄而已。这样在阅读上就可能会产生一定的障碍，不能像读小说那样，有因有果，前后连贯。但有一点，这些文字都是有感而发，即便随意，也是十分真实的。从这个意义上说，我的日记主要还是写给自己看的。我曾在一卷日记的序言里写过这样一段话：私人版本，立此存照，花开的季节，应该捕捉和留存花季时的思维和脚印。进步是一定要的，古董也值得保留一些。即使秦砖汉瓦，也残留着一些欢乐的往事，叮嘱着"常勿相忘"，提醒着"长乐未央"，故不是轻易就能抛之脑后的。

我写日记已经有十三年了。十三年的日记，粗略地算来有二百多万字，但最让我感到敝帚自珍的却是创办《日记报》以来的四十余万字。这首先是对于我自己而言的，思想上的，经历上的，情感上的，在这个浮躁的社会磁场里的哭和笑，欢愉和苦闷，全都包容在里面了。这几年来所接触到的一些人和事，是最令我难忘的；所发生的一些变故，也是不会轻易从我的记忆里消失的。当然，这些也许仅仅意味着另一个开始。

之所以取名为《川上集》，不过是想继往开来，不让自己停息下来。我目前虽然居无定所，但却心有所依。沉潜自律，雪澡精神，以不辜负青春韶华的大好时光。贤者有言：平生一片心，不因人热；文章千古事，聊以自娱。细思之，言之有理。故此，在整理这些文字的时候，也就坦然了许多。这也一如我写诗和小说，飞扬或破灭，在我看来，并不是最重要的。能把心里的话说出来，能让有共同爱好的人读起来有点意思，就该知足了。正如自牧先生所言，一家之言，微不足道，坦诚地面对自己，坦诚地面对读者，坦诚地面对过去和未来，是之谓也。

最后需要说明的是，原本我的日记是没有标题的，为了便于阅读和索引，在编选的时候就从原文中引出一句话来作了题目。有些题目其实并不能涵盖当天全部的日记内容，又实在想不出来两全其美的办法，也就只好如此了。

《川上集》
于晓明著
青海人民出版社 2004 年 10 月第 1 版
定价 18.00 元

跋《学斋日记》

自牧

大约十几年前吧，我由济南古籍书店淘得一册陈左高先生撰写的《中国日记史略》，彼时的心情，可谓是如获至宝。因为那时，我不但记了十多年的日记，出版了收有部分日记的《百味集》，而且有意要在日记写作或研究这块“冷僻生硬”的土地上拓荒耕种，所以陈老的这部专著在一定程度上成了我下定决心献身日记写作、研究的一种动力。1993年，当山东文艺出版社决定出版我的第一部日记专集《人生品录——百味斋日记》时，我便毫不犹豫地驰信沪上恭请陈左高先生为之赐序。一周过后，我便如愿以偿。由于陈老的褒奖和肯定，使得当时对我出版日记的一些“议论”渐渐消停了，从而也更加坚定了我的日记写作和研究的志向。

“万卷古今消永日，一窗昏晓送流年。”（陆游）毫无疑问，陈左高先生乃中国古代、近代、现代日记研究的执牛耳者。所以当上海书店出版《中国近代文学大系·书信日记集》时，其主事者便聘请了陈左高先生和郑逸梅先生担任了分册主编，这不只是众望所归，实乃是非他莫属也。因为在过去的四十多年里，陈老甘于枯坐学术领域的冷板凳，不趋浮华，不逐名利，耐得寂寞，耐得清贫，隐身徜徉于沪上多家图书馆，披阅旧籍，钩沉故实，积腋成裘，聚沙成塔，终于敲开了日记研究这一学术上的冷门寂户，先后撰写、出版了《古代日记选注》《清代日记汇抄·晚清二十五家日记辑录》《历代日记丛谈》等著作，尤其《中国日记史略》一书，不但奠定了陈老在中国日记研究领域中的地位，也填补了近百年以来日记研究领域的空白，甚至创造了一系列中国日记研究之最！

但我没有想到，陈左高先生在埋首研究古代、近现代日记的同时，还几十年如一日，秉笔写下了大量的日记。从这次辑录出版的《学斋日记》中，我们不但可以看到陈老焚膏继晷、躬身治学的侧影，还可以感受到他的温良恭俭让，尊师谊重友情的坦荡君子之风。

“学不攻儒，务掇菁华，文不按古，匠心独运。”我想陈左高先生的治学与守道是真正做到了这一点的。

《学斋日记》
陈左高著
中国新闻出版社 2003 年 1 月第 1 版
定价 10.00 元

《中国文人日记抄》序

朱雯

日记是文学中特别有趣味的东西，因为在这种文体中，比较能够表现出作者的个性。可是中国文人向来主张“文以载道”，任何文章除了装运道德以外，便不容许表现作者的个性，所以即使在这种只是写给自己看的日记之中，也往往有些做作。幸而自有日记这种文体以来，流传下来的作品已颇不少，因而也颇多有趣味之作。本书所选，大抵是编者认为饶有趣味的。

日记的形式，不外乎如薛福成《出使日记》凡例所说《排日纂事》和《随手札记》两种；而两种之中，前者好像又较为普遍。如果以《排日纂事》为日记的完备的形式，那么中国最古而形成最完备的日记要推唐李翱的《来南录》和宋欧阳修的《于役志）。本书选录《于役志》全文，以示初期日记的体例；同时也将《复堂日记》录入，以示《随手札记》的形式。

至于日记的内容，除了《随手札记》的往往限于读书录以外，大率可以分成三类：一种是记述日常生活，一种是记述行程，还有一种是专记某一件事的始末。在中国历代文人日记中，记述行程的最多，专记某一件事的也很不少，而记述日常生活的反极鲜见。本书所选，大概偏重于记述日常生活的日记：如《宜州家乘》《云山日记》《味水轩日记》《越缦堂日记》《湘绮楼日记》《恪斋日记）等，都是这一类的作品。记述行程的日记本不胜枚举，像宋张舜民的《郴行录》，陆游的《入蜀记》，楼钥的《北行日录），明冯时可《滇行纪略》，汪明际《葺上游记），浦钫君《游明圣湖日记》，清王士祯《南来志》《北归志》，吴骞《游武林日记》，何绍基《归滇日记》，洪亮吉《遣戍伊犁日记》等，比比皆是，本书只选《于役志》《吴船录》《闽游日记》及《使德日记》等四种。至于专记某一事始末的日记，自来亦甚夥颐，但如黄冀之的单记宋徽钦二帝北虏事的《南烬馆闻》，以及朱祖文的记述周顺昌被难北上事的《北行日谱》，大都是追怀往昔，黯然伤神的作品，好像是一种严肃的史料，并无特殊趣味，所以本书另录《守汴日志》和《嵩洛访碑日记》两种。前者似乎还嫌沉闷，但是记的是明末李自成之乱，描写当时流贼，东窜西扰，出没靡定的情形，看看倒也颇有趣味；《嵩洛访碑日记》，那简直是一篇很好的考古学者的调查实录了。

本书选录各篇，在可能范围中均使首尾完全，如《于役志》《宜州家乘》《吴船录》《闽游日记》《荷戈纪程》《嵩洛访碑日记》《恪斋日记》等是。但是另外许多日记，因为篇幅过长，只能选录一个片段，这实在觉得没有办法的。所选录的各节，本想不再加以删节，无奈有两篇是不能不作例外：一是《味水轩日记》，一是《复堂日记》，因为中国颇多涉及研经论史之语，在作者当时或者认为得意之笔，然而在我们看来，总嫌过于陈腐了，爰敢擅加删节，留着论诗论文的部分录入本书。

《张荫桓日记》前言

马忠文
任青

说到张荫桓这个名字，对许多现代人来说已经很陌生了。然而在中国近代外交史和政治史上，他却是一位颇具影响的重要人物。

张荫桓（1837 ~ 1900）字皓峦，号樵野，广东南海县佛山镇人，出身于一个破败的商人家庭。年轻时他并未像其他同龄人那样埋头八股，奔竞于科举之途；相反，却对刚刚兴起的洋务发生了兴趣。因为擅长交涉，办事干练，先后受到两任山东巡抚阎敬铭、丁宝桢以及直隶总督李鸿章的赏识与器重，屡经保荐，官至道员。1884 年（光绪十年）张荫桓奉派在总理各国事务衙门学习行走，正式涉足清政府的对外交涉。次年经李鸿章保荐，充任清政府驻美国、西班牙（当时称日斯巴弥亚）和秘鲁三国公使，1890年（光绪十六年）回国，以太仆寺卿再次担任总理衙门大臣，1892年（光绪十八年）官至户部左侍郎。经过20年的磨砺，张荫桓由一名捐班出身的地方洋务派官员而跻身卿贰，成为清季才具非凡、肩负重职的朝廷大员。

1894年甲午战争爆发后，张荫桓奉命参与外交决策，并于年底与湖南巡抚邵友濂一起，扬帆东渡，代表清政府前往广岛与日本方面议和，后因日方有意拒绝，开议未成，被迫返回；在1898年的戊戌变法中，他主张学习西方进行改革，利用皇帝召见的机会，启诱圣聪，向光绪帝介绍欧美等国富强的经验，并密荐康有为，成为戊戌年影响时局的幕后大人物。政变发生后，张荫桓被革职抄家，发配新疆。1900年（光绪二十六年）义和团运动期间，慈禧重修戊戌旧怨，下令将张处死。在一定程度上说，张荫桓是“戊戌六君子”外另一位因戊戌变法而死难的人物。

张荫桓虽出身捐班，却才华横溢，工诗词、富收藏，常与翁同龢、王懿荣、李文田等科举正途出身者相唱和，时人莫不刮目相看，其文稿收入《铁画楼全集》。与其他同时代文人一样，张氏生前也曾长年坚持写日记，只因后来际遇突变，戍配西陲，不仅其书画收藏损失大半，其自撰文稿、日记等也多散佚。现存日记主要有《三洲日记》《戊戌日记》《甲午日记》，数量虽不多，内容却极为丰富，是研究近代史不可多得的重要资料。此次整理的《张荫桓日记》即由这三部分构成。

《三洲日记》是1886年至1889年张荫桓担任驻美、西、秘三国公使期间所写的日记，起自光绪十二年二月初八（1886年3月13日），止于光绪十五年十一月十三日（1889年12月5日）。光绪十六年初，张荫桓回国复命，将日记抄录进呈，分为十六卷，称《奉使日记》，该进呈本现藏于上海图书馆。该日记向经张氏本人修订，改为八卷，命以《三洲日记》，1896 年在北京刊行，1906 年，张荫桓死去六年后在上海再次印行。在出任公使期间，张荫桓先后到过美、英、法、西班牙、秘鲁等国的数十个城市，他参观过各国的博物院、造币厂、兵工厂，深入体察各国的风俗民情；目睹了美国自由女神雕像的落成典礼；在华盛顿，由他举办的近千人参加的酒会受到美国各界人士的关注，被认为是中国官员消除封闭性的一种反映。日记中也有大量对西方各国政治制度与社会制度的精辟分析和理解，以及对中西文化对比后的种种心得体会。张荫桓还特别留意古埃及文物与文字，并将其与中国传统的金石之学进行比较，某种程度上说，他应该是较早涉猎古埃及学的中国学者之一。与 1980 年钟叔河先生主持编辑的《走向世界》丛书所收各种日记一样，《三洲日记》同样反映了近代国人认识和学习西方的心路历程。

《甲午日记》为稿本，系用作者自印绿格竹纸稿纸所写，半页八行，版心有“铁画楼”三字，现存四册，分别藏于常熟博物馆、台北“中央研究院”近代史所图书馆和南京博物院。其中常熟博物馆收藏一册，起于光绪二十年甲午正月初一日（1894 年 2 月 6 日），止于二月三十日（1894 年 4 月 6 日），南京博物院收藏一册，起于光绪二十年十月二十六日（1894 年 11 月 23 日），止于十二月三十日（1895 年 1 月 25 日），后附曹菊生跋，这两册均是近人俞仲久（名炳恒，江苏常熟人）旧藏，分别于上世纪五六十年代捐献给国家。台北“中央研究院”近代史研究所图书馆收藏的两册，一册起自光绪二十年三月初一（4 月 7 日），止于五月初一（6 月 4 日）；另一册起自七月初一（8 月 1 日），止于七月二十五日（8 月 25 日），其中均有残缺。这两册日记原稿是张有楣赠予康有为，附有康氏题记，后由康氏后人于 1966 年捐献给台北“中研院”近代史所。《甲午日记》前一部分多记载宫廷活动以及科举考试的各种制度；后部分则涉及甲午战争后期的议和活动，与内政、外交皆具有重要关系，史料价值较高。

《戊戌日记》稿本，亦用铁画楼稿纸所写，分装三册。记述始于光绪二十四年戊戌正月初一日（1898 年 1 月 22 日），止于同年七月初六日（8 月 22 日），即戊戌政变发生前一个月，前后共记 213 天的行事和见闻。该日记原稿为已故画家卢子枢先生旧藏，后归广东学者王贵忱所藏。上世纪 80 年代，王贵忱、王大文两位先生将张荫桓的戊戌日记标点整理，分四次连载于《广州师院学报》1987 年第 3、4 期和 1988 年第 1、2 期。不久，该日记的部分内容又被收入郑逸梅、陈左高先生主编的《中国近代文学大系·书信日记集》（上海书店，1993 年）。1999 年 11 月，澳门尚志书社影印出版了《张荫桓戊戌日记手稿》，王贵忱先生重新修订了部分注释。日记内容涉及戊戌年内政外交大事，诸如旅大、胶州湾租借交涉、英德洋债、新政变法、德国亲王访华等事件都有反映，是近年披露的研究戊戌变法的重要史料。

张荫桓的上述日记已汇编整理为《张荫桓日记》，由上海书店出版刊行，相信学术界和日记爱好者将会从这部日记作品中获得新的收获。

《张荫桓日记》
任青、马忠文整理
上海书店出版社 2004 年 2 月第 1 版
定价 40.00 元

一位近代教育先驱者的日本考察实录
——《严修东游日记》序

武安隆

八九年前，我以研究上的需要，开始系统地阅读清末中国人的访日游记，后来有幸读到珍藏于天津图书馆的严范孙先生所撰《壬寅东游日记》《第二次东游日记》和《第三次东游日记》的稿本，并立即被作者笔底展开的历史世界所吸引。依我看，这些日记至少有如下特点：一、由往及返，一日未断，完整性强。二、记录系统翔实，内容十分丰富。三、最重要的一点，记人言事，常关重要，史料价值较高——前两种尤其如此。当我读到这些珍贵的稿本时，一种冲动和责任感油然而生，这就是希望着有朝一日能把它们整理出版，以飨未能一见的读者。现蒙天津图书馆惠允，将《壬寅东游日记》和《第二次东游日记》辑为一册，点注付梓，敬献于学术界，同时也了却自己多年来的一桩心愿。

这里，简单地介绍一下日记的主人和日记的背景也许是必要的。

严修（1860 ~ 1929），字范孙，天津人。光绪癸未（1883）进士（二十四岁），选庶吉士。后授翰林院编修、国史馆协修、会典馆详校官、各直省乡试试卷磨勘官。1894 年（光绪二十年），被任命为贵州学政（三十五岁）。此年正值甲午战争爆发，在他走马上任的途中，战争失利的消息犹如鸦噪马头似地，一直跟随着他，而战争的严酷结局又不啻春日惊雷，震撼了包括他在内的一批头脑清晰的知识分子。在贵州学政任上，三十八岁的严修上书光绪皇帝，奏请开设“经济特科”。即凡于内政、外交、算学、译学、格致、测绘等方面学有专长者，经推荐保送，不问身份、资历，均可参加考试，择优录用，等同于“正途出身”。此奏虽经光绪皇帝批准实行，又有张之洞、李端棻等廷臣疆吏广荐人才的响应，但未及考试，就发生了戊戌政变。慈禧下谕，“经济特科易滋流弊，并著即行停罢”。经济特科虽然失败了，但其历史意义有如梁启超所说，乃是戊戌维新“变化之原点”（《戊戌政变记》）。

严修的行动惹恼了不少顽固派人士，包括他的座师翰林院掌院学士徐桐，不仅断绝了师生关系，还勾消了他的职务，只挂编修虚名。待到贵州学政任满回京时，他发现自己在翰林院已是无事可干了，遂请假回津。回津两年后，又经历八国联军攻陷京津之乱，严修所受刺激益深，认定非兴学不足以图存，遂坚定了走“教育救国”道路的决心。

为了借鉴日本发展教育的经验，遂于 1902 年率两子自费游日。此次游日历时两月余，以行草小字密密麻麻地写下了《壬寅东游日记》。

回国后的严修，联合同志，殚精竭虑，如救水火般地致力于改良旧式教育和创办新式学堂。在他的主导和积极推动下，至 1904 年 3 月，已在天津兴办学堂十余所。严修在天津兴办新式教育的成就，引起了直隶总督、参与政务大臣袁世凯的注意。应当说，当时的袁世凯虽然名声欠佳，却还是一个颇有作为的官僚，他致力于西学的引进，使直隶省在兴办新式教育、科技、实业、军事诸方面都走在全国的前列。1904 年 5 月，袁世凯任命严修为直隶学校司（后改学务处）督办，负责全省的教育改革事宜。

严修本意，先赴日考察而后就职，袁世凯则坚持先就职而后考察。于是，5 月 9 日就职，5 月 21 日便偕张伯苓等匆匆扬帆出海了。严修再一次地参观日本各级各类学校，尤其留意于研修教育行政。此次考察先后也历时两月余，又以行草小字密密麻麻地写下了《第二次东游日记》。

上述即为两种东游日记的背景。

此后，严修在直隶学务处任上不足两年，于1905年12月学部成立时，即被调任为学部右侍郎，翌年转任左侍郎。1910 年（宣统二年），以不见容于摄政王载沣而奏请开缺，不复出，但矢志教育终其一生不渝。严修一生对中国教育的近代化多所贡献，今日犹荣的南开大学、南开中学和第二南开中学（原南开女中），既是他和张伯苓心血浇灌的不败花朵，又是他们献身教育事业的永恒纪念碑。

《严修东游日记》具有多方面的史料价值。

以日本史而言，它比较翔实地记录了明治三十年代日本教育的实况，包括学校的学制、定员、经费、课程设置、教学法、教学设备等各个方面情况。其中有关课堂教学的记述可能最有意义，因为，其他方面的资料在他所记述的各个学校的档案中有可能查知，但他对九十多年前的某些学校课堂教学的生动场面所作的摄像式描绘却未必能为人所尽知。其次，严修在日本接触到不少名人，如大隈重信、近卫笃麿、长冈护美、井上哲次郎、根津一、伊泽修二、高田早苗、镰田荣吉、鸟尾小弥太、千家尊福、内藤虎次郎、高木兼宽、手岛精一、正木直彦、狩野亨吉、冈本监辅、细川润次郎、下田歌子、嘉纳治五郎、成濑仁藏、久保田让、松浦镇次郎、辻新次、户水宽人、梅谦次郎、穗积八束、田尻稻次郎、宫岛诚一郎、青柳笃恒、藤泽南岳、河村善益、阿部房次郎、春木义彰等等，并对其中的一些人记录了言行和印象，这些也都是有用的资料。

以中国史（尤其中国近代教育史）而言，其史料价值也较高，如我们在日记中可以看到，严修如何系统地观摩日本的教学，又如何系统地听讲教育行政，并如何考虑将这些加以引进的具体过程。不妨说，直隶省新式教育的不少制度和举措源自日本，当严修后来主持学部日常工作时，又使其大而广之，推向全国。

以中日文化交流而言，有两方面的资料值得注意，一是中国在日留学生的情况，一是聘请日本教习的情况。日记中涉及到的留学生，其后成为有名人物者不在少数，如范源濂、陈独秀、陈宝泉、陶孟和、章宗祥、曹汝霖、杨度、张孝移、何燏时、金邦平、钱稻孙、权量、邢赞廷、李士伟、张一鹏、江翊云、王桐龄、蒋伯器、陈哲甫、张良弼、高步瀛等等。书中有关留学生的学习、活动、言论、费用等方面均有所反映。关于聘请日本教习的资料更属不可多得，如严修与直隶省学校顾问渡边龙圣数次研究教习人选、月薪、旅费以及推荐、应聘等情况，都有着相当具体的记载。

再有，本书对日本和日本人发表了不少观感，所以也是研究清末中国人的日本观和日本人观的好资料。

最后，本书更是研究严范孙其人及其教育思想发展的珍贵史料。点注者在研读本书的过程中，看到他有时四点半起床，一天奔波数处参观、听讲，最后在日记上写着“余体不适”，“余疲惫不能支”时，每每潸然泪下。这位中国近代教育先驱者的筚路蓝缕之功，作为后人，我们应予发扬广大。

《严修日记》稿本（计八十四册，十三函）现珍藏于天津图书馆。收入本书的《壬寅东游日记》独立成册，而《第二次东游日记》则含于《甲辰日记》之中。天津图书馆副馆长孔方恩先生和历史文献部主任谢忠岳先生在本书的编注过程中，给予了热情的支持和帮助。天津人民出版社文史编辑室主任、本书责任编辑李洁萍先生，以出版家眼光看待本书，并在版式设计和装帧方面精益求精。本书的出版还得到了日本国际交流基金的支持。值此书付梓之际，谨向上述诸先生和团体致以衷心的谢意。

严范孙先生之孙及孙女严仁清、严仁曾、严仁赓、严仁莉诸先生，均有论严先生文发表，然或以作古，或以年高，或以不知所居，终未能联系和请教，点注者深以为憾并致以歉意。

点注过程中，参考了不少中日有关近代人物的著述和辞书，兹不一一列举。

因水平所限，点注难免有不妥、错误与疏漏之处，敬请批评指正。

《严修东游日记》
严修撰，武安隆、刘玉敏点注
天津人民出版社 1995 年 12 月第 1 版
定价 14.50 元

《恽毓鼎澄斋日记》序言

戴逸

清朝人有写日记的习惯，许多名人大多有日记刊行于世。如政治家林则徐、李星沅、曾国藩、翁同龢、王文韶、唐景崧，以及学者李慈铭、王闿运、叶昌炽等。名人往往处于历史漩涡的核心，比普通人有更多见证历史真相的机会。他们或铺陈重大历史事件，或书写读书心得，或阐发个人胸臆，或缕述起居琐事，或披露参政内幕……这些文字是十分珍贵的历史资料。也有一些官吏位居中下层，但关心时事，富有才能，又有机会结交权要，出入豪门，甚至行走宫内，侍奉皇帝。他们见多识广，了解政坛内幕，消息灵通。所见所闻，写在每天的日记中，常常能透露其他文献资料中见不到的历史真相。这类日记，其历史价值甚高。

摆在我面前的《澄斋日记》的作者恽毓鼎原籍江苏常州，任晚清史官十九年，担任过日讲起居注官，翰林院侍讲，国史馆协修、纂修、总纂、提调，文渊阁校理，咸安宫总裁，起居注总办，编书处总校、总纂、总办，功臣馆总纂，讲习馆总办等职，是清廷为数不多的皇帝近臣之一，曾随侍光绪皇帝，写有《崇陵传信录》，是记述清末史事的一部信史。他熟悉晚清宫廷内幕及掌故，成为宫廷事件的旁观者和记述者。《日记》虽然常从日常生活入手，但记事并不琐碎，保留有大量政治历史资料和宫廷生活细节。

恽毓鼎还于光绪二十七年任过《各国政艺通考全书》的总校兼总纂。宣统二年，翰林院奏设宪政研究所，以恽氏为总办。因此他也是晚清新政的参与者与见证人；其《日记》对晚清政治风云与思想变迁颇多反映，时发议论，折射出当时知识分子的思想状况。如光绪二十一年八月《日记》载称：对官员所上八项变革办法条陈：一铁路，二军制，三变通科举，四造就人才，五筹款项，六重工商，七矿务，八交涉，恽氏认为第一、第五、第七三条可斟酌而行，其余固宜就今法变通，却反对单纯对西洋之法亦步亦趋地模仿。他的观点是中国自有长处，患在用人不当：“故重情面，袭具文，苟且姑息，以致弊端百出耳。必欲舍己从人，而仍用此等丧心误国、贪利营私之人，亦何法不能滋弊哉！”对于器械之道与人相配合的重要性，恽氏以中日战争为例发出了自己的感叹：“中日战事，我兵皆望风而遁，无人向东发一矢放一炮者，故使敌人得利耳。岂得咎以器械之不精哉！即尽得外洋火器，而纪律不精，刑罚不严，委而去之，徒资寇也。”这真实反映出面对西方入侵时，晚清士大夫普遍呈现出的焦虑心态。

中日甲午战争是中国知识分子思想转变的一个重要分水岭，中国在战争中的惨败，使有识之士清醒地认识到洋务运动仅仅靠引进西方器械之道，使国家走向富强所导致的局限性。以后的戊戌变法即着眼于制度变革，20世纪初年爆发的“五四”新文化运动对“国民性”素质的质疑和讨论都是由此引发而来。《日记》中所反映的心态成为时代变迁的晴雨表。

《澄斋日记》按年编排，起自光绪八年恽毓鼎中举始，至其逝世前一年（1917年）止，其间有残缺。恽毓鼎曾将所记内容概括为六类：文献、时事、读经史子集笔记、论古文诗词、民俗风情、家庭琐事。文献、时事二类中含有大量的时局议论。最重要的是《日记》反映了清廷末世的腐败。他在光绪三十四年的日记中写道：“时事日非，而京朝官车马衣服，酒食征逐，日繁日侈。吾辈光阴精力，皆消磨于奔驰醉饱中，可为太息。”在宣统二年十一月二十九日的《日记》中又写道：“凡为外官者，必谋要津大老书函致其上司，名为‘运动’。且视京官无不嗜财，但挟重金，即以为无投不利。此虽贵人有以致之，然亦可以觇风气、测人心矣，可叹可叹！”再如宣统三年十月十四日的《日记》中，就通过点评五代唐明宗时大理少卿康澄上疏所言五不足惧六可畏，来讽喻当时的政局。认为：宣统年间所谓六可畏者，无不蹈其辙，“更加以贪人败类，贿赂公行，无一事非因贿而成，无一官非因贿而进，人心安得不去，大乱安得不兴乎？”

但恽毓鼎本人处在衰世浊流中亦非洁身自好者。他曾讨好奕劻和袁世凯，上疏弹劾瞿鸿禨、岑春煊，在晚清权力斗争中推波助澜。

还有值得注意的，是民俗风情与家庭琐事二类中所包含的中国近代社会史的内容。以往我们对晚清日记的解读与研究利用多只注意与重大政治事件相关的那一部分内容，而忽略日记中对日常琐碎生活的描写，而中国历史研究要实现突破，恰恰要把目光投向这些日常生活的描写，以展现近代中国社会转型期间更广阔更复杂的层面，以及实现历史转变的全貌。前几年乔志强同志点校刘大鹏《退想斋日记》中对此已有所反映。在这方面，《澄斋日记》同样提供了相当丰富的资料。《日记》中举凡古籍版本、书画手迹、行医处方、天气天象、地理地震等，均有程度不同的记载。恽毓鼎叙事的优点是不像一般日记，行文易走入流水账的叙述模式，而是叙议结合，往往将对话语言等细节照录其中，存录了大量的历史资料。

作者又具有版本目录学家、书法家和医生等多重身份，故其《日记》中的记载也展现了中国近代社会和文化知识的方方面面。又由于史晓风先生的大力整理，解决了识读和其他疑点难点，故此书具有很高的史料价值和可读性。这部《日记》的出版无疑将对中国近代史研究起到积极的推动作用，是值得推荐的一部好书。

《澄斋日记》长期收藏在北京大学图书馆中，篇幅浩繁，有三十六册，百万字之多。因恽氏行草字体辨认较难，断句不易，难以卒读，所以从未刊行面世。史晓风先生退休以后，发挥余热，穷十年之力，埋头整理这一繁重而珍贵的史料，实难能可贵。他年事已高，却勤奋用功，寒暑不辍，把整部《日记》点校整理并誊写一过。由于恽氏《日记》是随笔记录，多用草书，故辨认字体极为艰难。有时辨认某个字，遍阅草书字典，不得其解；以后忽见另一处亦用此字，前后通观，反复研读，其义豁然贯通。遇到许多人名、史事，亦必追根究底，切实理清。这种勤奋、缜密、敬业之精神，老而弥笃，值得钦佩。

在学术著作出版难的今天，浙江古籍出版社决定出版这类珍贵史料，具有现代出版家的远见和胆识，也是令人赞赏和欣慰的。

《恽毓鼎澄斋日记》（精装上下册）
恽毓鼎著，史晓风整理
浙江古籍出版社 2004 年 4 月第 1 版
定价 150.00 元

关于马衡先生的日记——《马衡日记》前言

施安昌

马衡先生是杰出的金石学家和中国考古学的先驱，他曾担任故宫博物院院长十九年，在故宫工作二十七年。当故宫博物院成立八十年之际，编辑出版《马衡日记》，谨志追思。

一、马衡先生的一生

马衡（1881 ~ 1955），字叔平，别署无咎，号凡将斋主人，浙江省鄞县人，清光绪七年五月二十四日（6 月 20 日）生。少时随父在沪就读私塾，肄业于南洋公学。在家自学经史、金石、篆刻等，至中年书法、治印皆有盛名。1929 年立于清华园的王国维纪念碑，即由陈寅恪、马衡、林治钧、梁思成四位先生分别撰文、篆额、书丹和拟式。

1917年任北京大学附设国史编纂处征集员。1918年任北京大学文学院国文系金石学讲师。1922年北京大学研究所国学门成立，1923年任考古学研究室主任兼导师，并在历史系讲授中国金石学。后又任清华国学研究院讲师。

1924年11月，清室善后委员会成立，马衡参与点查故宫文物。1925年故宫博物院成立，任古物馆副馆长。1928年10月，为故宫博物院理事会推为理事。1933年担任院长，直至1952年离职专任北京市文物整理委员会主任委员。

抗日战争爆发之际，马衡先生负责将故宫珍藏的重要古物辗转运往西南地区，为保护历史文物作出了可贵贡献。

马衡毕生致力于金石学的研究，在方法上继承了清代乾嘉学派训诂考据的传统，又注意进行出土文物的现场考察。1923年9月，奉北大研究所国学门委托，至河南新郑调查铜器出土地，又往孟津作调查。1924年赴洛阳朱圪档村调查汉魏石经出土地之太学遗址。曾于1930年主持燕下都遗址的考古发掘。在中国考古学由金石考证到田野发掘的过渡中有推进之功，因而被誉为“中国近代考古学的前驱”。

他在学术上的主要成就还表现在：扩大了金石学的研究范围，并对宋代以来的金石研究成果进行了比较系统的总结；从文字的演变和有关铭刻的对比，论定石鼓文是东周时秦国的刻石；根据新莽嘉量等的实际测量，推定汉唐间的尺度比率和长度；对汉魏石经资料作了收集，整理和全面研究。他的著作有《汉石经集存》（科学图书出版社1957年）、《凡将斋金石丛稿》（傅振伦编，中华书局1977年）《凡将斋印存》（紫禁城出版社1987年）等。

马衡1955年3月26日病逝于北京，享年七十五岁。

同年，他的子女遵嘱将其所藏碑帖拓本12400余件，图书1600余部，以及铜器、书画、工艺品等文物全部捐献故宫。

马衡的父亲马海曙（1826 ~ 1895），曾在丹徒、元和、长洲、吴县、金坛、宝山做官，擢升直隶州三品知府，有子女九人。

长子马裕藩（1858 ~ 1929）曾任甘肃镇县知县。马裕藻（字幼渔，1878 ~ 1945）、马衡、马鉴（字季明,1883 ~ 1959）、马准（字绳甫）、马廉（字隅卿，1893 ~ 1935）都曾在北京大学和其他学校任教，时有“五马”之誉。

马衡妻叶薇卿，宁波人，其父叶澄衷是有名的富商。

二、保存了五十年的日记

马衡手写的日记，自 1948 年 12 月 13 日起到 1955 年 3 月 24 日止，中间没有间断。分装八册，另加 1955 年 1 月 1 日后的十四页。先生去世之后，日记同其他遗物一起交归故宫，长久以来作为档案保存，不曾发表过。在 1949 年 12 月 13 日的日记中写道：“去年今日开始围城，期年之间全国将近解放，破竹之势古今鲜见也。”可见现存日记开始于围城。先生于 1955 年 3 月 26 病逝，日记写到去世前两天。每册封面自题“凡将斋日记”。

六年零三个月的日记大体可分三个阶段：

（一）从 1948 年 12 月到 1949 年 6 月。在此间经历了解放军围城到进入北平，中华人民共和国成立，政府代表接收故宫，故宫关闭之后又重新开放，阻止故宫文物运往台湾等事件。

（二）自 1949 年下半年至 1952 年 1 月。这时故宫文物的分类提集，内、外的各种陈列展览，古建筑的修缮都在恢复与展开，《伯远帖》《中秋帖》等一批国宝回归。

在上面两个时期中，马衡一直处于院长的地位。

（三）1952 年 1 月至日记终结。随着“三反”运动深入开展，故宫的留用人员全部集中到院外隔离审查，马衡也在其中。五个月后，当他返院不久即不再担任院长，而保留了北京市文物整理委员会主任职务，离开故宫，管理北京古建修缮工作。

本书收入的是前两个阶段的日记（约十三万字），所以添加了“一九四九年前后的故宫”的标题。

日记是一种很特别的文体。因为是在第一时间或当天记下自己遇到的人或事，所以写得直接和真切。因为较多写下自己的心情和想法，所以比起别的文章更直率，更鲜明地表现出作者的个性和心理。诗文、小说都是为别人做的，虽然艺术上更加精练，也就多了做作的痕迹，虚构的成分。日记则是给自己看的，（当然写了给别人看的例外也有，如清人李慈铭《越缦堂日记》）比较真实，自然。

正因如此，《马衡日记》为故宫乃至文博界提供了许多难能可贵的史料和线索，同时也生动记述了半个世纪前的北平风貌和旧事。

三、翔实的史料

《马衡日记》丰富的史料价值，可以从几方面来看：

第一，记录了人民解放军兵临城下时北平瞬息万变的形势，各种人的反应与心态。再现了中华人民共和国成立、抗美援朝、土地改革、忠诚老实运动等重大事件对位于北京中心的紫禁城的影响。

下引日记两则：

1949 年 1 月 13 日（星四）。晴。到院始知昨日南池子、南河沿公安局皆曾落弹，韩寿萱来商保护文物事，嘱余参加。余告以呼吁之事请以超然派任之，余负典守之责，愿任正面交涉。下午院来电话，报告传心殿落二弹，玻璃皆震碎，房屋无损失。旋又报告禁城东南角楼亦中弹，已派人调查。战车三团副团长王绶辉（文冲同期同学）两次来访，新闻记者络绎来访。

“余负典守之责”——马衡始终如一的信念。1933 年他领导古物南迁，1948 年则阻止古物南迁，本意皆出于此。

1949 年 1 月 26 日（星六）。晴。报载蒋文告发表后即乘美龄号机赴杭州转奉化扫墓，闻将暂居鼓浪屿。元微之诗云：“昔日戏言身后事，今朝都到眼前来。”似为余之预言而发。徐盈来院参观锡庆门落弹情形，备写通讯稿。星枢来谈。下午访悲鸿，知康同璧代表等访中共谈和，虽受盛大招待而谈及傅作义则认为不可赦之。战犯无对等谈和之资格，并言杜聿明已以战犯罪枪决，傅如不放下武器，将为杜聿明第二。康等不敢告傅，拟托悲鸿转达。悲鸿婉谢之。正谈间，景洛电话来，谓傅约三时开会，并盼亲自出席。同时报告有一〇四师兵士来接洽，欲驻景山备作巷战，请于席上诘之。遂辞悲鸿，往春藕斋，见楚溪春、刘瑶章及各机关首长、国家银行经理等三四十人皆在候。一小时傅始出席，报告和平为人民所要求，军人为人民服务，自应徇人民之请，放下武器，已与中共商谈。自今日上午十时起令各部队开始陆续撤退，并诵读条件十四条。因以景山事诘之，焦言不知，楚言调查，傅亦言不知，谓即使有此事，二三日内亦必撤出城外。

此日上午十时，傅作义将军在停战协议十四条上签字，北平和平解放。

第二，作者曾参与了一系列文物政策的制定和重要的会议。

1950年3月30日（星四）。阴。昙。时有小雨。下午二时文化部开会，沈部长主持。听全国文物情况及接收报告，讨论《禁运文物图书出口》《保护全国各地公私有古迹文物图书》两法令草案及《珍贵图书禁止出口》《保护有关革命历史文化之建筑物》《古文化遗址及古墓葬之调查发掘》三暂行办法草案。时已六时，尚余两案不及讨论，主席宣告散会，留待下周续开。

1950年4月5日（星三）。清明节。昙。外交部以古画一大批送文物局，冶秋约往鉴定，无一真者。继思古画例禁出口，外交部不应以此赠送友邦。亟函冶秋、西谛，告以此意，不如征求现代作品储备赠送。

第三，文物的管理、征集与研究，古建修复的调查与实施，陈列展览的筹划与举办（近二十项），保卫工作的问题与措施，延揽人才，国际交往，在马衡院长笔下都讲得十分详确。

1950 年 4 月 7 日（星五）。晴。俞星枢电话谓梁思成二时来御花园看工程。至时陪往。先看绛雪轩前之天棚，次及于养性斋前，再次看钦安殿两旁小屋。养性斋天棚柱脚已朽，钦安殿小屋不称，梁皆允拆除，独于绛雪轩天棚则主张保留，取舍标准各异，其说殊不可解。

1950 年 9 月 19 日（星二）。晴。马子云拓虢季子白盘全形，历时两月余，今始告成，远望如照相珂罗版，开铜器拓本之新纪元，可谓试验成功。下午正欲赴院，述勤来谈。晚陶北溟来，以汉《芗他君石祠堂记》拓本见赠，记约四百余字，字较《武梁祠画像》题榜尤小，完整无缺，画亦工细，诚汉石中之绝品也。

《日记》以浓墨重彩详述了“二希”（《中秋帖》《伯远帖》）回归的过程。

1951 年 10 月 25 日（星四）。晴。冶秋询“中秋”、“伯远”两帖历史，谓郭昭俊押在香港外人处，本年十一月底即将押绝，郭无力赎取，拟请公家取赎。嘱致函郭沫若，请其设法。

这里第一次讲到“二希”，之后，马衡与王冶秋、徐森玉同赴广州、澳门、香港，完成了这一富于传奇色彩的国宝回归使命。

抗战南迁之文物当胜利后集中在南京，1950 年 1 月返回故宫。下面一则日记写的是全院职工迎接文物自南京返院的情形。

1950 年 1 月 26 日（星四）。晨霜重雾大。晴。至院。景华见告，顷兆鹏由津电告，八时半车自津开，十一时半可到，全院同人莫不兴奋。十一时与冶秋、景华、洪江同赴西车站，职工皆已到齐。车来尚无确息，因就食堂午餐。车于一时抵和平门，越半小时始入站。共装十一车，卸至半数，余与邦华、冶秋等先返。五时首批到达九龙壁，共装四十六排车，约三百余箱，卸入院中，以备明晨入库。

第四，作者与许多政府要人、上层民主人士、文化界、博物馆、考古界、大学的知名人士有着密切的关系。与周恩来、傅作义、何思源、杭立武、陈叔通、马叙伦、郭沫若、张元济、裴文中、郑振铎、徐悲鸿、郑天挺、唐兰、王冶秋、徐森玉、张珩等人物之交往，均有详载。

第五，先生在北京大学时教授金石学和考古学，担任故宫院长后则不再参与考古发掘。他从工作需要出发集中精力于铜器、石刻和古书画研究，对此日记中时有反映，从中可以见到他学问的日积月累和治学方法。

可以说在1949年前后的历史大变动中，社会和故宫所经历的各种事情、作者的见闻与思想都真实地记录在日记当中。它不仅使人们回忆起那个风云变幻的年代，而且将先生及其他前辈们的性格、事业和命运点点滴滴地显现出来了。《日记》引导人们从广阔的剧烈变动的社会环境中去了解马衡先生，去了解中国的博物馆事业。

今年恭逢故宫博物院建院八十周年，郑欣淼院长建议整理出版马衡先生的遗文，《日记》为其中之一方面。《日记》手稿是行草书，无句逗，需要释读、录文、标点，还有必要添加一些注释，于是我和华宁同志承担了这项任务。我们还根据档案在书后附录中编入六项材料，它们分别是《日记所见马衡亲属关系》，1948年至1951年这一时期的《故宫博物院组织机构简表》《专门委员会名录》《日记所见故宫职员所在部门表》《参考文献》《注释索引》以及《故宫博物院宫殿平面图》。相信上述材料将有助于理解日记内容。郑珉中先生提供了不少帮助，冯贺军同志参与了很多工作，于此一并致谢。

五十年过去，今天对于故宫人，对于文博考古界的同仁来说，阅读这部质朴无华的日记时，会觉得虽远犹近，十分亲切，很有启示。

《马衡日记——一九四九年前后的故宫》
马衡著
紫禁城出版社2006年3月第1版
定价36.00元

钟叔河

《平月日影》序

《晋书》说孝惠皇帝“在华林园闻虾蟆声，谓左右曰，此鸣者为官乎，为私乎”，后世都笑他痴；其实如果将虾蟆视为人，则人的一切活动，无论是大放大鸣或是写作文字，其动机不是为官（或曰为公），便是为私（或曰为己），本难出这“两为”的范围也。

人们写作，若问为官为私，抽象地回答不易分明，最好是出示具体的例子。近日有朋友从《秀州书局简讯》上见到一首《满江红》，转述了两句给我听：“恨平生尽写，宣传文学；早岁蛙声歌桀纣（想必是解放前跟着喊蒋委员长万岁），中年狗革售膏药（可能是写大跃进时放高产卫星）。”蛙声一片似的叫卖狗皮膏药，这种宣传文学自然是“为官的”，为官家效力的，读者都不欢迎，作者后来悔恨，恐怕都很正常。

而日记则是个人生活和思想的记录，是自己写给自己看的私房话，完全是“为私的”。曾国藩死后，其日记才由他儿子刊行，我看过几遍，记得一点。他为清朝“肩半壁东南，挽回劫运”，日记中却写过“东南大局，殆无可挽回之理，此心茫茫，不克自持”这样的话。他讲求理学，最重修身，日记中却暴露了“房闼大不敬，成一大恶”，“闻色而心艳羡，真禽兽也”诸多隐私。看了这些，我才更加了解曾国藩这个人；阅读的愉快，更远远超过了读《曾文正公诗文集》。我想，这恐怕就是“为私的”文字的一种优势。

日记按理说不该是写给旁人看的，但因为人们喜欢看别人的自述，有人也就愿意将自己的日记提供公众阅读，这也没什么不好。《越缦堂日记》一面写一面在外面传抄，并不影响它的声誉，因为实在有内容，实在写得好。郁达夫的《日记九种》，吴曙天的《恋爱日记》，也都十分著名，虽然前者是文学日记，后者是日记文学，在写人的生活这一点上却并无不同，都能引起读者的共鸣。

文学是个人的活动，越是真的文学便越有个性，按晋惠帝司马衷的分类法都是“为私的”。有岛武郎云，“我因为寂寞，所以创作”，这恐怕是“为私的”文学写作最根本的原动力，作者只是为了排遣寂寞，在用自己的创作来和别人说话罢了。写日记是自说自话，可能说得更率性更真实，写得好的，也就有了文学的价值。

我不写日记，只每日二至三次记录自己的血压，却也愿意看看有些人的日记，只要它记的事情有趣，是我愿意知道的。当然，像雷锋同志那样，专门记下自己“天天读”的心得，那本来就是交给指导员转呈上级领导审阅后印给大家学习的，百分之百是“为官的”，我不是官，就只能敬谢不敏了。

“为官的”作品也有写得很好的，如《古文观止》里的《召公谏厉王止谤》《文帝议佐百姓诏》便是，我在《念楼学短》里也选了好些更短的。可见“为官的”文字只要写得好，我也同样的喜欢，并不亚于看别人的日记。

济南自牧辑刊文人日记，陆续印行多种，长期寄赠，惠我良多，近又有《半月日影》（2005）辑成，叫我作序。我是一个只想看不想写日记的人，没有为自牧作序的资格，盛情却又难却，于是写了这篇文章，请看看是否可以作为“代序”罢。

《半月日影》
自牧、古农、潜庐编
中国文史出版社 2006 年 1 月第 1 版
定价：36.00 元

徐北文

序《半月日谱》

日记是私人的事。具有隐私权，受法律保护，旁人不得偷窥。然而在生活中却不这样简单。有人乐意公开自己的日记，你不看，他还不高兴。名人中就有清末李慈铭的《越缦堂日记》，他把读书心得和向皇帝表忠心的热忱都写进去了。前者是向友辈炫学自矜，后者则是希冀一朝蒙皇上取阅，以献媚升官。普通人中也有。我在运动中被迫到农村劳动时，遇见一位下放干部。此君把日记整整齐齐写好，然后放在集体宿舍中的显眼处。好奇者不免打开，内容有读《毛选》的日课记录，有工作成绩和生活中的优秀表现，以及革命的豪情壮志等。人们读后并未感动，除了言过其实的夸饰外，其“司马昭之心，路人皆知”，大伙并不傻。但是为什么同样秉心写日记，李慈铭的却一再印刷流传后世呢？到底他读书确有心得，有学术价值，故有人专从其日记中抄录了一大部《越缦堂读书记》，颇裨益于读者。

此外，还有以日记体制写小说者，如丁玲《莎菲女士的日记》，果戈里《狂人日记》；有以散文的路数发表于世者，如鲁迅的《马上日记》；更有以旅游行程专门记日记以流传者，如宋代范成大的《揽辔录》等等，这些著作各有其作用、价值而流传于世。但是它并非真正意义上的日记，写日记应是纯私人的事，主要是备个人遗忘，供日后参考，或者与自己对话，宣泄情怀，并不供他人阅读。这样可以寄托自己的感情，记录心理活动，以及日常行事，甚至不欲人知者也写了进去。这种日记对于了解一个人最有价值，然而却引来不少麻烦，如存有旧式家长作风的父母，不免要看，或明要或暗翻，致使儿女们产生戒心。不外有两种对策：一是藏得更隐秘；二是不愿父母知道的事就不记。父母尚可，若在拨乱反正之前，整人时首先取走其日记，然后寻找蛛丝马迹；或者捕风捉影，曲解夸大，上纲上线，借以扩大运动战果，这样日记就成为授人以柄，引火烧身了。那么，记日记时学习鲁迅式的，只是记载日用账目，亲朋往来，书信收发等又如何呢？这也不安全，整人者却要按图索骥，顺藤摸瓜，一要查你来往亲友的政治面目，来往的目的；二要查你的来往书信的原件，是否有不轨活动；三要查你的生活开支，是否有贪污行为……在这样的环境下，不写日记也罢。

区区日记一事，可惹许多是非，若认死理，笃定日记是个人私事，以为记日记者若留一手就是不坦诚；多添几笔，备读者欣赏就是炫耀自己。至若外人，偷看人的日记，固然是不道德；但拒绝人家供看的日记，就也太绝情。其实，在生活中这种凿死卯儿的人很少，大抵采取中庸之道，记日记者主要是供自己用，偶尔有亲友翻阅也未尝不可。不过，大都记日记时已留了一手，绝对隐私也是一定不记的。对他人日记虽然是绝不偷看，但经本人同意者也乐意看。看人日记，不免有自己的窥私欲的要求，但主要还是对照自己，开拓眼界，更好地知人论世而已。我就是属于这一类中庸人士，我写日记主要是自用，不供人看，放日记的抽屉却不上锁，至今未发现儿孙们公然看我的日记。虽然如此，也并非凡事都记，不愿人知之事则绝对不记，以防万一。对于他人的日记，除非经同意，一概不看，甚至对老妻的那本形同开支账簿的日记也不看。对于已出版问世的日记，只凭兴趣凭需要阅读或查阅，是有选择的。我既是这样，想象大多数人也和我一样，中庸之道而已。这样的态度，对己对人都比较宽松，这就使日记一事增添了人生情趣。

《日记报》的创办，大概也是秉中庸之道来对待日记的，从而使读者乐看，有益于世，从而立于众多报刊之林而持续不衰。主编自牧先生向我约稿，说是约请众多作者将本年 1 月 1 日至 15 日的日记凑在一起，集中发表。所请作者大都是其文朋书友，而且遍布各地。我想这是饶有趣味的事。所约请的人既都是相知同好，有共同点；又是分居各地，身世又各有特色，互相之间有参照比较的新鲜感；尤其是所记的日期一致，读者可以从同一时间中看到种种世相，以供人论世之助。我欣然答应，并找出自己的日记抄出。如前所说，我的日记基本上是不让人看的那种，只记些日常琐事，庸庸碌碌又缺乏文采，价值不高。不过自信尚少一些李慈铭式的炫耀成分，自谓尚且可信。不料及至录出时，也发现了二三项不宜公开之处，即可能使他人不高兴的事儿，便毫不犹豫地删除，这是对人对己都有益的，编者和读者也可见谅的吧。

所约执笔人虽天南地北，其身份爱好却大都相同，不外是职员、记者、教师、作者等所谓知识分子一类人物，而且都是喜爱文史，嗜书存书的爱书人，没有英雄美人，也没有阔人红人，如果说得好听一些，也就是称之为“文人”而已。《易》曰：“同气相应，同声相求。”《诗》云：“嘤其鸣矣，求其友声。”编出这样内容的书刊，主要是“求其友声”的吧。

这样的编辑旨趣，我十分赞成。鄙人年已八十有余，体衰气喘，终日在家兀坐，办离休手续后的五六年来，同辈人逐渐凋谢，友朋往来日益减少，得此一编可补交游之不足。因作者都是“同气”“同好”之人，足不出户可以与他们“奇文共欣赏，疑义与相析”（陶渊明句），得会心之愉悦。陶渊明在乡村务农时曾写过“遥遥沮溺心，千载乃相关”的诗句。夫渊明既赋《归去来兮》，虽在村舍“悦亲戚之情话”，却仍然关心千载前之古人，并不以眼前的亲戚情话而满足，想起“遥遥”的长沮、桀溺的事来。考此语出自《论语·微子》篇。孔子周游列国的时候，遇见长沮、桀溺在耕田，使徒弟子路去问路。当得知问路者是孔门学生之后，他俩对子路说：“且而与其从避人之士也，岂若从避世之士哉！”孔子听了子路的汇报后：“夫子怃然曰：‘鸟盖不可与同群，吾非斯人之徒与而谁与？”渊明之慨叹，是怀念“斯人”，是“求其友声”的渴望，是寻觅知音的内心的强烈需要。《庄子·徐无鬼》篇云：“逃空虚者……，闻人足音跫然而喜矣。”一个离群索居的人，远远地听到脚步声就十分高兴，如果得到一册集几十位良师益友在同一日期的日记，其高兴，其喜欢又是如何之大呢——以此质之淡庐自牧先生，聊以为序。

《半月日谱》
自牧、古农、潜庐编
中国文史出版社 2005 年 9 月第 1 版
定价 38.00 元

来新夏

《半月日志》序

日记是一种传统文体，是一种非常好的写作习惯。清代学者名宦多好为之，如林则徐尚保存大量日记手稿，虽间有缺失，但所记一生重要行事，足资研史参考。又如李慈铭的《越缦堂日记》，篇帙浩繁巨大，内容丰富，后人曾从中辑出读书部分，成《越缦堂读书记》二巨册，为学人所喜读。最近清史编委会的《文献丛刊》中的《清代稿抄本》（第一辑）中，收未刊日记有二十二种，大部分记中晚清的官场形迹和民间习尚，可见日记之为人所重视。近半个世纪以来，因为种种原因，很多人都停笔不写了，但仍有一小部分人继续在写，已故明清史专家郑天挺教授就一直在写，我曾亲见其事。我从初中开始写专题日记，主要为了练习写作文，一直写到“文革”抄查才绝笔。那时许多人也多辍笔，日记似乎无声无息了。直到十几年前，山东有几位好学之士，如自牧、于晓明、徐明祥等人崛起，尽全力奔走呼号，自己写，鼓吹别人写，更千辛万苦地刊印《日记报》《日记杂志》。空谷足音，引动很多人响应，我也是由此而结识他们。以后还稍稍参与其事，而兴写日记之念。2004年12月，我有杭嘉湖之行，曾写有日记。后整理成专题日记，题作《杭嘉湖纪行》，并写一小序，简述我写日记的往事说：

少时好记日记以备忘，但并非排日有记，而视事之有无。每年约有一笔记本，十余年间，积有十余册，遇事多资查询。“文革”祸起，迭遭抄家，全部日记落入专案组手，于是每日传讯，按图索骥，细查每人每事，愤懑烦躁，发誓今后再不写日记。近年年事日高，记忆衰退，日益仰仗笔墨，每遇要事，必笔之于册，难称日记。设连续有记，则颇类专题日记。2004年冬，杭嘉湖地区多个文化单位相邀，乃与新婚妻子焦静宜女士偕往。因连日皆有事可记，遂成《杭嘉湖纪行》一篇。

闲时翻读此《纪行》饶有兴味，如12月8日所记云：

下午，与静宜偕游新西湖，此为近几年新开湖塘。虽面积略小于旧湖，但湖水清澈，风光旖旎，景点也多新意。游“曲园风荷”，相传为南宋制酒之地。有酒市赛酒塑像，配以市声、俗乐，自得其趣。南宋偏安一隅，好酒如斯，商女不知亡国恨。聚饮游乐，直把杭州当汴州。今人亦多好酒，令人担忧！参观盖叫天故居燕南寄庐，一艺人用功不辍，卒成大名，对后人颇多启迪鼓励。

乘游船周游新西湖，约一小时，微有凉意。但心境舒畅，物我两忘，亦人间一大乐事。

又如12月11日记在湖州行上说：

上午，应湖州师范学院人文学院之邀，为该院师生作《读书与人生》报告。讲演中插入古人一些读书经历，深受欢迎。进行一小时余，接受提问，并作回答。

演讲会后，王增清馆长陪同，前往乌镇观光。

乌镇属桐乡，为江南六大名镇之一。镇内有名床、古钱、织布、酿酒等专题民俗展览。大作家茅盾为乌镇人，访其故居，朴实无华，当地亦未故作张扬，令人仰慕。乌镇入口走青石板路，回头坐游船出镇，水陆并行，可称完备。我数年前曾来一游，今已大有改观，静宜为第一次来，兴趣盎然，眼界为之一开。下午三时许，返湖州。

在湖州城内访皕宋楼遗址，该楼主人陆心源为清末四大藏书家之一。以收藏二百部宋元版书著得名。后所藏大部为日人相载而去，今存日本静嘉堂文库。文物归主，理应索回。藏书楼亦早毁坏，近虽修葺数栋，略有陈列，不过虚应故事而已！又至飞英塔参观，此为唐建石塔，宋又围以木栅，成塔中塔格局，为世所罕见，惜时间过晚，未能登塔一览。

这些都是先有粗略记事，后又加工为准备发表的日记，文字经过修饰。另有一种是未发表的手稿。前者，我读过虞坤林君所整理的《徐志摩未刊日记（外四种）》一书。这种未刊手稿往往能示人以日记主人未被人知的另一面。如徐志摩于1919年所写的《留美日记》，他在6月22日参加一次有华人参与的夏令营时，曾记有如下的感受说：

此来盖为有多数国人会集，正好借此时机，唤起同仁注意。5月4日以来全国蜂起情事，国内学生已结有极坚强、极致密之“全国学生联合会”，专诚援盾外交，鼓吹民气。一面提倡国货，抵制敌货。吾属在美同学，要当有所表示，此职任所在，不容含糊过去也。

类此激昂慷慨的言辞，还有几处，表现了徐志摩浪漫飘逸、不拘小节的另一面。在五四时期，他是一个热血激昂、豪情满怀的爱国青年。由于是未刊日记，显得主人更真诚。

又8月6日的日记中，徐志摩更写下严于律己的人生态度，他写道：

昨晚有女子，唱极荡亵，心动一动，但立时正襟危坐只觉得一点性灵上与明月繁星遥相照应。这耳目前一派笙歌色相，顿化浮云。那时候，有两种心理上感动：第一是领悟到自负有作为的人，必定是庄敦立身，苦难生活。Take Life Serious（认真对待生活），决计不可随众逐流，贬损威信。第二是想到心地光明决计不可为外诱所笼罩，亵读神明。

这俨然是道学家的一种自省，这些未刊日记的内容，无疑是对徐志摩进行全面研究具有重要参考价值。这也许正是自牧等人大力提倡日记研究的初衷之一吧！惟自牧诸君并未止步于提倡，而是进一步开发日记的不同类型。前年，他推动了一次"接力日记"，邀约二十四位作者，每人写半个月，顺序编次成一年。我有幸被约写这年最后半个月，即12月16日至31日，经过修改，题名《岁末半月记》，与其他二十三篇合成一册，作为《日记杂志》的一种发表，现在翻看有很多有趣记事，如12月16日条下记有如下内容：

下午，《光明日报》荆时光小友借来津采访之便，顺道来访。时光为一好学青年，曾有过多次通信，属于我的"粉丝"一类，惜素未谋面，今获一见。甚悦！彼此谈了一些想说的话。他见我满屋子的书，便问我算不算藏书家，我说我非常反对"家"的说法，因为"家"的说法，有很大弊病。一是不论什么人，稍有"成绩"，"家"的称号如文学家、史学家、表演艺术家、红学家等等，就蜂拥而至。声名小点，称名家；声名大点，称大家，几乎无处不"家"，无人不"家"，品斯滥矣！二是"家"有无标准？我国是个善于量化的国家，"家"如何计量？如有多少册书，才算藏书家；写过多少诗文，才算文学家；唱过几首歌，当过多少回主演，可称表演艺术家；是否考证过曹氏世系，为秦可卿树过碑，就算红学家。"家"没有个算法。三是"家"像一副枷锁，如被称为藏书家，只能在藏书家圈子里转，往万册、五万册藏书去奋斗。岂不太累？如有一个某某家的头衔，就不能随心所欲。我已年过八旬，还是跟着感觉走吧！

看了自己的，再看看各地文友们半个月连半个月的日记，了解他们在不同地方干着什么？当难遣永昼，昏昏欲睡的时候，拿来翻翻，也很解困，颇有乐趣，这也是自牧等人为大伙儿做回功德。没想到，自牧点子多，今冬又出新招，在《半月日谱》《半月日影》《半月日注》之后，又要再编一本“同时日记”——《半月日志》，邀约二十四位男女老少文友，同写半个月日记，地区遍及湖南、甘肃、北京、江苏、山东、江西、辽宁、上海、浙江、湖北等地。文字有长有短，记事有繁有简。看一本“同时日记”可以纵观横览不同地区在同一时间段里各种事物的某一些侧面，让人享受走遍中国的滋味。如能传之久远，其中某些纪事或可成为难得的第一手史料，如黎树祥的《长沙日谱》中12月18日《离休金的变化》所记离休人员工资调整的具体数字说：

我1986年离休时，离休金每月是160元，1999年10月涨到1191.80元，2005年10月为3284.80，现在（今年8月起）是4044.80元，为最初160元的25倍还多！

这既可见离休人员离休金的涨幅，也可见通货上升的速度。又如邓基平（自牧）的《淡庐日志》中多记文坛活动、文人行踪及图书交流情况，亦可备文坛掌故之需。

我既欣赏自牧这种日日新，又日新的精神，也感到这是日记体的一种开拓。我更期待自牧再出新样，以丰富日记园圃的绚丽多彩，乃捉笔叙其缘由，以励来兹。

《半月日志》
自牧、古农、潜庐编
中国文史出版社2008年第1版
定价：38.00元

张炜

序《百味集》

在我的文友当中，自牧同志是最为独特的人，他的确闪射着个性的光彩。我们交往整整十年了，十年里，他永远是那样朴实无华，却愈加让人感到他的深邃和魅力。十年的时间在人生长旅中算是不太短促的一段了，它可以用来察人，也可以用来省己，很多事物都可以在十年时间里发生很大变化。比如生活中常常以十为限，近来常说的就有“十年浩劫”、“新时期十年”等等。自牧同志在一帮文友眼里是一个勤勉为文，不断进步，严格要求自己，不畏辛苦的典型。他恳切、好学，刻苦读书，永远地向真、向善、向美。我从未见他有贪恋功名的欲求，而总是从一点一滴做起。这方面，丁彭和海春同志都极为欣赏，丁彭同志还曾在他的文章中一再褒扬，都是由衷之辞。

自牧大概属于比较典型的中国文人性格。虽然他年龄上并不比我大，但已经养成了安于清贫、少欲多施、藏书养趣……这样一种好的品行道德。他很难让人看到焦躁不安的时候，总是那么从容温和，与人为善。他的朋友极多，大家都把他看成一个无私的、特别能体谅别人的人。那种松弛的悠然的精神状态，令人羡慕。

他可以长时间地沉醉于一种艺术氛围之中。他的住所里，最突出的首先就是几个大书架了，他把所有的空闲时间都花在它们身上。那些书整理得很有条理，分门别类，重要的书籍还包了书衣。在整个泉城朋友中，还未曾有像他这样恋书、爱书、迷书的人，那真可以说“嗜书成癖”。那种精神曾深深地感动过我。我得承认，我远不如他对书的钟情和忠诚。他家的沙发上、凳子上，甚至窗台上，都是一些杂志和书，有的翻开，并被什么压住——那是他与书正在合作，突然被什么打断的痕迹。他家的书给你一个突出的感觉，那就是书是活的——而我看到的不少家庭的存书却是死的，已经冰凉了，没有呼吸气息了，没有体温了。自牧同志家的每一本书都热乎乎的。他的室内，再有就是一些精心装裱过的字画、一些盆景花卉……室并不大，雅是真雅。海春同志从千里之外赶来，特别提出要见自牧。那天他在自牧处停留了约有一个多小时，他们主要是谈书、谈诗。海春同志深感自愧不如，特别是看到自牧精心撰写并装订的《百味斋日记》，连连惊叹，非常感动。

这部日记自 1980 年记起，至今已有十几卷，几百万字。我想这大概是山东文坛第一部长篇纪事，也是泉城文人当中第一个有心人撰写的。这部日记文笔洗练，记事清晰简约，而且极少有情感的夸张。我想这是中国式的《龚古尔日记》，必将成为今后研究山东乃至中国当代文学的人手中的瑰宝。自牧是个有心人，十年辛苦不寻常，而且他还要继续记下去。大家认为至今为止，自牧见报见刊的文字中，最令人满意的还是他短小精悍的散文；而基本上未发表（只在报上连载过很少）过的这部日记，却会是他一生文字生涯中最重要的工作之一。愿他永不间断，潜心记录，最终成就这一业绩。

《百味斋日记》已收入《百味集》中四篇，人们从中可以窥见它的斑斓色彩。

这些年人们得知自牧这个名字的，一是文友口中相传，二是他的散文。我觉得任何时代的文人中，都有谦恭执著、既热心于创作又热心于访晤的雅士，自牧就是这样的人。他对事业对朋友始终如一的热情，对艺术的爱与痴，构成了这样的品格。他对人对事是公正的、诚挚的，热爱真理，痛恨丑恶。十年间，自牧的名字越传越远，就像当年民间相传有个“及时雨宋江”一样，泉城文友们纷纷相传有个“好人自牧”。他对善良的、辛劳的文友不断地伸出援助体贴的手，没有一个不感到温暖。这些年人们越来越偏爱他的散文了——那些精粹的文章常常拨动人们的心弦。他为什么对地方掌故那么熟悉？对书法、绘画、石刻、烹饪、名胜古迹……那么有见地，像他的说济南几泉、几山的文章，就不像我们通常所见的这类文章那样无足轻重，而是翔实、恳切，不仅有考古学历史学方面的依据，而且有“艺术的根据”。这些短小的文章让我们很清晰地感到了自牧的性情和心态，而不是一些套路文章——要知道这种文字很容易就写成了大路货、“季节性文字”，报上常见的什么“冬天话冬瓜”、“秋天话柿”、“夏天话茶”之类即是。可是即便是冬瓜西瓜到了自牧手里，也完全是另一种写法。我觉得他偏向于“雅士风度”，但又没有多少矫饰，可以说是“雅而不腐”、“雅而不酸”。与他的文、人打交道久了，会充分地理解和感受那一份深情。这会让人懂得珍惜。

1980 年 10 月我与自牧同志一起去登泰山。那是我们第一次见这座东方名山，仰慕之情无法言说。但凡登过泰山的人都有个体会，那就是疲累感超过了一切兴趣，到后来对什么名胜古迹都无心去揣摸了。自牧与同行几个人的不同之处，就是他好像一直保持了对这座大山的好奇心。当然他也早已汗流浃背了，不过他还是认认真真地拍照、抄碑文，在小本子上一笔一笔记着什么。那时我就想：这个人真是个有心人，他干什么都会成功——如果把登山之累比作人生之累，那是再贴切也没有的了；可是有的人就能够在艰辛的生活中不忘追求，而大多数人都做不到。

就是那次登山，他给我留下了极深的印象，我们也结下了长长的友谊。后来我们的交往渐渐密切，加上又在一个单位工作，彼此更加理解。我得说，他是个最随和的好人，又是一个具有原则的人。

他十分敬仰孙犁老师，从与孙老师的交往和著作中学习作文做人的风格。只要遇到关于孙犁老师的书籍，无论如何也要买下来。他的藏书如今在泉城文友当中是最多的之一，也是利用率最高的之一。也就是说，他藏书也读书，真与书心心相通了。久而久之，他的知识多了，文心也越来越细。这从他的那些散文中可以看出。比如《根雕》《谈〈遵生八笺〉》《日记·印谱》等篇，写得何等有知识、有情致。

自牧同志能写散文也能写诗词，这与他的气质、性情更为吻合。他是个广读书广交友的人，这样的人自古以来就出散文好手，他们常求的只是一个“雅”字。随着时间的推移，他去的地方将会越来越多，遇上的高人名士也会越来越多，他也必然会不断地修养自己，炼出一种根性。

自牧同志已经学习创作十年了。这是一段很有意思的经历。我一直想，十年了，他可以把手头上多少有些细碎的文字汇集一起了，这样就可以总结自己，也可以让文友们有个保存。自己的火烫的文字是心汁化成的，也是安慰自己的最好的东西。我们没有太多的收获，可是我们到底还是在收获。因为我们在不断地劳作、耕种。这些收获是平平常常的，但它们是果子和粮秣一类，是日常的依靠和储备，是让人夜间安眠的保证。一个老实人，大多是以劳动求个太平。我想自牧是最懂得这个的了，他不止一次对我作过类似的表述。他坐在那里，常常用浓浓的淄博口音讲出一些很亲近很有意义的话，不断地微笑。

他是人群中最平凡的人，可也就是这样的人和文章，组成了我们所理解的友谊。丁彭同志指导了泉城很多文学青年，大家都对他很尊敬。他对自牧同志十分钟爱，常常赞扬这个人的善良和朴实。他说："好啊！好啊！"大家听了都感到温暖。因为老同志理解了，比什么都重要，他不看准也不会说的。自牧对文学界的前辈总是满怀敬意，这种美德并且感染了一班青年文友。在节日里，大家都去看望老前辈。

我们都希望他的散文能不断发表出来，也希望他那部规模巨大的文学日记能一直地记下去，越记越精粹，越准确，越有兴味。这不仅是他的事业。

《百味集》
自牧著
山东文艺出版社 1990 年 12 月第 1 版
定价 10.00 元

编后记

我真正热爱上日记并付诸实践，天天记日记，是从1993年冬天开始的。当时的语文老师在作文课上，给我们推荐了一本书——《人生品录——百味斋日记》。语文老师介绍说，这是一本作家写的日记，所记全是文人雅事。我立即被那雅致的透着书卷气的封面所吸引，表现得有些迫不及待，第一个要求借看这本书。那天下午和整个夜晚，我都沉浸在这本书中不能自拔。我仿佛顿悟一般：原来日记可以这么写！多么有趣，而又多么有价值啊！第二天，语文老师告诉我，那本书可以送给我。我当时的心情，如获至宝，感激、感动、振奋。此后这本书有好几年跟随着我，一直放在枕边，我时不时地翻看，读了足有七八遍。

这本书的作者就是作家自牧。1994年夏天我到济南上大学，那年的冬天有幸见到了自牧先生。

1999年，我与自牧先生商议，创办一份日记内容的报纸或杂志。提了几次，他均未置可否。但因为喜爱，我没有放弃。利用手头仅有的一点材料，把《日记报》创刊号编了出来。山东诸城市的民办教师管炳圣也提供了一些稿件，并出了一些主意，自牧先生题写了报名。不管怎样，创刊号出来了。现在看来，那张四开四版黑白印刷的小报是何等幼稚和粗糙，但毕竟是我们迈出的第一步。尽管幼稚，可是真诚；尽管粗糙，但却用心。此后的几年里，我节衣缩食，四处筹款，侍弄着这张小报。从约稿、编辑、画版、排版、校对、跑印刷厂、通联寄赠，整个办报的流程，都是我一个人在张罗，虽然苦累，但极其充实。那些烈日炎炎的夏日，我铺张草席，打着赤膊，一边闻着报纸的油墨芳香，一边装信封、写信封、粘信封，报纸、信封铺满了小小的居室，满屋子飘满了纸墨的味道。那些寒风呼号的凛凛冬日，我裹紧单薄的大衣，手提报纸，一捆一捆搬运到狭窄的居室。装好封好以后，再一包一包地搬运到离住所有四五里地的邮局寄给全国各地的朋友们。年复一年，顾不上寻思赚钱的营生，顾不上考虑如何给女友一个稳定的住所——所谓成家立业，也顾不上远在乡下的父母双亲。在一家企业打工赚的工资全部花在了印刷、邮寄和房租上。当然远远不够，便找家人借，从银行贷款，就像着了魔，生活的全部，仿佛只是《日记报》了。在物质生活上，当时不是一般的清贫，简直可谓一无所有；但在精神上，却是充满了阳光，充实、快乐且欣慰。我想，即便一个真正的富翁，也难有我那样的精神愉悦吧。

这张小小的报纸，因为其独特性和可读性，受到了几乎所有读者的喜爱和好评。上到九十多岁的老人，下到不足十岁的孩童；上到学富五车的学者教授，下到偏僻农村的村夫村妇；上到国内外著名的鸿儒名流，下到默默无闻的凡夫俗子。但凡所见《日记报》，无不赞叹惊奇，嘉言勉励。而我，就像一个老农，看到自己的劳动成果被大家肯定，对大家有益，是何其幸福复又充满动力！每天读到朋友们的来信，我是那么欢欣鼓舞，那么感动和振奋，于是抖擞精神信心百倍地投入到下一期报纸的编校工作中。有了这样的生命支撑，生活的清贫和坎坷实在微不足道了。那几年我一直居无定所，但内心却是深有所依的。

除了这些纸面的美誉之词，我实实在在从来稿中受益匪浅。就像一个富矿，越往下深挖，收获就越大。我没有想到，不起眼的日记，背后竟然掩藏着如许动人的故事——不，是学问。《中国日记史略》的出版，“日记学”的提出，“日记代替作文训练”的主张，都是空前的，也都是大有文章可做的。无论“我与日记”的现身说法，还是“日记论坛”的各抒己见；无论“日记原版”的轶事钩沉，还是“日记品读”的精彩点评；无论“日记书影”的书香流韵，还是“日记序跋”的画龙点睛……无不令我深深地陶醉其中，如饮甘泉。

就这样，一晃就是五年，直到我离开济南。

2004年，我回到淄博故里。实在没有能力继续维持这张小报了，心里充满了矛盾和痛苦。我心有不甘，而且倍觉惋惜；而继续下去，资金从哪里来？正踌躇之间，自牧先生伸出了援助之手，把这一工作接了过去。实际上，自从这张小报创刊后，他一直在关注着它的成长，而且身体力行，多次给与力所能及的帮助。著名老报人车辐先生曾开玩笑说，《日记报》是“一个半人”在办。看到报纸的窘况，自牧先生毫不犹豫地接了过去，由顾问而为主编，从幕后走到前台。从第三十一期开始，变报纸为杂志开本，容量有所增加，工作量也大大增加。

一晃，又是五年过去了。《日记杂志》已经整整出满了五十卷（期）。前五年的三十期装订起来是薄薄的一册，后五年的二十本，则是非常厚重的一排。在这二十卷中，尤其值得一提的是厚厚的五卷“日记接力”的《日记杂志》专号，分别是：《半月日谱》（收录四十八人的2005年1月1日~1月15日的同期日记，每人半月）、《半月日影》（收录二十四人的2005年1月1日~12月31日的日记，每人半月接力而成）、《半月日注》（收录二十四人的2006年1月1日~12月31日的日记，每人半月接力而成）、《半月日志》（收录二十四人的2006年12月16日~12月31日的同期日记，每人半月）、《半月日识》（收录二十四人的2008年1月1日~12月31日的日记，每人半月接力而成）。总起来看，是七十二组“同期”半月日记，七十二组“接力”半月日记，共一百二十多万字，并配有数百幅插图。一百多位作者，来自全国各地，既有名家，也有普通人，其职业、风格、情趣各不相同。更有何满子、徐北文、钟叔河、来新夏、王稼句、止庵、徐雁、龚明德、徐明祥等书话名家的序跋文章，和峻青、黄裳、流沙河、王学仲、谷林、陈忠实、侯井天等名作家的题签，可谓锦上添花。每期卷末，主编自牧均撰有万言长跋，对入选作者一一作散点式介绍。作家徐明祥说，“半月日记”系列可以看做是当今爱书人、日记人之“联络图”。“但范围更广、人数更多，且内容原汁原味，全是自己写自己。这样一卷长长的原生态的当代读书生活图，色彩斑斓，五味杂陈，读起来别有意趣。如果从史的角度看，其价值也不可小觑。在当代日记史上，应该是浓墨重彩的一笔；对于了解知识分子的精神世界乃至当代社会，也提供了别致而真实的个人视角。对未来的研究者来说，这或许是一个值得挖掘的民间富矿。”诚哉斯言。

办过杂志的人或许都有一个深切的体会，就是组稿、编校、通联等工作所耗费的时间和精力，还要自筹经费，其困难可想而知。盘点目下国内所谓的“民间报刊”，世纪之初曾雨后春笋般一个一个冒出来，但没有几年，便又一家一家偃旗息鼓了无声息。这当中除了体制因素外，更多的恐怕还是经费不足的掣肘。因为办这些杂志的人，大多都有一份固定的工作，也就是说都是业余时间凭一己喜好而侍弄。他们都不是很有钱的人，而是靠个人影响力张罗经费，所以就注定了民刊的不稳定性和良莠不齐。当然，这并不重要，重要的是一种精神的延续，书香一脉的传承。

《日记报》(《日记杂志》) 走过十年，积累了大量有关“日记”的美文佳作，或夫子自道写日记的甘苦荣辱，或各抒己见品评某人日记的是非得失，或现身说法议论日记作用于人的种种奇效，或原汁原味展示自己数十年前的老日记……这些篇什无不精彩纷呈，别有情趣和滋味。为了让更多的人分享这些别具一格的文字，我花了半年多时间，分门别类，因循原来的栏目，分别编成《日记闲话》《日记序跋》《日记品读》《日记漫谈》《日记自述》《日记书影》《日记语丝》等卷，人民日报出版社不计市场风险，力促日记丛书出版，显示了独到的眼光和魄力；正是这份眼光和魄力，使得这些散珠碎玉得以贯穿起来，更加赏心悦目。

由于时间仓促和学识所限，难免挂一漏万，瑕瑜互见，敬请读者方家不吝指正。

古　农

2011年4月10日于北京大溪地寓所之静庐

图书在版编目（CIP）数据

日记序跋 / 古农编 .—北京：人民日报出版社，2011.11
（书脉日记文丛）
ISBN 978-7-5115-0706-8

Ⅰ.①日… Ⅱ.①古… Ⅲ.①序跋—作品集—中国—现代
②序跋—作品集—中国—当代 Ⅳ.① I266

中国版本图书馆 CIP 数据核字（2011）第 231858 号

书　　名：日记序跋
主　　编：古　农

出 版 人：董　伟
责任编辑：林　薇

出版发行：人民日报出版社
社　　址：北京金台西路 2 号
邮政编码：100733
发行热线：（010）65369527　65369512　65369509　65369510
邮购热线：（010）65369530
编辑热线：（010）65369523
网　　址：www.peopledailypress.com
经　　销：新华书店
印　　刷：环球印刷（北京）有限公司

开　　本：710mm × 1000mm　1/16
字　　数：260 千字
印　　张：21
版　　次：2012 年 1 月第 1 版　2012 年 1 月第 1 次印刷

书　　号：ISBN 978-7-5115-0706-8
定　　价：36.00 元

敬 告

本书大部分文章均经授权许可。由于作者较多，作品时间跨度大，我们虽多方努力，仍有一些作者无法取得联系，但为使全书内容更臻完善，也将作品收入进来。凡未征得相关著作权人同意而选用的文章，敬请作者见书后理解与支持，并与北京书脉文化传媒有限公司联系，我们将奉寄样书。

电子邮箱：shumai2010@126.com